U0329959

新当代丛书

传媒时代的文学重生

杨早 著

生活·讀書·新知 三联书店

图书在版编目（CIP）数据

传媒时代的文学重生／杨早著. —北京：生活·读书·新知三联书店，
2019.11
（新当代丛书）
ISBN 978 - 7 - 108 - 06618 - 3

Ⅰ. ①传… Ⅱ. ①杨… Ⅲ. ①中国文学－当代文学－文学研究
②网络文学－文学研究－中国 Ⅳ. ① I206.7 ② I207.999

中国版本图书馆 CIP 数据核字（2019）第 090640 号

责任编辑 卫 纯 李方晴
装帧设计 薛 宇
责任校对 曹秋月 曹忠苓
责任印制 宋 家
出版发行 **生活·讀書·新知** 三联书店
　　　　　（北京市东城区美术馆东街 22 号 100010）
网　　址 www.sdxjpc.com
经　　销 新华书店
印　　刷 北京市松源印刷有限公司
版　　次 2019 年 11 月北京第 1 版
　　　　　2019 年 11 月北京第 1 次印刷
开　　本 880 毫米 × 1230 毫米 1/32 印张 9.125
字　　数 204 千字
印　　数 0,001 - 5,000 册
定　　价 35.00 元
（印装查询：01064002715；邮购查询：01084010542）

本书获"中国社会科学院登峰战略计划·当代文学重点学科"出版资助

出版说明

　　进入 21 世纪以来，在新媒介的介入与新的文艺生产（创作）机制作用之下，当代文学与当代文化出现了一些鲜明的新特点，许多 20 世纪未曾有过的新的文学与文化现象纷纷出现，给研究与批评工作带来新的挑战。比如，在传统的小说领域，网络文学异军突起，在传统文学生产（创作）机制之外，在新的媒介与市场力量的推动之下，改造了原来的文学生态，并逐步影响乃至改变了新时代的新读者对于文学本体的认识。同样的情况，也发生在诗歌、电影、戏剧等其他文艺领域。在这些层出不穷的新现象面前，我们发现，自 20 世纪以来我们认为一些恒定的概念，比如什么是文学，什么是小说，什么是电影，什么是批评……都在层出不穷的变化面前日渐模糊。显然，20 世纪以来形成的文学研究方法，面对当代中国正在发生着的变化，显得有些缺乏说服力；而无论是批评者还是研究者，如果真的想严肃地面对这些变化，都会发现自己经常处于一种失语的状态。

　　有鉴于此，我们计划推动"新当代"丛书的出版。"新当代"包含双重意义：首先，我们将目光聚集在上个世纪末到新世纪以来的新的文学／文化现象，并由此上溯当代文学生发的背景、历史发展的轨迹，将新文学与新文化置于社会史与文艺史的双重线索之中加以观察；其次，新媒介、文化体制、方法论和理论建设，是我们的四种问题意识。我们希望整合当前文艺研究中的中青年学者，以自身的研究方向、研究领域为依托，从具体的问题出发，辨析概念演变的轨迹，探索针对新问题的新方法，寻找面对自身问题的理论语言，为新世纪的文学与文化发展，确立新的坐标。

生活·读书·新知 三联书店

2019 年 10 月

目 录

骑士怎样变成剧团
——传媒时代的文学重生（代序）

骑士与剧团：蹩脚的寓言

如果要用文学的手法来描述传媒时代的文学状况，或许是这样的：

骑士退役了。所有的恶龙与风车似乎都在一夜间消失无踪。

他回到了小镇。往日的名气还在，长枪与马镫每天仍然被擦亮。酒馆里给他留着座位，虽然是在角落。

似乎再没有什么需要他去战斗，去捍卫，去冲锋的。人们为他买一杯酒，以示尊敬；讲他一段征战的故事，以示缅怀；还有人出钱，请他表演一次全副武装的巡游。

无论是阳台的包厢还是街边的小摊，欢呼声又一次响起，依然是无数手帕挥舞，还有满天的彩屑。只是这一次谁都知道，没有了出征也没有了凯旋，只是一场表演。

巡游结束，一切繁华如旧。但邀请还在继续，去酒馆讲一段战史，赴宴会去舞一套剑术，或到庆典去持一面大纛，甚至集市也希望他光临担任吉祥物，以为招徕。骑士根本忙不过来。

不过后来商家发现，并不一定要骑士本人出面。只需有人钻进盔甲去扮演骑士便已足够。再往里想一层，顾客自己来扮演骑士又有什么不可以呢？骑士也只是凡人。

久而久之，骑士变成了一个行当，而且渗入了小镇生活的方方面面。骑士虽然不再出征，但骑士故事的传奇色彩，被渲染到极致，又衍生出许许多多新的故事。聪明人索性成立了一个剧团，为大众演出新新旧旧的各式传奇。

即使没有剧团，民众里的票友也会在节庆或闲暇，自编自演一段段奇闻怪事。

看上去骑士本人是隐居了，退出中心了。但其实他像开天辟地之后的盘古一样，成为天地万物的化身，以一种分裂的方式重生。

这当然是一个蹩脚的寓言，而且它并没有提到小镇的生活在骑士出征时和归来后，发生了怎样的天翻地覆的变化。

但总的来说，中国当代文学在 1985 年之后的岁月当中，就像骑士一样，位置日益边缘化，但是它的要素却不断地渗透到各种各样的领域中，文学的本体虽然边缘化了，文学却仍然在精神生活中占据着重要的位置。

欲望的反噬：结局早已注定

思想解放伴随着改革开放而生，文学是其阵营中最显眼的一骑，背后站着文化、经济、法律、政治、社会。所有的战骑汇聚成一个最强音，那就是：证明欲望的合法性。

新时期以来的文学作品中，肯定个人、肯定欲望是无可否认的主旋律。不管这个欲望被书写成美好的、合理的、自由的，还是传统的，都因应着此前对欲望的压抑、对个体的束缚。欲望的释放是社会的需求，整个社会都在发生一种巨大的变化。文学借助对历史和现实的书写，在整个社会争取个人欲望表达与个人权利获取的斗争中，扮演着主要的角色。

特别是1992年邓小平视察南方谈话以后，随着市场经济的确立，中国社会对欲望的追求已经势不可当。无论善恶，无论美丑，真实的欲望已经拥有了绽放的机缘与理性的肯定，这种追求已经无须借助文学的加持与修饰。

相反，恰恰是在这种对欲望的全民性追求当中，无法直接产生物质利益的纯文学，开始退居精神生活的边缘。

这是之前虽然为个人欲望摇旗呐喊，但始终坚持某种非功利与审美标准的纯文学始料未及的后果。20世纪90年代初期的"人文精神大讨论"，充分展示了知识分子精英角色的改变与精英心态的失落。从今往后，文学再也没有了新时期的中心位置。

这个节点伴随着以金庸、琼瑶为代表的港台文学的大举侵入，伴随着以张恨水、王度庐为代表的民国通俗文学的复兴，此间，当代文学处在一个巨大的裂变之中。1997年正是这样一个分裂点，这一年，王朔用作家与影视的完美重组，完成了新时代世俗文化的初步塑形；这一年汪曾祺与王小波的去世，象征着民国文脉的断裂、西方文学思潮的式微，中国文学走到了一个巨大的三岔路口。而抉择，几乎早已注定。

个体、大众、欲望、市场，这些当初中国当代文学曾经为之摇旗呐喊、苦苦追求的语词，变成了挖倒文学中心舞台的挥锄手。"纯文学"不再担当精神生活的主流和启蒙民众的导师，占领它留下的权力真空的，是那些充斥着娱乐意义而规避教化色彩的文化产品。它们甚至不再以小说、散文、诗歌、戏剧的传统形式出现，而是更具冲击力的视觉图像，迅速提供精神刺激与心灵抚慰。90年代初期，精神生活的聚光灯属于《渴望》《编辑部的故事》《我爱我家》，以及绵延十余载的央视春节联欢晚会。它们成为中国精神生活的主流，也形塑着后来城市娱乐的雏形。

高原与高峰：遗产或债务

新的局面，将中国文学逼到了一个非变不可的境地。20 世纪80 年代中期达到顶峰的中国文学的先锋化与随之而来的世俗化，其实也可以视为一个硬币的两面。先锋化与世俗化基于同样一种焦虑，即"文学"需要从"文化""人文"这样的大概念中蜕变出来，标示自己在社会生活中的位置和特性。

先锋化是通过极致的语言实验与叙述探索，包括对西方文学各种流派的引进与模仿，将文学塑造成一种与大众隔绝的高端艺术形式；以晦涩与多义为门槛，将文学抬高为专业化的智力游戏与精神品类。虽然先锋文学的实验与探索很快便淡出公众视野，但诗歌、实验话剧与艺术电影的探索及发展，也开创了中国文学的分众时代。

世俗化则展现出一种用文学搅拌娱乐、向大众赋能的狂欢。世俗化的主体是大众，作品与作者都像是屏息待命的手工艺人。80 年代的光环在之后的二十年内慢慢消耗，让莫言、贾平凹、王安忆、余华、刘震云屹立不倒，而他们也在悄然完成向世俗化的转变。新文学的遗产与世俗化的包装，遮掩着主体的这种变换。

进入 21 世纪十年之后，不管是学界研讨，还是官方评判，似乎都形成一个共识：当代文学"有高原，无高峰"。每年都有说得过去的重量级作品，但就是缺乏配得上伟大时代的文学杰作。这种状况的出现，恰恰是当代文学发展至今，接收的遗产与债务庞杂的共同体现。

经过了新时期的思想解放和创作浪潮，从反转镜面的"伤痕文学"与"反思文学"，到先锋化的语言实验、世俗化的市场磨合，当代文学在结构谋划上，在语言技巧上，已经远远超过了当年的现代白话文学。一大批80年代之后成名的作家完全足以源源不绝地贡献出水准线以上的诸般作品。无论小说、散文、诗歌、戏剧，无不如此。

但不可否认，纯文学涵括的诸般门类，当它们面对现实和历史的书写，都显现出某种程度的疲惫无力。根源或许在于作家对于这个社会的结构变动已经无法全面感知——这种观点似乎能解释为什么为现代汉语提供了典范式语言的汪曾祺，在解答"为什么总是写旧社会"的问题时，表现出一种无奈：

> 我写旧题材，只是因为我对旧社会的生活比较熟悉，对我旧时邻里有较真切的了解和较深的感情。我也愿意写写新的生活，新的人物。但我以为小说是回忆。必须把热腾腾的生活熟悉得像童年往事一样，生活和作者的感情都经过反复沉淀，除净火气，特别是除净感伤主义，这样才能形成小说。但是我现在还不能。对于现实生活，我的感情是相当浮躁的。（《桥边小说三篇·后记》）

这或许是新时期成名的一大批作家共同的心声。对社会结构的难于理解，对现实生活的难于沉潜，让面对乡土与往事"横刀立马"的成名作者们，在都市与现实面前纷纷败退。惯性而不失水准的写作，是谓有高原。茫然而乏力的攀登，是谓无高峰。

当代文学所谓"有高原，无高峰"的外在性原因，也是文学边缘化位置的表现。文学作品与读者之间，缺乏互动与感应，彼此之间倒是充斥着误读与歧见。大山不辞细土，没有时代的呼应，"高峰"只能是记忆与想象中的海市蜃楼。

膨胀与狂欢：碎片化与分众化

随着社会转型的日益深化，文学本体的内缩与边缘化，与文学元素的膨胀呈现一种正比的关系。网络文学、影视剧、综艺节目、脱口秀，乃至专栏文字、新媒体书写共同组成了新时代的文学图景。能够沟通所谓的精英阶层和大众文化的精神产品，似乎只剩下了某些"话题电影"。阅读的分层，关注点的分散，消费者的分众化，导致整个精神生活当中的文学因素本身也面临着膨胀化与碎片化的境地。

不用再重复麦克卢汉那句著名的话"媒介即内容"。这个时代的媒体变化有目共睹，它不仅仅从纸媒（冷媒）变成了以电媒（热媒）为主，更重要的是，媒体的使命从以宣传为主要目标，转化成了宣传与市场并行，而市场化媒体则占据了大众精神生活的中心。在这种从90年代开始的媒体市场化热潮中，文学作为其中一个非常重要的因素，也经历着剧烈的转型。

当21世纪来临的时候，文学的分化已不可避免。这种分化以网络文学的崛起为开端。网络文学作为一种新的文学"生产—消费"体系，几乎回归了文学最基本的功能：为大众读者提供娱乐，消除焦虑，而不再负担道德教化与审美升华的功能（用周作人的话说，近于"言志"与"载道"的对立，见《新文学的源流》）。网络文学最重要的诉求是"爽文"，这表明网络文学体制作为一个欲望的空间与平台的本质。

传统的文学体制仍然在顽强地运转，然而文学世界的双峰并峙已然形成，这个世界中又不单只双峰而已，在它们的周围，填充了大量的混沌的文学因素——无论是影视剧、娱乐综艺，还是博客、微博、微信公众号等逐次闪亮登场的新媒体，都蕴含着强大的文学基因，它们同样参与了形塑整个时代的审美品位。

不管是"80后"的代表人物韩寒或郭敬明，以及由此带来的受众群落化，还是传媒时代，每个读者平等参与的对传统文学作品的重新解读（比如，路遥的《平凡的世界》能够长时间地高居公众阅读榜的榜首，已经说明了它与大众心态及社会情绪的契合），甚至是易中天的《说三国》或于丹的《于丹〈论语〉心得》，都展示了传媒时代传统文化资源的重新转化。需求催生消费，而消费反过来创造需求。文学与时代新的关系，喻示着中国当代文学在嬗变的过程中，获得了一种新的位置和新的形状，这种局面前所未有，也无章可循，因此我们可以说，这就是"传媒时代的文学重生"。

中国当代文学从1980年中期一直到21世纪前20年，三十多年来，可以说走出了一条新的道路。这种态势会如何发展，我们现在都还很难给出一个准确的判断。但是可以确定的是，对于这个时代文学状况的观察、梳理、研究，必须有一种新的研究范式、新的解释框架。如若不然，就只会方枘圆凿，研究者徒自陷于失语或呓语的境地。

　　这种已经出现的境遇，恰恰是当代文学研究日渐走向萎缩与封闭的一种表征。要想诚实地面对与认知"传媒时代的文学重生"，就必须对各种相近领域中的文学因素进行充分的考察；寻找到新的研究范式和解释框架，才能够有效地捕捉与呈现我们这个时代的文学状况与精神生活。

引言：文化转型与文学重生

——分期与征候式人物

当我们梳理历史之时，首要的问题或许便是"分期"。分期当然是对时间之河的人为截流，但分期的选择本身，也意味着对某种脉络的确认与认可。

有意思的是，尽管年份只是为计算时间方便而人为设定的，当笔者盘点改革开放四十年的文学进程，竟然大致均衡地形成了以"十年"为单位的四个时期。相形之下，文学进程的分期，与政治／社会的重大变化若合符节，反倒是一种有迹可循的常态。

笔者这样划分改革开放四十年的文学进程：

第一个十年（1978—1988）：革新期

第二个十年（1989—1997）：拉伸期

第三个十年（1998—2008）：裂变期

第四个十年（2009—2018）：重生期

需要警醒的一点，是各期之间的关系。前一期与后一期之间，绝非只是转向或变异；相反，更重要的是延续与调整，每一个时期都在回应上一时期难以解决的问题，同时也无法遽然摆脱上一时期的影响。钟摆效应固然存在，革故鼎新也并非"断裂"那样分明，任谁都是同时活在巨大的遗产与债务之中。

四十年来的文学现象与前排人物不可胜数，思虑再三，笔者选择了"征候式人物"做挂一漏万的解读。这些人物或许不是当时最走红或最重要的，但在笔者看来，他们因为最能反映同时期的特质，也就成了这个时期的代言人。

第一个十年（1978—1988）：革新期

征候式人物：李存葆　北岛　王蒙

被称为"新时期"的"后文革文学"是从 1978 年的《伤痕》发端的。这个十年的前半段，中国文学都在咀嚼与反刍：新的历史就是将被颠倒的历史再颠倒过来，几乎所有的思想问题、社会问题与文学问题，结论都指向"四人帮"的罪恶。因此，"伤痕文学""反思文学"都是在原有体制中实现逆转，又因为政治的敏感而小心翼翼，这一点并未随着改革开放的经济政策变化而自然变化。

李存葆的《高山下的花环》（1982）是非常典型的"伤痕＋反思"作品。在这部感动无数人的中篇小说里，来自"文革"的伤痛（包括当时生产的臭弹），对"走后门"的批判，对老区人民与老干部的同时颂扬，包裹着中越战争的热潮，重新调兑出一剂精神止痛药，给了 80 年代的现实一种最强力的抚慰与弥合。

如果说"回到十七年"是一种体制内的主流努力，那另一种遍及体制内外的努力则是"重建启蒙"。从 1978 年开始的"新时期"，在晚清以来的思想史脉络中，就是一场再启蒙运动。李泽厚关于"五四"以来"救亡压倒了启蒙"的论断几乎成了知识界共识。回到"五四"，将过往的不堪岁月解读为启蒙/反启蒙的斗争，也给了新老两代启蒙者一柄高举的大纛。

1978年，《今天》杂志创刊，北岛在创刊词里写道："过去的已经过去，未来尚且遥远，对于我们这代人来说，今天，只有今天！"事实上，"今天"或许被认为只是六十年前的原画复现。尤其相似的是，两场文化运动，都是以对新诗的讨论与传播，划开了紧裹的帷幕。当《回答》《我不相信》《一代人》《致橡树》成为大江南北大大小小无数朗诵会的首选，它们对精神生活的震动不亚于《女神》《小河》。诗歌率先承担启蒙的重任，在20世纪中国文学史上，这是仅有的两次。

"五四"与"新时期"的巨大相似之处，还表现在西方文学资源的浪潮般引入，不仅改造着最具敏锐度的诗歌，也将强调大众性的小说推往先锋文学的前卫线。

正如有评论家指出的那样，"新时期"文学有两个主词，一个是"先锋"，一个是"寻根"。其实这两股潮流是一枚硬币的两面，都建立在中国文学对西方文学与文化激进、快速的引进和吞食基础之上，试图创造出新的文学体验与文学表达。

而王蒙的征候式意义则在于他的贯通性。王蒙以"文革"前的《组织部来了个年轻人》得"名"与得"罪"，进入"新时期"后，从早期的《布礼》《青春万岁》可以归入"重放的鲜花"，到《活动变人形》《夜的眼》对意识流与叠词的大规模使用，再到《坚硬的稀粥》对历史与现实的讽喻，直至《躲避崇高》对王朔的肯定，"归来者"王蒙几乎参与了这十年所有的浪潮，这种贯通性也确证了"新时期"上接"十七年"与"五四"的延续，下启90年代的文学大调整。

第二个十年（1989—1997）：拉伸期

征候式人物：王朔　汪曾祺　王小波

对于中国当代文学来说，1997 年是一个标志性的年份。当年的大事是邓小平去世与香港回归，但那并非重要的文学事件。1997 年的标志性在于：第二个十年的三位征候式人物都在这一年终结了自己的写作。

首先是 1997 年 1 月，王朔去了美国。王朔是第一波把文学和商业结合起来，并且取得成功的作者。从 1988 年末到 1989 年初，有四部根据王朔小说改编的电影推出（据说最初的计划是八部），因此 1988 年被电影界称为"王朔年"。

从那时开始，一方面，王朔成为前所未有的、只属于大众文化的宠儿，从《渴望》开始，到《海马歌舞厅》《编辑部的故事》，再到《我爱我家》《甲方乙方》，王朔为这些热门火爆的影视剧担任策划与编剧，参与度前所未有地高；另一方面，在 90 年代初的"人文精神大讨论"中，王朔作为一个拒绝历史与崇高、拥抱俗世的符号而被高度赞扬或大加挞伐。这种热度与反差，足以让他成为八九十年代之交的代表性人物。因为这种现象折射出的，是整个社会面对转型内心的焦虑。

与从来没有被当作精英的王朔相比，在市场的光照之下，凭借实验性写作声名鹊起的一部分先锋作家幡然醒悟，改变叙事策略来"找回读者"，余华、苏童、叶兆言一转身成了"新历史小说"的主力，在对历史的重新叙述中结合了传统叙事技巧与现代怀疑精神。

王朔 1997 年的出走，标志着这位大众文化的先驱与中国的文学现实从此隔离。而文学及影视中的都市书写，也迎来了一个新的时代。

1997年的另一个标志性事件是4月11日王小波的去世。王小波代表另外一种传统，他饱受西方文化特别是自由主义的影响，并将这种资源重新和中国的历史与现实密切对接，增补了中国文学里一向缺乏的"狂欢"传统。"狂欢"此前并非不曾现身于中国文学，鲁迅的《故事新编》即有这过种闪光，但是中国文学整体是压抑的，就像中国社会整体是压抑的，"狂欢"的闪光没有办法变成火焰。

如果说汪曾祺是在一片深沉阴郁之中努力挖掘人性的美善，那么王小波挑战无边的黑暗，则是狂欢式的消解。这种消解又与王朔不同，王朔的消解是一种"躲避崇高"（王蒙语），因此更多地表现为一种姿态，作品中的狂欢也仅止于语言的狂欢，而王小波作品中制造的黑色幽默，是将荒谬发挥到极致，同时尊重个体体验与常识。王小波去世时，发表作品的时间并不算长，但其作品对于他去世后的中国社会精神生活，有着惊人的影响力。

紧接着是汪曾祺，去世于1997年的5月16日。汪曾祺的重要性在于他打通了现代文学跟当代文学之间的阻隔，并也在某种意义上超越了这两者。有不少文学史著作试图将汪曾祺归类，但不管是放在"乡土文学""市井小说"，甚至"寻根文学""最后的士大夫"，都无法准确地概括汪曾祺与同时代其他作家不一样的气质。

汪曾祺在1991年曾有言："我认为本世纪的中国文学，翻来覆去，无非是两方面的问题：现实主义和现代主义；继承民族传统与接受西方影响。"[1]汪曾祺本人来自乡土，在20世纪40年代的西南联大受过相当完整的西方文学教育与哲学影响。汪曾祺

40 年代的作品体现出其才华横溢，但还没有自己独特的思想表达，用他自己的话说，其作品只是"一声苦笑"。

而当汪曾祺经历了巨大的政治变动与社会实验，再回头看中国的乡土社会，在 80 年代写出《受戒》《大淖记事》等作品时，他获得了与鲁迅、沈从文一样的眼光，是一个接受了西方教育的人回头重新审视乡土，而又能够对于"乡土"与"西方"都有所超越。汪曾祺并没有描述乡土权力结构的野心，不采用鸿篇巨制，对乡土社会也不采取进步／落后的二元化批判姿态，而是尝试去深入理解乡土社会的肌理与人情。恰恰是这种自觉的选择，使汪曾祺以短篇小说和散文的方式，完成了对乡土社会的现代书写。

还应该提到汪曾祺对现代汉语的改造。他的语言，是传统文章与新文学共同滋养的产物，摆脱了民国时期西化的艰涩与险怪，也洗掉了 1949 年之后叙事的制式与空泛。作协主席铁凝对汪曾祺有一个评价，说汪曾祺的作品"让年轻作家重拾对汉语的信心"。在八九十年代"西风最烈"之时，大部分当红作家只承认自己从西方作家那里获得养分，而闭口不提中国传统文学的影响，也喜欢用一种译文的口气进行汉语原创。汪曾祺的文字，让人知道了如何用白话直接写出既含中国传统，又带着西方文学基因的现代小说。

1997 年，中国文学在失去了汪曾祺、王小波和王朔之后，开始走向另外一种格局，虽然前两个十年的余波尚存，之前获得盛名的作家仍然笔耕不辍，但他们在思想上与技术上都再没有显著的进步或变化。而新生代的作家，则面临着旧的文学体制与新的文学市场之间的路径选择。

1993 年汪曾祺面对香港记者的访问，曾经表示"面对商品大潮，我无动于衷"。当时这话被视为一位老作家的负气之言。而今回头看来，既非鄙夷，亦非欢呼，汪曾祺或许说出了一个终结式的预言。在他之后，中国文学已经没有了无动于衷的本钱。正如汪曾祺的另一句预言"短，是对现代读者的尊重"，在21世纪将以一种奇特的逆反方式得以应验。

中国当代文学的传统，在汪曾祺、王朔、王小波的手里，被拉伸得更为宽阔：不是先锋派百舸争流的热闹，而是写作领域实实在在地向前、向上、向外、向下的超越。伴随着他们的离场，1997年可以被认为是中国20世纪文学的终结。

第三个十年（1998—2008）：裂变期
征候式人物：韩寒　卫慧　天下霸唱

麦家在2008年获得茅盾文学奖后，说过一句话："在2000年以前，江山其实已经定格了，现在我是要另立山头。"（《新京报》2008年11月13日）

事实上，麦家本人获得茅盾文学奖，确实可以称为某种意义上的"另立山头"——无论是他获得茅盾文学奖的《暗算》，还是获奖之后出版的《风声》，显然都应该归入通俗小说（即类型文学）的范畴。《暗算》获得茅盾文学奖，说明文学体制正在调整自身的标准与策略，一向以深度化、高尚化为追求的传统文学生产机制，正在放下身段，打开闸门。而在2007年，中国作协招收的新会员中包括了郭敬明、张悦然等"80后"作家，这起被称为"作协扩招"的事件引发了不小的争论，但文学体制向新的文类、新的作者、新的资源开放的态势已经势不可当。

这个十年之中，如麦家所言，20世纪成名的作家仍在不断推出重磅作品，文学体制也仍在有效运转。但文学在整个社会中的位置，与上两个十年相比，已不可同日而语。一方面，传统意义上的文学在社会生活中的位置日益边缘化，甚至难以进入公众的视野；另一方面，文学因素并未从公众精神生活中消失。相反，大众以亚文化的方式，推举出自己的文学偶像。

这个十年最具征候意义的作家无疑是韩寒。韩寒的意义并不仅仅在于他是"青春文学"的偶像，更重要的是他作为一个表达符号与新兴网络媒体的完美结合，成功地跨越了"媒体之墙"。韩寒的兴起与隐没，正代表了这个时代思想界和公众之间的隔膜和互动。

当他用"文坛是个屁"掀起"韩白之争"时，当他引领万千网民向"梨花体"开战时，韩寒扮演了一个传统文学体制的叛逆者——而这种形象正应和了文学的边缘化态势。韩寒的追随者与欣赏者愿意相信，他们唾弃一个虚伪的、自闭的文学小圈子，同时将重建一个基于常识的文学新世界。

更能体现"文学新世界"的，是网络文学的强势崛起。网络文学最早的"三驾马车"（宁财神、李寻欢、安妮宝贝）皆出自1997年成立的"榕树下"文学网站，日后无一不成长为大众文化的宠儿，横跨出版、影视剧、综艺等泛文化领域。但网络文学真正的独立成军，还不仅仅在于麦家、蔡骏等人开启的"类型文学"遍地开花，而在于出现"跨类型写作"的神作，这才能从亚文化消费群进入大众文化的主流，比如天下霸唱的《鬼吹灯》。

悬疑小说是最传统的类型小说之一。可是很多《鬼吹灯》的拥趸都不是悬疑小说的惯性读者。他们说，他们喜欢小说中的奇门遁甲、搬山卸岭一类的旧知识；他们说，他们迷恋叙事者源自红色年代的语式（为此还闹出了天下霸唱抄袭的传闻，因为按年龄好像他不该像王朔那样通晓这些）；他们说，他们震撼于现实生活与灵奇玄幻的穿越……《鬼吹灯》遵循了畅销类型小说的写作模式：封闭空间的历险，同伴之间的互助与背叛，奇幻不可知的世界，步步为营的解谜过程。但与国外成功的类型小说相比，《鬼吹灯》上述方面的表现实在不算精彩，它的情节相当粗糙，知识表述支离破碎、杂乱无章，也根本无心对旅程、墓穴、深谷等环境做细致的描摹——这或许是网络连载的特性决定的。作者甚至没有心机构思一个真正的大谜（像《哈利·波特》那样），而是匆匆地跳出来交代前因，用一个又一个小谜将情节努力向前推进。然而，《鬼吹灯》由网上走到网下，变身年度畅销书，实现了网络小说空前的成功传播，则在于它整合了许多不同的资源，提供给不同类型读者以不同的想象空间。盗墓事业的神秘，当然会激发大多数人的好奇心，而成功的叙事语调与另类知识，则提供了更多的增值。

　　另一股不可忽视的潮流是女性写作。1999 年，卫慧发表了《上海宝贝》。与 80 年代成名的女作家如王安忆、铁凝不同，伴随着女性主义浪潮（或许该以 1994 年怀柔世界妇女大会画线）成长的女性作家，不再追求"半雄半雌的头脑"（黑格尔语）。陈染、林白举起了"私人写作"的大旗，走得更远的或许是翟永明等人的诗歌（其回响直到余秀华）。而更年轻的卫慧与棉棉，在文字里将欲望释放到了某种极限。她们的背景，则是盛开于无数报刊专栏，后来又占据媒体大半壁江山的"女性絮语"。文学在不再承担社会道义与思想阵地的使命之后，女性的份额在以惊人的速度提升。终于，"文艺女青年"成了中国文学受众的主力军，即使在网络时代，"女频"（女生频道）的文学含量也普遍高于"男频"（男生频道），小说改编成影视剧的成功率更是让"男频"望尘莫及。

在 21 世纪初的多次文学阅读评选中，路遥的《平凡的世界》总是高居榜首，而金庸的位置也总是与鲁迅不相上下。2007 年的文学阅读被媒体总结为"男盗女穿"，纸贵一时的《鬼吹灯》《盗墓笔记》《梦回大清》《步步惊心》不仅销量惊人，也是接下来十年影视改编的热门类型。而通常不被计入文学领域的跨门类作品，无论是韩寒的博客文字、于丹的《于丹〈论语〉心得》，还是《明朝那些事儿》，打动人心的法宝，仍然离不开文学的元素。这一切都指向一个结论：当代文学正在发生裂变，不同的亚文化群落形成封闭的"生产—消费"循环，那些 2000 年前占据文学江山的作家与背后的体制，不再是当代文学唯一的选择。

2007 年，媒体疯狂炒作一位德国汉学家顾彬对中国当代文学的批评。顾彬将现代文学（1919—1949）称为"五粮液"，而将当代文学称为"二锅头"。这种来自西方的观点无疑为质疑当代文学的声浪火上浇油。据网络调查，尽管众多网民对一个外国人对中国文学"指手画脚"深为不满，认为有伤民族自尊，但还是有百分之八十以上的接受调查者认同顾彬的观点。

细究公众对当代文学的愤怒，不外乎两方面：一是对于文坛体制的抨击；二是对于市场化文学的厌恶。这种愤怒背后映射的，其实是整个社会对文学功能与角色的认知混乱。文学应该承担社会公义吗？作家应该追求高雅格调，即成为"灵魂工程师"吗？市场应该成为文学的重要甚至唯一标准吗？这个世纪的人们还需要文学吗？这些没有答案的问题，伴随着作协的扩招、《暗算》的获得茅盾文学奖，还有一大批王朔式的文坛外"高手"的走红，慢慢地飘散在风中。

第四个十年（2009—2018）：重生期

征候式人物：莫言　刘慈欣　金宇澄

莫言在 2012 年获得诺贝尔文学奖之后，有媒体不无反讽地提及旧事：2009 年莫言小说《蛙》在上海首发，出版社担心人气不足，请了郭敬明来"站台"。会后莫言称与郭敬明"并无交情"。

这确实是一个饶有趣味的细节。莫言与郭敬明可以视为两种不同文学体系的代表人物，郭敬明为莫言站台，王蒙担任郭敬明加入作协的介绍人，包括莫言 2013 年受邀成为中国网络文学大学的名誉校长，都可以看作两种文学体系的交集，但两者恐怕仍然"并无交情"。

基本上，根植于青春写作与网络载体的新媒体文学，跟体制化、精英化的传统文学之间，迄今为止，仍然是隔膜远大于沟通。尽管中国作协开设的网络作家高级研修班一届又一届，但我们看不到传统文学的诸法则能有多大程度地渗透到已经高度市场化的网络文学之中。正如有批评家指出的，网络文学是一个欲望空间，是以"爽"为出发点与美学诉求的文学形态。在笔者看来，网络文学是回到了文学创作的原点，直接诉诸刺激受众的各种欲望。它跟传统文学不在一条道上。

然而这并非断言当代文学不可能浴火重生。莫言获得诺贝尔文学奖，不是一个时代的开始，而是一个时代的终结。中国的乡土社会正在迅速瓦解，百年来一直占据主流的描写传统乡土社会的作品，将从大国变为附庸。农民出身的莫言、陈忠实、贾平凹、刘震云，他们的资源正在或已经耗尽，乡土文学的主潮已经转换为都市视角的"回乡手记"。

面临重新洗牌的不仅是乡土文学，连统治了上百年的小说这一门类也面临着挑战。学者陈平原曾在1999年预言，21世纪小说将风光不再。二十年来，小说确实在逐渐地走下神坛，一是非虚构写作的影响力与传播度越来越强，基本替代了小说描绘世情的功能；二是小说自身也摆脱了承担严肃思考与社会公义的使命，从"娱人娱己"的起点重新出发。

刘慈欣的《三体》为中国科幻小说赢得了雨果奖与世界声望。《三体》的文学价值却为诸多评论家所诟病。然而，这正是文学新时代的某种表征：小说的衡量标准不再以语言或人物为首选，而是让位给了想象力与宏大结构。因为小说与碎片化阅读要求的"短"相反，大都走向了从前无法想象的体量。就这一点而言，《三体》虽非网络小说，却可以代表奇幻、修真、穿越等各种类型文学。

同样，网络上并不只有类型文学。追求高度的写作虽然小众，但并未绝迹。《繁花》同样因2015年获得茅盾文学奖而声名大噪。这部作品的首次发布地，是一家研究上海文化的小众网络论坛，而它的作者金宇澄，是一位比莫言年纪还大的文学编辑。《繁花》后来的写作与传播本身，完全遵循传统体制的"期刊—出版—获奖"的模式，但它创作的自发性、网络属性及地域特色，提示了专业化与市场化两种写作之外，仍然有着可供探索的新的表达空间。

如果我们放平心态，重新审视各种各样的文学形态，我们就不得不承认，最近十年的中国，文学远远说不上衰退，因为它不只活在传统的文学体制之中，也不是影视 IP 可以一网打尽。中国有超过二百万的注册写手，每天产生超过一亿字的文学内容——这还没有算上诸多充斥着文学元素的影视剧本、公众号文章、非虚构叙事。正是在诸种文学形态的并行与冲撞当中，中国当代文学始终闪耀着精神的魅力与重生的希望。

注释：
———————

[1] 汪曾祺：《〈汪曾祺自选集〉重印后记》，《漓江》1991 年冬季号，转引自《汪曾祺全集》第 5 卷，北京师范大学出版社，1998，第 163 页。

第一章

社会转型期的文学震荡

向市场经济转型中的文学现象

1985 年之后，在文坛逐渐形成百花竞放的多元化格局的同时，一股潜流也在悄悄地涌动。在当时，还没有多少人意识到，这股潜流会以爆发的方式，对整个中国文学的格局造成前所未有的冲击。

其时担任文化部部长的王蒙在一次讲话中敏锐地指出："现在确实有些值得注意的现象。首先是所谓通俗文学实为庸俗文学的冲击，也就是盲目追求金钱的市场力量对严肃的正当的文学事业的冲击。""其次，最近一段时期，有一种有意无意地贬低和嘲笑文学的社会性、时代精神、现实题材乃至深入生活的意义的论调在传播。""第三，有些作品由于片面热衷于描写抽象的人性，削弱了对于爱国主义、革命英雄主义的宣扬。最近一个时期，有些刊物竞相发表表现人们的性本能的作品。其中固有严肃之作……确实有些作品是为招徕读者、投合某些读者的低级趣味而炮制的。"[1]王蒙是从意识形态的角度对上述现象进行批评的（这些现象也的确蕴含了对主流话语的消解），但后来的发展表明，他指出的这些现象正预示着中国文学向市场经济转型的开始。

在此以前，中国文学曾经历了长期从属于政治、为政治服务和短暂地恢复自身审美追求、进行语体实验两个时期。1986 年后，在走向市场化的商品经济的冲击和引导下，文学整体呈现出越来越明显的通俗性和消费性。有人这样描述这个时期文学的变化：

> 首先是意识形态化从文学大步撤离，同时文学以及整个文艺又被推着进入了"第三产业"，文学由此失宠；其次，传媒渠道的畅阻情况有变，民间的社会话题已无须全由文学越俎代庖，特别是社会出现多元价值取向，经济利益成为个人可以向往追求乃至操作的事情；正如人气不聚，股市狂泄，心思转移，遂使文学失重。从来是威威赫赫，从来是野火烧不尽、春风吹又生的文学，却在这个世纪末遇到了真正深刻的震荡和分化。在"诗言志""文以载道"的文化背景和"天子右文，群公操雅"的政治背景下，以文为责和以文为业者首先就敏锐地觉察了重新选择职业与人生的可能性和必要性，经商下海在文艺圈内成为一个共同的话题和风气，与此不无关联；同时文学工作者开始了大规模的近亲转移，许多的"文学人"现在就兼为"影视人"了；而大量的文学期刊及其文学理论评论期刊，在好不容易熬过了（19）92年之后，似乎再也拗不过（19）93年，于是在岁末之际纷纷举起了改头换面甚至改换门庭的旗号。[2]

这一系列变化表明，中国文学再也无法以旧有的方式存在，作家和批评家都必须对新的文学状况做出回应，在市场经济的大环境中选择新的生存策略和发展方向。

一　急剧变动的文学环境

1985年是引人注目的。这一年，在中国首度爆发了"通俗文化热"。首先是港台文化的"抢滩",其中金庸和梁羽生的新派武侠小说多达十余种,第一版印数达二百余万册,琼瑶的言情小说则逾十五种。这还不包括大量的非法出版物。其次,内地自身的通俗文学刊物如《今古传奇》《名人传记》《中外传奇选》《蓝盾》,以及各种合法、非法的通俗报刊也在市场纷纷出现,发行量极为可观。与此同时,《收获》《人民文学》《上海文学》等纯文学权威刊物订数大跌,从"文革"后复刊之初的二十万份以上,下降到三万份左右。[3]再次,许多纯文学刊物则开始通俗化转向,如《安徽文学》改成了以刊登纪实性作品为主的《文学大世界》,《艺术广角》和《文学批评家》也都重新将刊物定位在通俗文化层面。

电影曾在新时期初盛极一时,到80年代中期也颓势难挽。如《晚钟》《找乐》这样在国际上获奖的影片,在国内市场上只能卖出几个拷贝。1985年在影视市场上走红的是日本电视伦理剧《血疑》、中国香港电视连续剧《霍元甲》和《上海滩》。再加上风行全国的卡拉OK、歌舞厅,雅俗文化的对峙态势已经形成,市场的天平也开始明显向通俗文学倾斜。

到了90年代,这种趋势有增无减,纯文学和通俗文学的市场效益落差进一步扩大,如《萌芽》最高发行量曾达三十五万份,到1995年跌至两万份,而《萌芽》用来"以副养文"的附属刊物《电影、电视文学》的发行量是三十七万份;同是上海文艺出版社的期刊,1995年《小说界》的发行量只有三万份,《故事会》则为三百多万份。[4]

纯文学作家的生存也出现了危机。一方面,以往那种"政府养作家"的制度受到了质疑,王蒙指出:"国家把作家养起来的作法，流弊很大，一个真正的作家不会为金钱而放弃写作。……一个真正的作家在再大的困难面前也不会动摇，金钱的诱惑不算什么了不起的，一个特别有前途的作家不会被金钱所吸引，如果少一个作家，多一个精明的商人，也没有什么遗憾。"（《新民晚报》1992年9月22日）另一方面，国家规定的稿酬四十年不变，物价却不断上涨。50年代初，刘绍棠可以用一部长篇小说的稿费买一座四合院，而90年代初张贤亮一本小说写了两年只得了5000元稿费，只能买两平方米商品房。[5]1984年，启功、吴祖光等人曾提出调整稿费标准问题，认为征收所得税不合理，以字数计酬的办法不能体现优质优酬等。[6]这时期作家如莫应丰、周克芹、路遥、邹志安英年早逝的现象频繁发生，经济收入低也是一个重要原因。随着市场规律的普及和商品观念的深入，要求稿酬与文学创作价值相适应的呼声越来越高。

面对这样的局面，作家们的反应各不相同。宣称"对市场经济无动于衷"者有之（汪曾祺），认为"仍然应该有一部分文化人要耐得住寂寞和清贫，坚持搞艺术"者有之（沙叶新），认为"文人下海是社会发展的必然结果"，同时又要求"绝不能走西方经济繁荣了而文学衰退的老路"者亦有之（陆文夫）[7]，还有对此持相当乐观态度的韩少功、郭小东等人，认为"市场经济的竞争机制使具有创作才能的作家获得了更多自我价值实现的机会，也使一些被养起来的平庸作家离开了不适合他们的位置，从而较好地解决了作家与才能错位的问题"[8]。但冯骥才的感觉相信是大家所共有的："'新时期文学'这个概念在我们心中越来越淡薄。那个曾经惊涛骇浪的文学大潮那景象、劲势、气概、精髓，都已经无影无踪，魂儿没了，连那种'感觉'也找不到了。"他把这种转型总结为作家由在"文学时代"写作，转向在"经济时代里写作"，从而宣告"一个时代结束了"。[9]

二 制造热潮的文学事件

在过去的文学时代，一部书基本可以仅被看作作者和读者之间的交流，责任编辑和出版社充其量是"为他人作嫁衣裳"的裁缝。而在市场经济时代，出版商或刊物编辑充分利用手中的权力，与传媒相配合，成为文化市场的操纵者。他们使用各种手段包装并隆重推出作家作品，通过反复宣传制造时尚，达到引导公众文化消费的目的。有书评这样感叹："在文学日益失去轰动效应的今天，靠作品本身走红发紫已越来越困难。"[10] 导演石晓华认为"影视创作要有整体构思，要有包装，没成名的更需包装"，导演史蜀君甚至认为"我们不需要评论家，只需要包装人"。[11]

1989 年至 1997 年十年中，经过包装成为焦点的文坛事件主要包括：

汪国真现象

汪国真的诗歌最早大多是由中学生私下传抄，1989 年经广州某出版社包装，风靡一时。他的诗歌里一方面充满"苦涩""迷惘""惆怅"等青春期流行情感，如"欢乐总是太短／寂寞总是太长／挥不去的是雾一样的忧伤／挽不住的／是清晨一样的时光"（《感觉》），或是对社会主流的平庸化叛逆，如"我信奉真实／却不信奉谶语／我崇拜真理／却不崇拜权力"（《思想者》）；另一方面也不乏温情洋溢的劝慰和勉励，如"生命是自己的画报／为什么要依赖别人着色""没有比脚更长的路／没有比人更高的山"。

汪国真的诗除出版诗集外，还被大量印制在新年或生日贺卡上，编写成钢笔字帖，广为流传。然而似乎也正是过度的"包装"导致了汪国真的败落：一是他自己口出狂言，"要去获取诺贝尔文学奖"，引起了本来就批评他"宣扬对现实的顺从"的评论家们的不满，发起了一场"倒汪运动"；二是汪国真频频在电视上露面，他的诗迷们发现心目中的白马王子不过如此，支持他的热情大减。后来仿照"汪国真方式"包装的几位诗人都没能取得成功。

王朔旋风

王朔从1984年起发表《空中小姐》，以"顽主"系列在文坛崭露头角，并成为少有的靠写作谋生的"个体户"。1989年被称为电影界的"王朔年"，根据他的小说改编的四部电影同时上映，其中《顽主》获"金鸡奖"九项提名。同年他与一班同行组织了中国第一个民间作家工会"海马影视创作室"，1992年正式注册，开民间独立制作影视剧的先河。1990年王朔参与创作中国第一部大型室内电视连续剧《渴望》，引发全国收看热潮；1991年王朔领衔创作电视连续剧《编辑部的故事》，再一次获得巨大的商业成功。1992年华艺出版社出版四卷本《王朔文集》，开创了新时期作家出文集的先例。王朔小说选集，以及《王朔作品片断》《王朔妙语录》成为畅销书，由他的作品名字而来的"千万别把我当人""你不是个俗人""玩的就是心跳""过把瘾就死"成为都市大众流行语。关于王朔的评论集包括《王朔，大师还是痞子》《我是流氓我怕谁》《我是王朔》等，1993年《中国青年报》开辟《王朔给我们带来什么》专刊，展开对王朔现象的讨论。这也引起了海外的兴趣，《纽约时报》《读卖新闻》《泰晤士报》均有关于王朔的报道。1991 至 1996 年，王朔引发了中国文学评论界最旷日持久的一场争论。

王朔小说中最具特色，也最为人所诟病的，就是"痞气"，正如一位评论者指出的那样："他以轰毁一切权威话语的方式来牟取话语权力，以否定一切真理、信念的方式来表达市民阶层底层人的声音，通过将底层社会人的生活进行理想化的描绘来显示这个阶层的精神优胜，为这个阶层获得权力话语提供合法依据。"[12] 虽然王朔常常称自己是一个"码字师傅"，但旁人却从他身上看到了一个时代的心态聚焦：

> 我从不把王朔看作一个"码字"工，王朔是一个没有受勋的"当代英雄"。既然不能通过秩序、法律、道德、良知实现我的欲望，那么，我就彻底堕落，我就不承认准则和良心。王朔说出了众多受挫乃至失意的中国人的心里话。[13]

由此，澳大利亚汉学家白杰明（Geremie Barme）认为，王朔现象是"自毛泽东时代以降最重要的出版现象，它象征着当代中国城市文化时代的来临"[14]。

《废都》之争

《废都》尚未面世，"贾平凹拿了一百万稿酬"的谣传就已经满天飞了，《废都》开印数即为四十万册，也创下近年文艺书籍出版之最，广告语打出的是"当代《金瓶梅》"和"知识分子灵魂的史诗"。贾平凹表示，在这部书里"我只想自己的心迹，安妥好自己的灵魂”，他自己也未必想得到，这本书会让他陷入“誉满天下，谤满天下”的境地。

最让批评者和一部分读者愤怒的是《废都》中性描写的“金瓶梅笔法”和那些被怀疑为纯商业手段的“□□□□”。北京大学中文系几位女生表示“对贾平凹很失望”，认为这本书是“把玩女人和商业目的齐驱”，她们质问“作家的责任感在哪里？”。有学者认为贾平凹此举是“一反启蒙而为媚俗，借此引发些轰动效应，名利双收”，《废都》热也许恰恰反证中国作家某种共时性的脆弱、柔顺、轻浮和庸俗”，“贾平凹已经堕落成一个庸俗的作家”。另一些评论者则认为“这部作品题旨之繁复、内容之浑沉、描写之大胆、语言之朴茂。绝非平凹以前的作品可比”，说这是“一部内容丰富复杂，艺术又堪称文林独步的大作品”，甚或称《废都》是“自钱锺书《围城》以来，写知识分子生活的扛鼎之作”。[15]当真是人言人殊，莫衷一是。

“陕军东征”直到1997年尚有余波，这一年《白鹿原（修订本）》获第四届茅盾文学奖，《废都》则获颁法国“女评委文学奖”，算得是对当年的喧嚣有了个交代。

顾城之死

著名朦胧诗诗人顾城1993年10月在新西兰杀妻后自杀。消息传出，轰动异常。这样一件人伦惨案，因为凶手是著名诗人，评论中出现两种不同的评判价值标准，一些论者呼吁社会不要用世俗的标准评判诗人，要理解诗人独特的思维习惯和行为方式。顾城的一位朋友说：“我毫不怀疑他们的道德品质（因为我爱他们两个人），他们的一切都是他们很自我的使然，他们走向静川。”[16]

另一篇文章写道："我也不免为他的死而惋叹，但我不想做什么世俗的评价，我没忘记他是一个'童话诗人'。我在心里默祷他的灵魂得到安息。"（《解放日报》1993 年 10 月 31 日）这种言论激起了许多论者的愤怒，有评论指出："现在的'炒明星'，已炒到了莫名其妙的地步……竟然连名人明星的抡斧夺命，也成了可以赞叹的'逸闻'，借以引发人们'不尽的思念'，这不是有一点荒谬绝伦了吗？"（《解放日报》1993 年 11 月 23 日）

另一种炒作方式是出版顾城的遗著或重新出版他的诗集。顾城的死讯传出，他正在深圳文稿竞价会上的手稿《英儿》立即增值，刊登了这篇作品的《花城》杂志也随之洛阳纸贵。随后出版的顾城诗文集包括黄黎方编的《朦胧诗人顾城之死》（花城出版社，1994）和虹影、赵毅衡编的《墓床》（作家出版社，1993）。文坛之外也有人利用了这次事件，1993 年 10 月 31 日，也就是顾城自杀十余天后，大连市一家公司在大连斯大林广场将一幅长三十米、宽六米的黑色幕布铺在纪念碑前，上面印四个大红字"诗人之死"，第二天又将其挂在大连宾馆楼顶，轰动了整个大连。而这个举动，只是一个广告策划公司的开业广告。[17]

1995 年，顾城的情人李英（《英儿》的女主人公）针对《英儿》推出了她的自传《魂断激流岛》，也成为畅销书。而李英的另一情人刘湛秋将他们之间的三角恋爱故事制成录音带，登出广告让读者打收费电话至广州某信息台听取，后在有关部门干涉下作罢。

《曼哈顿的中国女人》

《曼哈顿的中国女人》是一部自传式作品，这本书以其主人公在异邦经过百折不挠的奋斗，最终取得巨大成功的经历吸引读者，更因作者周励在《序》中再三表白这是"真实的经历"而满足了读者借鉴成功者的渴求。该书上市三个月后印刷三次，销量达四十万册，成为第三届全国图书展最畅销图书，也赢得了一些评论文章的高度评价。而且《曼哈顿的中国女人》诱发了多部同题材小说，如《北京人在纽约》《我的财富在澳洲》《我在美国当律师》等，形成了颇为壮观的"留学生文学热"。

正当《曼哈顿的中国女人》一书如日中天时，《北京广播电视报》以《曼哈顿华商公开周励真相》为题转载了美国《美东日报》《纽约新闻报》的文章，对书中多处失实之处予以披露；《南方周末》则发表了书中人物之一游尊明的口述文章，题为《书，造成轰动；人，引起争议》，对书中的描写进行反驳，并揭露周励人格上的缺陷。各地报刊纷纷转载这两篇文章，周励也不得不在新闻发布会承认"既是小说，也就允许存在个别情节的文学加工或虚构"[18]。

文学史家陈平原在评论这一事件时指出：

这么一部平庸的通俗回忆录（或称纪实文学）就因为满足了眼下中国人的发财梦，再加上成功的商品推销术，以及新闻媒介的推波助澜，于是红透了半边天。此类读物畅销不足为奇，令人不可思议的是，居然有著名评论家站出来断言，"从某种意义上，我们未来的文学应从这部书开始"；也有著名学术刊物发表专文论证此书"在中国当代文学史上所起的开拓作用""不容忽视"。[19]

作家文稿大拍卖

1992 年，王朔等人的"海马影视创作室"正式注册，旗下包括苏童、刘恒、池莉、刘震云等知名作家；同年，作家张贤亮出任宁夏回族自治区文联下属的"艺海实业发展有限公司"董事长，戏剧家魏明伦自组"魏明伦文化经济有限责任公司"，自任总经理，这些事件拉开了作家文人大规模"下海"的序幕。

1993 年 1 月，上海一批作家、编剧共同签署了"九三一"约定，规定了签约者关于编写电影剧本和电视剧本的最低要价，抵制不合理的国家统一稿酬制度；[20] 5 月，上海万国证券公司邀请陈村等十名上海著名作家去"体验生活"，事后出版了报告文学集《万国之路》。

9 月 11 日，"'93 深圳（中国）首次优秀文稿公开竞价活动"开幕。包括不少知名作家的八百多名作者，逾七千万字的文稿参加竞价。最终女作家霍达的电影剧本《秦皇父子》，以高达一百万元的价格被深圳一家公司买走，创下了 20 世纪中国文稿卖价之最。而影星刘晓庆仅凭计划中的一部回忆录的书名就卖出了一百零八万元的天价，也向人们展示了一种新的文稿交易方式。

9 月 28 日（谐音"久而发"），《当代》杂志社编辑周昌义等五名自由撰稿人，以"周洪"的集体笔名与中国青年出版社签订了中国第一张"作家卖身契"。合同规定：在合同期内，所有署名"周洪"的文稿只能由该出版社出版；"周洪"须保证每年为出版社提供一套畅销书。10 月 18 日（谐音"是要发"），"周洪"又与香港梁凤仪的"勤+缘"出版社签订了内容相似的合同。

10 月 8 日，北京的星竹、袁一强、高立林三位作家出资一万两千元在《北京晚报》上刊登广告，出售他们创作的电视剧本《洪顺大街三十五号》。应征角逐的买主有七十多家，最后北京一家游乐公司以十六万元购得该剧本。[21]

如此剧烈的文稿交易市场化活动，建立在作家和商家互相需要、一拍即合的基础上。截至90年代初，专业作家月工资为一级作家四百多元，二级作家、三级作家分别为三百多元和二百多元，而同时期北京、上海人均月支出接近三百元。作家赖以谋生的经济来源只能以稿酬为主，作家王小鹰算过，纯文学稿费每千字不超过三十元，一部耗时两三年甚至更长时间的长篇小说，稿费扣除所得税后只有不到六千元，而"电视台活动每次一百元，小品文每篇六十元，《家庭风景线》（《解放日报》专栏）每月一百三十元，外省或港台地区约稿每千字一百元以上"。陈村则在参与了《万国之路》写作后表示："《万国之路》万把字二千元，又不费力，何乐而不为。"[22]

　　而出版商为了寻求稳定的市场，也亟须知名作家的文稿和包装一批明星作家。中国青年出版社在签订了与"周洪"的"卖身契"后宣称："购买'周洪'的合同使出版界由'买文'时代进入'买身'和包装时代。"该社还表示：购买"周洪"仅仅是它们一个大的战略计划的前奏，它们计划分期分批收购作家，不看对方以前写过什么，而看他们以后能够写出什么。它们希望有计划地推出自己的"三毛、琼瑶、金庸、古龙、谢尔顿"一类的严肃畅销作家，引导和占领长期被大出版社不屑一顾的通俗市场。[23]

注释：
————

[1]　王蒙：《当前文学工作的几个问题》，《红旗》1985 年第 24 期。
[2]　生民：《失宠失重后的文学》，《文汇报》1992 年 11 月 25 日。
[3]　参见花健、于沛：《文艺社会学》，上海交通大学出版社，1989。

［4］ 参见陈丽：《困境与突围》，《社会科学》1995 年第 1 期。

［5］ 参见戴方：《北京文化界掀起文化变革风》，《北京青年报》1992 年 7 月 26 日。

［6］ 参见舒展：《论冻结稿酬标准的伟大革命意义——关于稿酬标准的历史回顾及其现状的思考》，《文汇月刊》1988 年第 5 期。

［7］ 参见江迅：《面对商海》，《文汇读书周报》1992 年 11 月 7 日。

［8］ 参见艾妮、白云：《当代中国的历史发展与文学变革》，《文学评论》1993 年第 1 期。

［9］ 参见冯骥才：《一个时代结束了》，《文学自由谈》1993 年第 3 期。

［10］ 阎涛：《浮出海面——从"王朔热"谈畅销书制度》，《光明日报》1992 年 10 月 25 日。

［11］ 参见作者不详：《改革：繁荣国产影视剧的出路》，《文汇报》1993 年 5 月 8 日。

［12］ 祁述裕：《逃遁与入市：当代知识分子的选择和命运》，《文艺争鸣》1995 年第 4 期。

［13］ 老愚：《我是蝎子——一种政治思维的终结》，载高波编《王朔，大师还是痞子》，北京燕山出版社，1993。

［14］［美］陈雪：《王朔的痞子创造历史论》，载高波编《王朔，大师还是痞子》，北京燕山出版社，1993。

［15］ 参见肖（萧）夏林主编：《〈废都〉废谁》，北京：学苑出版社，1993。

［16］ 姜娜：《顾城、谢烨寻求静川》，《今晚报》1993 年 11 月 24 日。

［17］ 参见作者不详：《巧借"诗人之死"为公司扬名》，《文艺报》1994 年 2 月 6 日。

［18］ 参见作者不详：《周励自辩清白》，《中国妇女报》1993 年 1 月 10 日。

［19］ 陈平原：《近百年精英文化的失落》，《二十一世纪》1993 年第 6 期。

［20］ 参见程德培：《十年与五年》，《作家》1994 年第 5 期。

［21］ 参见李建军：《1993—1994：文学步入"春秋战国"》，《山西发展导报》1995 年 3 月 4 日。

［22］ 陈丽：《困境与突围》，《社会科学》1995 年第 1 期。

［23］ 参见杨晓升：《大陆作家"卖身记"》，《星光月刊》1993 年第 12 期。

第 二 节

海外文艺与文化思潮的冲击

海外的各种理论、学说如潮水一般地涌进这片大地，带给茫然的目光许多惊喜。每个人都在其中虔诚地、贪婪地翻捡着，祈望能寻得一件法宝，将中国存在的所有问题都击个粉碎——这是中国自20世纪末以来就反复上演的场景。然而对于1986年之后的中国文学来说，虽然潮汐频仍，涛声依旧，但赶海的人们的目标却不再那么一致了。中国文坛开始步入一个"多元杂语时代"。

一　后现代：话语的杂陈

后现代主义

"后现代主义"（Post-modernism）这个名词到80年代中期才在中国出现，但后现代主义的传入却要早得多。1980年以来，不少后现代主义作家的作品已经译介到国内，其中包括海勒、塞林格、马尔克斯、博尔赫斯、纳博科夫、品钦、巴思、巴塞尔姆、冯尼格特、罗伯-格里耶、贝克特、品特、卡尔维诺、布托尔、金丝伯格等人的作品。但这些作品普遍被当作现代派作品看待，[1] 研究者也大多将其视为现代主义"在第二次世界大战之后的继续"或"重新抬头"，[2] 具体讨论也在这样的认识基础上进行[3]。

1985年，美国学者弗·詹姆逊（Fredire Jameson）在北京大学做了题为《后现代主义与文化理论》的讲演，该讲演后来结集为同名图书，于次年在中国翻译出版[4]。"这使中国学界第一次比较全面地看到了后现代主义的基本框架。其后，一批学者在文化讨论中逐渐将视野从'五四'的古今之争、中西之争，转到世纪末的现代与后现代之争、现代化与心性价值之争上。"[5]

90年代初，后现代主义的译介和论著大增，几年内计出版佛克马编《走向后现代主义》(1991)，王岳川、尚水编译《后现代主义文化与美学》(1992)，哈桑著《后现代的转折》(1993)，王岳川著《后现代主义文化研究》(1992)，王治河著《扑朔迷离的游戏》(1993)，张颐武著《在边缘处追索》(1993)，王宁著《多元并生的时代》(1994)，陈晓明著《解构的踪迹》(1994)，赵祖谟主编《中国后现代文学丛书》(1994)，以及《当代潮流：后现代经典丛书》，等等，几年内全国报刊共发表后现代主义理论和批评的论文八百余篇，并于1993年在北京大学召开"后现代文化与中国当代文学国际"研讨会，1994年在西安召开"后现代主义在当代中国"研讨会，除此以外，后现代主义哲学家如福柯、德里达、利奥塔等的著作也不断得到翻译出版。这些都使中国的后现代主义研究影响进一步扩大。

关于后现代主义的概念，各论述者的解释不尽相同。詹姆逊认为后现代主义的特征是"多民族、无中心、反权威、零散化、无深度概念"，也有人将其特征概括为"非连续性、分裂性、非稳定性、非因果性、反整体性"（林达·哈奇《一种后现代主义诗学》)，[6]王宁更是从文化现象、认识观念、文艺思潮、叙述话语、阅读符号代码、批评风尚六个方面阐述了"后现代主义的六种形式"[7]。一般说来，对于后现代主义文学，各家能取得共识

的为以下三点:

一、大众性。后现代主义拒绝将文学当作济世救民、普度众生的工具和手段,也拒绝用文学来显示知识者的精神优越和智力高贵,而是努力使文学非神秘化、非贵族化、非专制化,以一种平等的方式贴近生活,召唤读者参与本文化的过程。

二、平面性。后现代主义创作往往与生活同格,用本文、本文性来代替所谓意义和主题,提供一种反阐释性的阅读体验,放弃了现代主义以前文学对终极意义、绝对价值、生命本质的苦苦追求。平面化的写作不提供多种解读的可能性。

三、消解性。如哈奇所说,后现代主义"拒绝安排任何结构,或者如利奥塔德所谓的权威叙事——如艺术和神话"。作品通过各种矛盾、反讽、自我揭露的方式,造成一种完全开放的、复数的本文,动摇一切对本文整体的、固定的把握,在叙述中将一切的意义放逐。[8]

后现代主义是 1986 年以后对中国文学影响最大的一种外国文艺思潮。特别是在 90 年代,大量的对文学现象的新命名如"后新潮""后新时期""后先锋""新写实主义""新状态小说""新体验小说""第五代诗群""第六代导演"等,都是直接或间接地从"后现代主义"推衍而出。几次大的文学论争,也多半有后现代话语参与其中(见下节),甚至女性主义批评、语言学转向、港台文化潮等对中国文学影响甚大的海外思潮,也与后现代主义息息相关。可以说,后现代主义作为一种自西方引进的话语体系,成为这一时期中国文坛上的笼罩性话语。

有人不同意中国存在自己的后现代主义文学,但后现代主义在中国得到了较为全面的研究,却是不争的事实。中国的后现代批评主体也处于价值多元的并存状态，有论者将他们大致分为三种：

　　一是后现代主义的积极推动者。这类批评者以后现代主义者自居，著文为后现代主义的无信仰、反传统、颠覆性叫好，对"后"这一词缀有特殊的好感，喜欢以后现代为尺度去看待并衡量一切文化现象。二是后现代主义的研究者。这类学者不盲目追"新"逐"热"，而是以学者的冷峻眼光分析后现代主义的正负效应和得失利害，其著书行文中保持客观性和清醒的批判性。三是后现代主义的尖锐反对者。这类批评者以传统理想主义和历史人文主义角度，反对后现代主义的颠覆策略和"怎样都行"的游戏人生观，支持以传统道德和精神信仰反击后现代主义。[9]

女性主义批评

　　"女性主义"（Feminism）也译作"女权主义"，表现在文学批评上，是对以往传统的以男性为中心的价值观采取颠覆和质疑的态度。它主要有如下基本原则：一、批判以男性为主体的传统文化，提倡两性平等，积极参与反对性别歧视的斗争；二、探讨文学中的女性意识，改善女性形象，研究女性特有的表达方式，诸如对文学的语言、形象、题材、情节、象征等构成因素作女性主义的理解，即认为它应与男性中心模式有所区别，或认为它应脱离以男性为参照系的二元对立框架，寻求自己的独立空间；三、重新评价文学史，认为原有的文学史是一套父权制话语，是男尊女卑思想的体现，力图发掘被埋没或受冷落的女作家的作品，纠正男性传统对之的错误理解，怀疑以至重铸传统的文学理论及批评方法；四、关注女作家的创作状况，揭示她们的实际困难，鼓励和帮助妇女与男性竞争，关注女读者在评论界的际遇，倡导一种具有女性自觉性的阅读。[10]

女性主义文学批评的引进肇自1983年出版的一部《美国女作家短篇小说选》（朱虹编选），编者在序言中介绍了美国20世纪60年代后期女权运动的勃兴，较为系统地译介了女性主义文学理论，包括西蒙娜·波伏瓦的《第二性》、弗吉尼亚·吴尔夫的《一间自己的房间》，以及苏珊·古芭等人的《阁楼上的疯女人》等女性主义批评经典。从此，有关女性主义文学批评的文章在各类文学报刊不断出现，1989年英国女性主义批评家玛丽·伊格尔顿的《女权主义文学理论》翻译出版，汇集了1929年至1986年西方女性主义批评的权威性论述，反映了女性主义各流派的基本面貌。1988年，河南人民出版社推出首批妇女研究丛书，其中《夏娃的探索》（李小江）、《浮出历史地表》（孟悦、戴锦华）等著作引起广泛关注。1989年，《上海文论》推出《女权主义批评专辑》。

虽然大多数女性主义批评者不愿承认自己是"女权主义者"，但她们为中国女性不平等地位呐喊的指向是很明确的，孟悦的见解可以作为其中的代表："妇女始终是一个受强制、被统治的性别"，"尽管统治角色和统治术已在无数次改朝换代中一变再变，但这唯一的统治结构却从古延续到昨天乃至今天"，"女性问题不是单纯的性别问题或男女权力平等问题，它关系到对历史的整体看法和所有解释。女性的群体经验将重新说明整个人类曾以什么方式生存并已在如何生存"。

女性主义文学批评从一个特殊的角度切入，对已有或未有定论的作品进行重新观照，构成了一个重要的文学景观，对文学史研究中的"祛蔽"起到了很大的作用。但在声势浩大的女性主义批评中，也出现了一些将女性文学与男性文学进行对立，从而"逢女必捧"的偏误。

语言学转向

保罗·利科（Paul Ricoeur）在《哲学主要趋向》（商务印书馆，1988）一书中指出：我们这个时代几乎全部的哲学成果，都与哲学家对于语言发生兴趣的研究有关，"这种对语言的兴趣，是今日哲学最主要的特征之一"；国内也有研究者论述"在过去半个多世纪内，语言学已经跃居西方人文科学的领导地位，这门科学的高度理论性使它成为任何思考的出发点"，因为"语言学为人们提供了一种关于人类现实符号学的描述模式和说明模式"。[11] 这就是通常所说的关于哲学和文学研究的"语言学转向"（the Linguistic Turn）。

随着海德格尔、维特根斯坦、伽达默尔、福柯、阿尔杜塞、拉康、詹姆斯、尧斯等一大批深受语言学影响的哲学家、文学评论家的著作进入中国，"语言学转向"也成为中国文艺批评中一个越来越彰显的命题，"批评家不再谈世界、对象、真理、历史、社会、人物、情节，而只谈语言、符号、本文、语境、关系、结构、生成、转换、消解"。应该说，西方哲学美学语言批判的三个流派——分析哲学美学语言观、解释学接受美学论语言观和解构主义后现代语言观，都对中国当代文学产生了重要的影响：

转向英美分析哲学美学的批评家，在语言即用法和可说与不可说之间，玩着越来越精细的语言游戏，使工具理性精神在人文学科中不断展示自己的当代版本；转向德国解释学、接受美学的批评家，大多具有一种诗化哲学转向，这使中国批评界一直流行着海德格尔热、伽达默尔热。人们谈论诗性语言、诗意地栖居、终极意义寻求，并且使诗人们沉醉在"大诗"的完美与生命的践行上（海子、戈麦自杀之后，中国的诗界90年代有十几位诗人赴死）。转向法国解构主义和后现代主义的批评家大谈能指和所指、语言消解、零散化主张，在语言宣泄的"能指的滑动"中，看出了语言其实是可以玩的东西，语言似乎是一种无思想的堆积物。[12]

1993年《艺术广角》杂志组织了"文艺学研究的语言论转向"讨论，1994年在暨南大学召开了"语言学转向与文学批评"研讨会。与会者指出语言学转向给中国文学带来的影响有正负两个方面。正面效应：一、一元独断语境瓦解、多元语境逐渐形成；二、注重倾听、对话，作者中心的消失，阐释空间的扩大；三、注重了表征差异，拓展了批评的灵活与自由。负面效应：一、表征危机，即将表征差异和个体自由极端化，使交流不可能；二、批评语言的狂欢，即概念堆积、语词过剩；三、语言成了碎片，再也不能整合人的形象，导致后乌托邦话语。[13]

港台文化潮

港台文化潮自20世纪70年代末80年代初涌入内地，十数年来形成三四次浪潮，其表现为以金庸、古龙、梁羽生为代表的新派武侠小说，以琼瑶、三毛、亦舒为代表的闺秀派小说散文，以《霍元甲》《上海滩》《戏说乾隆》为代表的电视连续剧，以"四大天王"、罗大佑、李宗盛为代表的流行音乐，以及广告创意文化、流行语文化，等等。

由于港台文化潮的体现较为形而下，进入的管道较为低层，一开始在文学界并未引起足够的重视。但随着港台文化影响的不断扩大，评论界开始研究和探讨其美学价值、流行原因，以及对内地文学的互补意义。港台文化中影响最大的是金庸，有研究者出版了关于他的系列论著（如陈墨），几所著名大学都召开了关于金庸作品的研讨会，1994年王一川主编《20世纪中国文学大师文库》将金庸列名第四位，同年北京大学聘金庸为名誉教授，这都证明了金庸在大陆的影响力。但金庸从某种程度上说是港台文化的一个特例，是被评论者"雅化"后才取得现有的地位的，人们看重的是他的小说中对传统文化的体认、对美好人性的张扬，以及规模宏大的叙事结构，而非其中的流行元素。大多数论者仍对港台文化持相当低调的态度，如有人将港台文化潮简单地概括为"'人生本是一台戏'的人生态度"，"这是一种玩世的、不愿追问自己内心，甚至有点害怕安静的心态"，并批驳曰"涌进内地的港台文化潮中的那些戏，与真正的人生差得太远，太远"。[14] 有人则将内地自身的"雅文学"与以港台文化为代表的"俗文学"对立比较，将二者的区别简单概括为"雅文学趋向整体经验，俗文学趋向单维经验；雅文学表现感情，俗文学唤引感情或者就是煽情；雅文学的目的效果指向人生的严肃性，俗文学的目的效果则指向娱乐性和消遣性；雅文学凸显语言本身的内在魅力，俗文学中的语言只是处于从属地位，没有自己的价值；雅文学总是以日常意识、现实意识或正统意识的挑战者自居，俗文学必然屈服于世俗意识，迎合大众的心理需求"。[15]

鉴于港台文化与商业结合的紧密性，上述意见不能说没有论据支持，港台文化也确实存在这些弊病，然而从这些文章中可以看出，作者大都对港台文化缺乏真正的了解，仍在使用旧有的审美结构进行解读，因而这种攻其一点不及其余的批评未免显得肤浅。考虑到港台文化的诉求点主要集中在青少年，恐怕要到在港台文化潮影响中长大的一批评论者出现，才能较为客观地对港台文化潮进行评述。

另外，还有些批评者看到了内地知识分子与港台文化人在商业社会中相似的精神困境，开始关注港台文化人如何在商业社会中表达自我的精神立场，一位论者将他们的对策归结为：一、借助创意广告表现当代人困境；二、利用大众趣味表达文人理想；三、寓劝谏于消闲，表达市民愿望。[16] 这对内地知识分子面对市场经济社会进行自我心理调适和寻求发言渠道不无借镜之处。

二　新状态：创作的多元

"新状态"作为一种集团命名显然是大而无当，但它可以用来指称 1986 年以后中国作家的写作路径。进入这一时期，无论是作家们的创作目的，还是他们的习用手法，都与以前大大不同，因而他们对海外文化和文艺思潮的冲击所做出的回应也迥异于前。

当文学史家回首 80 年代时，他们做出了以下的描述：

1985 年似乎是一个分水岭：1985 年以前，"五七族"文化精英与"知青族"精英同舟共济，为启蒙主义呼风唤雨，为思想解放运动推波助澜。思想界的"李泽厚现象"，青年界的"人生意义大讨论"、文学界的"伤痕文学""反思文学"、学术界的"文化热"……风起云涌，蔚为壮观，至今令人追怀。那是一个重返"五四"的时代，清算"文革"、批判国民劣根性，为中国文化向现代化转型上下求索，是那个时代的主旋律，虽然"朦胧诗"及"新的美学原则"在散发着现代主义的悲凉之雾，虽然"伤痕文学"中的低调之作和《在同一地平线上》那样无奈面对现代人生无情挑战的名作足以使人彻悟人生的悲剧底蕴，但时代的主潮是意气风发，充满了胡适在"五四"时期鼓吹的"少年中国精神"——理性的批评精神、冒险的进取精神、社会协进的观念。然而，谁会想到，思想解放的花朵会结出人欲横流的果实？而改革的艰难又促成了时代的迷乱和浮躁。1985 年以后，巨变天翻地覆。[17]

在这样的趋势下，曾经在"时代的代言人"大旗下集结的作家们也只好风流云散，各奔前程，"有的走向西方现代派（如马原、刘索拉、徐星、残雪）；有的走向古道寻梦（如'寻根派'韩少功、李杭育、阿城、郑义、莫言）；而那些在 1985 年以后仍然沿着'干预生活——暴露伤痕'的道路前行的作家（如刘震云、刘恒、方方、余华等）也全无当年的王蒙、刘绍棠，稍早几年成名的刘心武、孔捷生那样的满腔激情，以至于'冷漠''冷酷''零度情感'成了评论界对他们创作特色的一个基本评语"[18]。就连"伤痕文学"的先锋刘心武也终于说出这样的话："原有的思路轰毁，不足惜"，"我不可能为任何人代言"，"为我自己高兴，并乐于自嘲"。[19]

作家们必须寻觅新的路向。新的路向是什么呢？

最早闯入中国作家眼帘的是"拉美魔幻现实主义"。马尔克斯的《百年孤独》中译本于 1984 年出版，顿时燃起了大批青年作家的希望之火。他们似乎从中看到了第三世界国家的文学走向世界文学殿堂的一条新路：通过对民族历史的发掘和重读，体现古老文明和民族精神在现代的张力。这股"拉美旋风"（还有福克纳和他的美国南方小镇）引发几乎一代先锋作家的效仿狂热。张炜的《古船》（1986）被人称为"中国的《百年孤独》"，莫言更是直言不讳将《百年孤独》列为对他影响最大的著作之一。[20]这阵浪潮还为刚刚发轫的"寻根运动"推波助澜。

之后，对外国现代主义和后现代主义的译介达到了一个新的高峰，《世界文学》《外国文学评论》和《中国比较文学》三家杂志分别开设《中国作家谈外国文学》《中国作家与外国文学》和《我和外国文学》栏目，向人们展示中国先锋作家所受到的外国影响。很多作家都表示是外国作家的作品帮助他们进一步地理解了文学的真谛。宗璞说："卡夫卡的作品在我面前打开文学的另一世界，使我大吃一惊！""我从他那里得到的是一种抽象的，或说是原则性的影响。我吃惊于小说原来可以这样写，更明白文学是创造。"[21]莫言在《喧哗与骚动》中看到"过去的历史与现在的世界密切相连，历史的血在当代人的血脉中重复流淌"[22]，格非从福克纳笔下的灵性的生物感到"对叙事技巧始终存在探索的热情"[23]。余华则在卡夫卡笔下发现了"作家面对形式时可以是自由自在的，形式似乎是'无政府主义'的"[24]。

然而中国作家同时又感到了"影响的焦虑"，他们试图建立自己的独创性和个性色彩，又担心走不出前辈作家的阴影。他们反对批评家将他们仅仅视作外国作家的模仿者。马原承认博尔赫斯对自己的影响，却抱怨说："我甚至不敢给任何人推荐博尔赫斯……原因自不待说，对方马上就会认定：你马原终于承认你在模仿博尔赫斯啦！"[25]格非更是坚决地拒绝批评家赠予的"博尔赫斯最好的中国学生"这一称号。[26]

好景不长，在读者厌倦了先锋小说里充盈的荒诞、焦虑、喧嚣的情绪和各式各样的语体实验后，先锋小说就走到了它的尽头。1988年11月《收获》第六期推出的《新潮小说专辑》被称为是先锋文学的"漂亮的终结"。[27] 1989年在中国美术馆举行的"中国现代艺术展"更是被认为"将整个80年代艺术送上了断头台"（《艺术潮流》1993年第2期）。

大多数先锋作家回归了传统的叙事技巧，同时也接受了后现代主义的平面化和反技巧主张。"新写实小说"那种平淡无奇的叙事固然可以认为是反映了作者对世界的绝望和冷漠，但也未尝不是出于赢得读者的策略性考虑。"新历史小说"本身津津乐道于匪帮、纳妾、凶杀等题材，更是有明确的"为读者写作"的取向。余华摆脱了《往事如烟》《呼喊与细雨》中的叙述风格，《活着》赢得一片喝彩声，还因为张艺谋的改编电影而蜚声国际（很难想象张艺谋能去改编先锋小说），但陈晓明却认为《活着》是余华"叙事的倒退"。港台文化潮的影响和商业化需求的侵蚀使越来越多的作家满足于讲一些动听的故事，他们已经放弃了对语言的实验和挑战，在何顿、邱华栋、张欣这些"新市民小说"作家的作品里，我们已很难把握所谓雅俗文学之间的界限。

陈染、林白等作家则明显受到了女性主义批评的影响。她们的所谓"个人化写作"往往斤斤于性别间的对立和抗争，将直至现代主义文学还通常合二为一的"人"明确地分为男人、女人两方。

另外还有少量的作家如张承志、张炜、史铁生把文学作为精神家园的所在。这正如史铁生所说："写作就是为了不至于自杀"，"小说只给我们提供了一个机会，一个摆脱真实的苦役，重返梦境的机会"。[28] 张承志"以笔为旗"的理想也正是要在文字中承担俗世的苦难。张炜则试图在小说里维护一个人间的世外桃源，借此抵御商品社会强大的攻击。在他们的作品中可以看得出海德格尔晚年诗化哲学的影响。

在王朔等策划的《渴望》《编辑部的故事》和后来拍摄的《我爱我家》等室内剧，以及那些"为张艺谋写作"的作家的小说中，我们看到了好莱坞电影和港台影视的复制模式。与一般的文学作品不同的是，这些剧本和小说有严格的叙述时间限制，因为电影只有两个小时，一集室内剧只允许三十至五十分钟，情节的进展要快，高潮要多，叙述手法必须和电影的拍摄技法（如蒙太奇）相适应。对于习惯了自由想象和写作的作家来说，这可算得是另一种"戴着镣铐跳舞"。

注释：
————————

［1］《外国现代派作品选》第三册（上、下）（上海文艺出版社，1984）选的几乎全是后现代主义的作品。

［2］参见袁可嘉：《外国现代派作品选·前言》，载袁可嘉等选编《外国现代派作品选》，上海文艺出版社，1983。

［3］参见何望贤编选：《西方现代派文学问题论争集》（上、下），北京：人民文学出版社，1984。

［4］即《后现代主义与文化理论》（唐小兵译，陕西师范大学出版社，1986）。

［5］王岳川：《后现代主义与中国当代文化》，《中国社会科学》1996年第3期。

［6］参见唐正序、陈厚诚主编：《20世纪中国文学和西方现代主义思潮》，成都：四川人民出版社，1992。

［7］参见王宁：《接受与变形：中国当代先锋小说中的后现代性》，《中国社会科学》1992年第1期。

［8］参见唐正序、陈厚诚主编：《20世纪中国文学和西方现代主义思潮》，成都：四川人民出版社，1992。

［9］　王岳川：《后现代主义与中国当代文化》，《中国社会科学》1996 年第 3 期。

［10］　参见林树明：《新时期女性主义文学批评述评》，《上海文论》1992 年第 4 期。

［11］　参见盛宁：《"语言学的转向"》，载思想文综编委会编《思想文综·1》，广州：暨南大学出版社，1996。

［12］　王岳川：《语言学转向与当代中国文学批评》，载思想文综编委会编《思想文综·1》，广州：暨南大学出版社，1996。

［13］　参见南文：《思·语·诗——"语言学转向与文学批评"研讨会综述》，载思想文综编委会编《思想文综·1》，广州：暨南大学出版社，1996。

［14］　参见刘绪源：《人生是一台怎样的戏》，《文艺争鸣》1994 年第 1 期。

［15］　参见朱国华：《论雅俗文学的概念区分》，《文艺理论研究》1996 年第 4 期。

［16］　参见黎湘萍：《当代中国的精神处境》，《文艺争鸣》1996 年第 3 期。

［17］　樊星：《新生代的崛起》，《文艺评论》1995 年第 1 期。

［18］　樊星：《世纪末的流浪与求索》，《当代作家评论》1994 年第 1 期。

［19］　参见刘心武：《刘心武的规箴》，《报刊文摘》1993 年 6 月 10 日。

［20］　参见莫言：《两座灼热的高炉》，《世界文学》1986 年第 3 期。

［21］　宗璞：《独创性作家的魅力》，《外国文学评论》1990 年第 1 期。

［22］　莫言：《两座灼热的高炉》，《世界文学》1986 年第 3 期。

［23］　格非：《欧美作家对我创作的启迪》，《外国文学评论》1991 年第 1 期。

［24］　余华：《川端康成和卡夫卡的遗产》，《外国文学》1990 年第 2 期。

［25］　马原：《作家与书或我的书目》，《外国文学评论》1991 年第 1 期。

［26］　参见张新颖：《博尔赫斯与中国当代文学》，《上海文学》1990 年第 12 期。

［27］　参见薛永辉：《中国现代主义文学的崛起与沉落》，《云南社会科学》1991 年第 5 期。

［28］　参见史铁生：《答自己问》，《作家》1988 年第 1 期。

第三节

众声喧哗：思想大论争

一 文学主体性论争

1985 年，刘再复接连发表了三篇文章。首先是《文学研究思维空间的拓展》，要求文学研究"回复到自身"。[1] 接着他发表《文学研究应以人为思维中心》，提出应当"构筑一个以人为思维中心的文学理论与文学史的研究系统"[2]。最后刘再复推出长篇论文《论文学的主体性》，"纲要性地"阐发了他的"文学主体论"。[3]

刘再复认为，"我国文学在相当长的一个时期，普遍地发生主体性失落的现象"，文学的主体性包括作为对象主体的人物形象、作为创造主体的作家和作为接受主体的读者和批评家。他提出，"需要探讨一下文学主体性的回归、肯定和实现的途径"，其要点包括：一、对象主体的实现，要求作家把人物视为独立的个体，当成不以自己意志为转移的具有自主意识和自身价值的精神主体，而不是任人摆布的玩物和没有自由的偶像，"作品愈是成功，作家愈是受役于自己的人物，作家愈是失败，作家愈能摆布自己的人物"；二、创造主体的实现，要求作家在心理结构上超越人的低层次的需求而升华到自我实现需求的精神境界，在创作实践中具有超常性、超前性和超我性，从而进入充分自由状态；三、接受主体的实现包括两个基本途径：一是通过接受主体的自我实现机制，使欣赏者超越现实关系和现实意识，获得心灵的解放；二是通过接受主体的创造机制，激发其审美再创造的能动性。批评家作为接受主体的高级部分，还必须超越作家的意识范围，发现作家未发现的作品的潜在意义，超越自身固有的意识而实现主体自身的再创造。

刘再复的文章立即遭到了一些评论者激烈的批评。陈涌认为"不存在无条件的、可以无限扩张的主观能动性或主体性的'自我实现'"，刘再复忽视了社会实践这个"基础和前提"，结果"不是回到机械唯物主义的直观反映论，就是走向主观唯心主义"，这种理论思潮已经"关系到马克思主义在中国的命运，关系到社会主义文艺在中国的命运问题"。[4]敏泽认为刘文"是一篇地地道道的关于人和自由、博爱的宣言书"，"问题并不在于应该不应该重视对人和人道主义问题的研究和宣传，而在于站在什么立足点上。是历史唯物主义观点，还是'以人为本'或'人本主义'的观点"。[5]程代熙则指斥刘文"只是将美国人本主义心理学家马斯洛的理论""横移过来"，"是说明不了主体意识和主体的主观能动性的"。[6]姚雪垠"结合自己的创作实际"指出，刘再复的"内部规律说"，与"创作实践不相符合"，将作家自身和作品人物的主观能动性"作了无限夸张"，"违背艺术科学"，"包含主观唯心主义的实质"。[7]

另外一些评论者对刘再复的文章持肯定和支持的态度。如董子竹指出：文学主体性的提出，不仅是"前几年关于马克思主义'人'的理论的讨论的继续"，"还应是全球性关于'人'的观念大裂变中的有机组成"。[8]何西来认为刘再复的文学主体论"上承了五十年代巴人、钱谷融等人受挫的理论开拓，跨越了一个重大的文化历史断裂，并且接续了新时期几经沉浮的以周扬等人为代表的对人道主义的思考和反省，"单是提出这个问题就是有意义的"。[9] 还有不少人对陈涌等的文章提出反批评，如王春元指出，陈涌的文章表明他"对当前文学理论、文艺学研究中出现的新气象，缺乏必要的耐心和热情。他不是从现代意识、改革意识和发展意识出发看问题，而是从因循守旧的视角看待现实，引用材料多有陈旧之感"[10]。也有批评家对刘再复理论中的不足提出商榷，如何满子反对刘再复"将'直接反映与摹写'和现实主义等同"，也"无视了人道主义作为共产主义一个侧面的性质"，以致为人道主义所做的辩护"有气无力"，等等。[11]

这场论争开始后，香港《大公报》发表了一篇报道，标题为《〈红旗〉发表署名陈涌长文　刘再复观点受批判　指其文艺理论违背马克思主义　北京一些人说嗅到十年前'两报一刊'味道》（1986 年 4 月 25 日），在海内外引起很大反响。为此，刘再复在接受《华声报》记者采访时专门表示"请海内外朋友放心，我现在生活得很好"，但是也谈到"对我的学术观点，从政治上加以无限上纲，乃至说我危及马克思主义的命运……我就不得不在政治层面上和论敌扭打"，"这种扭打，无助科学的进步"。[12]

二　"重写文学史"讨论

"重写文学史"主要是指对 20 世纪以来的中国文学的再认识。这一过程，有人认为是"自 1978 年'实践是检验真理的唯一标准'的大讨论起"[13]，也有人将其定位在"1985 年北京召开的'中国现代文学研究创新座谈会'以后"[14]。而真正发表直接针对这一问题的批评的，当数赵祖武。他在 1980 年就已提出："本着尊重历史、实事求是的精神，把三十年的当代文学同'五四'新文学相对照，我们认为前者并没有真正地、完全地继承后者的传统，而是在一定程度上歪曲了这一传统。"[15] 而朱光潜 1983 年提出"就我所接触到的世界文学情报，目前在全世界得到公认的中国新文学家也只有从文和老舍"，[16] 首次从作家论的角度对既定的文学史评价提出了挑战。《上海文论》于 1988 年第四期至 1986 年第六期开辟了《重写文学史》专栏，约请陈思和、王晓明为主持人。专栏开场白《主持人的话》里表示：文学史的重写"不仅表现了'史'的当代性，也使'史'的面貌最终越来越接近历史的真实"。主持人还明确提出，重写文学史，就是"使前一时期或者更早些的时期中，出于种种非文学观点而被搞得膨胀了的现代文学史做一次审美意义上的'拨乱反正'"[17]。这个历时一年半的专栏将"重写文学史"的讨论推向了高潮。

关于"重写文学史"的争论主要集中在两个方面：

一、文学史能否重写。王瑶、唐弢等老一辈文学史家对重写文学史大都表示赞成。唐弢说："文学史应当有多种多样的写法，不应当也不必要定于一尊。文学史就是文学史……而不是思想斗争史，更不是政治运动史。"[18] 徐中玉认为，"对中国现当代文学史进行重新审视和反思，不是标新立异，哗众取宠……是为了对历史负责，恢复历史的本来面目"[19]。钱谷融和吴强也指出，从文学理论和文学创作两个方面看，现当代的文学史都必须重写，它的根本意义是"拯救文学，恢复被扭曲被损害的文学本来面目，从而发展文学"[20]。与上述观点相悖的艾斐的文章则表示"文学史没有重写的必要"，因为"现行文学史除了个别地方外，基本上是符合文学发展的历史事实的，大部分论述也是具有科学性和历史感的"[21]。也有人认为，重写文学史虽然很有必要，但由于史实的澄清、作家作品的再认识、新的文学史由谁来写等问题依然存在，条件还不成熟，重写文学史还不到时候。[22]

这方面争论的焦点还集中在对一些作家和作品的评价问题上。《上海文论》和其他刊物分别发表了《关于"赵树理方向"的再认识》（戴光中）、《"柳青现象"的启示》（宋炳辉）、《论丁玲小说的创作》（王雪英）、《"战士诗人"的悲剧》（周志宏、周德芳）等文章，对上述作家的创作得失进行了反思。这立即遭到了一些论者的反对。周克芹认为："他们对赵树理、柳青等现实主义作家的否定、挖苦，不是一种严肃的理论态度。"[23]林志浩认为："这是从根本上全部否定现代文学，还谈什么'重写文学史'呢？……这样危言耸听，要把文学史写成什么样子？把今天的作家引向何方？"[24]董学文更是提出严厉指责："所谓'重写文学史'，就是文艺理论上存在的资产阶级自由化的表现。这些人在'重写文学史'的口号下，系统地、有步骤地、全面地否定和贬低革命的、进步的、左翼的文学传统，否定根据地和解放区的文学运动。"[25]

二、文学史如何重写。青年一代的学者认为，无论赞成或反对重写文学史，"都没有摆脱传统的思维模式"，"好像我们在烙饼一样，讨论者往往把话集中在该不该翻动这个饼"，而忽略了"怎样才能把饼做得更可口"。[26]因此他们主要从对现当代文学史的整体性和连续性方面着眼，如陈思和将其表述为"人们习惯于以政治的标准对待文学，把新文学史拦腰截断，形成了'现代文学'与'当代文学'的概念。这实际上是一种人为的划分，它使两个阶段的文学都不能形成一个各自完整的整体，妨碍了人们对新文学史的进一步研究"。[27]陈平原、钱理群、黄子平提出了"20世纪中国文学"的概念，认为"对20世纪整个中国文学的发展来说，许多根本的规定性是一致的"[28]，从而可以用"世界历史的尺度"将20世纪中国文学置于两个大背景之前："一个纵向的大背景是两千多年的中国古典文学传统，当我们论证那关键性的'断裂'时，断裂正是一种深刻的联系，类似脐带的一种联系"，"一个横向的大背景是本世纪的世界文学总体，不单是东、西方文化的互相撞击和交流，而且包括亚洲、非洲、拉丁美洲文学在本世纪的崛起"。这种"整体意识"还意味着"打破'文学理论、文学史、文学批评'三个部类的割裂"，蕴含了"通往21世纪文学的一种信念、一种眼光和一种胸怀"。[29]

三 《讲话》评价问题和反"左"大声讨

80年代末，一些批评者对以《在延安文艺座谈会上的讲话》（简称《讲话》）为代表的毛泽东文艺思想的功用和评价提出了疑问。有的文章认为，毛泽东文艺思想的"内核"，"用一句话概括，就是坚执文艺从属于政治，亦即片面强调文艺的政治实用功能，而偏偏忘了文艺的本性是审美"。这"就决定了它的研究方法势必从朴素认识论走向庸俗社会学"[30]。有的文章认为："在这个《讲话》中，包含着毛泽东某些民粹主义思想。……它重新塑造了现代作家的人格，使这种人格失去了现代性和现代意识，而转向农民化、转向传统文化、背离现代文明，以致向某些封建意识认同。"[31]有的论者认为《讲话》"开创了中国当代理性文学的时代"，"人们至今尚未从毛泽东铸定的理性文学的铁栅栏中走出来。……那是病夫的文学，也是病夫民族的鸦片"。[32]还有人批评《讲话》是"官本位文学观"，"在打倒传统的精神偶像后又创造出了新的精神偶像"，"如果我们能够对《讲话》效应给以文化心理的剖析，我们将看到传统的社会—政治—文化的结构互动模式与圣学思维方式如何戴着马克思主义的面具操演了一场现代中国的文化荒诞剧"。[33]有的文章更提出，中国革命只是毛泽东个人的"文化人格"的产物，是一场与"启蒙理性和民主主义格格不入"，连"稍许一点点'五四'启蒙精神"都没有的"对'五四'的逆转"，是在"封建帮会主义的阶段分析"理论指导下，把中国的封建主义"推向历史极端"的历史过程。[34]

对这些意见的批驳也大量见诸报刊。如有文章批评否定《讲话》的文章"不仅反映近几年学术界蔓延的'无实事求是之意，有哗众取宠之心'的拙劣学风，也反映了社会上资产阶级自由化思潮的明显导向：否定革命传统、否定革命文艺成就，否定马克思主义、毛泽东思想"[35]。有的文章则提出："文艺从属于政治"的命题并不是毛泽东文艺思想的"根本原则"和"基本方法"，毛泽东文艺思想的内核是坚持文艺"为人民大众的根本原则"。[36]这些反驳文章大都承认"文艺从属于政治"的提法是"不准确的"，但《讲话》中的其他文艺思想，如："为人民服务"；关于文艺创作主体必须掌握正确世界观，思想感情与人民相通；既要反对思想内容反动而又有艺术性的作品，又要反对思想内容好而没有艺术性的作品；关于"百花齐放，百家争鸣"，"古为今用，洋为中用"，反对资产阶级自由化，反对单纯抄袭前人和洋人的观点；"一切危害人民群众的黑暗势力必须暴露之，一切人民群众的革命斗争必须歌颂之"的观点，"经过新中国文学四十年实践的检验"，仍然证明是"普遍真理"。[37]

1992 年邓小平在视察南方谈话中提出"要警惕右，但主要是防止'左'"。"左"风危害甚烈的文艺界掀起了声势浩大的反"左"声讨。1992 年第六期的《中国作家》和 1992 年 10 月 15 日的《文学报》发表了巴金、冰心、夏衍、张光年、荒煤、王蒙、袁鹰、谌容、冯牧等著名作家的笔谈，这些文章纷纷希望作家们"冲出'左'的怪圈"，认为"'左'毒不清，国无宁日"，"长期以来，文艺界曾经饱受'左'倾思潮摧残之苦"，反问"春风果真就不度文学关？莫非还需要一个关于文学的南方谈话？"1992 年 10 月 27日，中国当代文学研究会邀请在京的六十余位著名作家、评论家举行座谈会。会上，冯牧指出："十一届三中全会，虽然对'左'的思想进行过一些清算，但时机一到，便又会死灰复燃。"洁泯说："我最关心的是怎样解决'左'的问题。首先要有批评的良好作风，不要打棍子。不让别人说话，还有什么文艺批评？"蓝翎呼吁："写出一部当代文学界的新《左传》来。"从维熙指出："近几年来，由于极'左'在文坛上肆意横行，文学的生存环境变得越来越恶劣。……作协是一个群众性的文艺团体，却三年没有召开过一次主席团会议，极'左'开创了耻辱的记录。"张抗抗说："'左'的东西真是太可怕了。我们的文艺体制始终没有形成一个民主的机制，少数人可凌驾在大多数人之上。"《作家报》1992 年 10 月 31 日发表了许觉民的《文艺界"左"的怪圈》，文章称："如果认为文艺上的'左'倾思潮只是一种文艺流派或思想流派，那是不够的，他们是一个气味相投的利益共同的小团体。……这是多年来鲜有见到的一个怪圈。只要怪圈在，文艺便没有希望。"

1992 年 10 月，一本汇集多位文坛名人反"左"言论的《防

"左"备忘录》由书海出版社推出，书中提到，"那几家坚持极'左'立场的刊物"，还在大搞"以阶级斗争为纲"，以"反和平演变为中心"，宣扬文艺界的反"左"是"寒冷的西风把红花绿叶扫得一片凋零"。[38] 这正如有文章指出的："多年形成的僵化保守的思维模式和各种形态的极'左'观念，仍将是学科建设的主要阻力，切不可低估它们的影响。"[39]

四 "后现代主义"评说

自从"后现代主义"以及由其派生出的"后新时期""后先锋""后新潮""后殖民""后结构"等名词出现在报刊批评文章中，关于"后现代主义"的争议就从未停止。总的来说，对"后现代主义"的评论大致有两种："一是阐释性的，发现目前有什么后现代的因素，进行解说，把它作为时间上分期的一种描述，认为后新时期，或者说90年代以后的文化是具有后现代特点的文化；另外则是批判性的，认为后现代理论在中国根本不适用，中国目前的经济和社会发展尚在'前现代'或'准现代'水平，哪来的后现代，并认定后现代理论是理论家臆想出来的游戏。"[40]

1992年，中国比较文学学会后现代研究中心和中国社会科学院文学研究所联合主办了"后现代：台湾和大陆的文学形势"专题研讨会，对中国文学中的后现代主义进行了较为完整的梳理，如王宁从十一个方面概括了后现代主义与现代主义的区别；王干提出"有一种后现代理论总比没有要好，因为我们可以把当代文学中的一些倾向自觉地纳入国际性的后现代主义运动之宏观背景下来考察"；张卫也谈到，"后现代主义概念在中国理论界的提出，使我们对一大批难以解释的电影语言的分析阐释有了某种可赖以依循的理论模式".[41]1993年，"后现代文化与中国当代文学国际研讨会"在北京大学举行，这次研讨会"旨在对后现代主义在中国的研究和影响进行一次总结性的交流探讨"，与会的中外学者比较关注的文学现象包括"王朔的文学创作、新写实小说、一些青年作者的试验性小说以及诗歌创作中的部分倾向等".[42]然而这两次研讨会均未就中国是否有后现代主义这一问题达成共识。

对于中国到底有没有后现代主义的疑问，有文章从大环境着眼肯定后现代主义的存在："近年我国改革开放，经济上开始起飞，市场经济和商品大潮势不可当，物质生产和精神生产之间的巨大反差，又为后现代主义的滋生提供了适宜的文化氛围。"[43]有论者用文学现象加以证明，认为新潮小说和"新写实小说"是后现代主义在中国当代文学中的变体，"它们以其独特的东方和第三世界话语为媒介，为国际性的后现代主义文学运动提供了难得的文本"[44]。鉴于许多人对后现代主义内容芜杂、概念不清的指责，在《上海文学》1994年组织的后现代主义讨论中，一些评论家试图对后现代主义进行定性，如陈晓明认为中国的后现代有两个层面，"一是先锋派，一是大众文化的"，"可能把后现代主义概括为空间性和错位性，……即人们可以在多重的、交错混杂的层面上描述目前的状态"；王一川则认为应将后现代分为三个层次：一是后现代主义叙事方式，二是后现代主义思维方式，第三是大众传媒、通俗艺术、大众艺术的兴起。[45]

持完全不同观点的也不乏其人。有人认为，1985年以来，文学并没有什么实质性的变化——"所谓中国走向现代主义和后现代主义的过程完全具有一哄而上的特色。既没有一步到位，也绝非循序渐进。""那种以为文化转型期必然导致文学变革的说法，同样是一种臆测。"[46]有人坚持认为："'后现代主义'是西方文化的特有产物，是描述当代西方整体文明情境的专门用语"，后现代主义影响的存在"并不等同于中国社会、中国文化本身已具备后现代性"，"试问，在一个现代主义根本没有形成气候，更谈不上成为文化传统一部分的国度里，怎么可能产生以对现代主义的僭越为目标的后现代主义呢？"[47]有论者更将矛头直接对准了"后现代"的引介者："他们正在延续理论家惯有的、从理论条款或抽象概念去认识事物的恶习"，"一些谈论者缺乏一种立足于本土文化的心理期待"，"出于理论建构的需要，甚至忙于用成批的后现代术语、概念和反复重复的简单道理来垒砌自己后现代理论权威的地位"。[48]

有的文章在承认后现代主义已进入中国的同时提醒批评界，必须注意后现代主义在中国特殊接受语境中可能发生的变形，在中国的所谓"后现代""已经蜕变为另一种专制主义权力话语，表现出与后现代精神背道而驰的'霸气'和唯我独尊的一元主义排他性"，在这样一种话语笼罩下，"许多人不同程度地呈现出争'后'恐'先'、唯'后'是追的媚'后'心态，作家、艺术家以'后'为荣，争相进入'后'的行列，对'后'这一前缀的任意使用终至'后'的泛滥成灾"。[49]

还有论者从哲学角度对后现代主义功用进行考察，指出后现代主义在中国产生的正负效应："对以现代性为标榜的单一褊狭的思维习惯（比如一味强调实证性、可操作性、价值中立性）的批判，对我们有警醒和借鉴的意义"，"然而，我们更应该看到中国与产生后现代主义的西方社会文化环境的区别"，"处于转型期的中国最大问题刚好是失范。……我们面临话语的失范，还有社会、经济生活中更多的失范现象。后现代主义的反对建构、倡导解构，可能会起到加剧失范的作用"。[50] 这大概是在学理争论之外，大多数知识分子最担心的问题，这种担心引致的后果就是接着爆发的"人文精神大讨论"。

五 人文精神大讨论

20世纪90年代中国文坛发生的论争，不会有比"人文精神大讨论"规模更大、影响更深远的了。争辩阐说的论文遍及《读书》《作家报》《中华读书报》《文汇报》《上海文学》《文艺争鸣》《东方》《十月》等各大报刊，据不完全估计，有逾百篇之多，并结集为《人文精神寻思录》和《世纪之交的冲撞》两本书。这场争论不仅震动了全国知识界，在海外学术界也引起了强烈反响。素以收集各种报刊资料齐全知名的《中国人民大学复印报刊资料·文艺理论卷》除陆续收入多篇有关文章外，专门用了1995年第七期全期篇幅制作了《文学与"人文精神"讨论专辑》，这几乎是前所未有的待遇。这次论争的涉及面之广，参与者之多，论战之激烈，由此可见一斑。

"人文精神"正反谈

最早提出这个话题的是《上海文学》1993年第六期发表的王晓明等的文章《旷野上的废墟——文学和人文精神的危机》。文章指出："今天的文学危机是一个触目的标志，不但标志了公众文化的普遍下降，更标志着整整几代人精神素质的持续恶化。文化危机实际上暴露了当代中国人文精神的危机，整个社会对文学的冷淡，正从一个侧面证实了我们已经对发展自己的精神生活丧失了兴趣。"作者举出了"王朔现象"和"张艺谋现象"为例，认为"王朔正是以这种调侃的姿态，迎合了大众的看客心理，正如走江湖者的卖弄噱头"，而张艺谋"使用了在中国人看来最具现代性的技巧，所表现的却是中国文化最陈腐的东西"，他们的走红，正是文学与人文精神危机的反映。[51]

接着，王晓明、张汝伦、陈思和、朱学勤、王干、高瑞泉等一批青年学者在1994年《读书》第三期至第八期，连续进行了总题为《人文精神寻思录》的讨论。讨论进一步阐述了"人文精神危机"，如张汝伦认为，"人文学术的危机还有其内部因素……从知识分子自身来看，人文精神的逐渐淡化和失落当是主要的原因"；王晓明认为，"人文学术也好，整个社会的精神生活也好，真正的危机都在于知识分子遭受种种摧残之后的精神侏儒化和动物化，而人文精神的枯萎，终极关怀的泯灭，则是这侏儒化和动物化的最深刻的表现"。而对于"什么是人文精神"，袁进认为"我理解的'人文精神'，是对'人'的'存在'的思考；是对'人'的价值，'人'的生存意义的关注；是对人类命运，人类的痛苦与解脱的思考与探索"；许纪霖则将"人文精神"理解为一种"道"，"这种'道'不再期望以意识形态的方式将学术和政治'统'起来，只是在形而上的层次上为整个社会的文化整合提供意义系统和沟通规则"；李天纲把"人文精神"说成是信仰主义的宗教精神，萧夏林和王彬彬把这个概念演绎为"道德理想主义"……另有些论者则从人文精神的普遍性、个别性和实践性来描述"人文精神"：吴炫认为人文精神的普遍性指"不同的文化和民族，其实都暗含着类意义上的否定性"，个别性则指"这种否定的结晶"，具体而言就是"知识分子能否找到自己独立的存在，每个人是否能在普遍的生活方式（如下海、如以吃喝玩乐作为生活方式）中找到自己独特的体验性内容"；朱学勤则强调"人文精神的实践性"，"一个人文学者，不仅要把人文学科内课题做好、做扎实，还要关注现实、关注今天的人文环境。只愿回答过去，是学者，但不是人文学者。只有始终回答今天的学者，才称得上是人文学者"。[52] 王一川、刘康、严锋、王岳川、罗荣渠等学者也就这一讨论做出了回应，对人文精神的定义和如何建设人文精神表达自己的意见。[53]

对上述讨论提出根本性疑问的是王蒙。他虽然"非常赞赏一些朋友大呼猛进、倡言人文精神的激情"[54]，但却表示对所谓"人文精神的失落"颇感困惑——"一个未曾拥有过的东西，怎么可能失落呢？我们可以或者也许应该寻找人文精神，探讨人文精神，努力争取源于欧洲的人文精神与中国的文化传统与实际生活相结合，结出中国式的人文精神之果，却不大可能哀叹人文精神的'失落'。"[55] 并且他对某些论者似乎要将人文精神定义为"一种高了还要更高的不断向上的单向追求"表示忧虑，他认为，"人文精神似乎并不具备单一的排他的价值标准，如人性并不必须符合某种特定的与独尊的取向。把人文精神神圣化与绝对化，正与把任何抽象概念与教条绝对化一样，只能是作茧自缚"，"应该承认人文精神的多元性与多层、多面性"。[56]

文坛大论争

如果说，以上争论还只是限于学术层面的和平商磋的话，那么，在人文精神大讨论的另一个战场，却是硝烟四起，战火弥漫，双方都有些撕破了面皮。这里面包括了老王（王蒙）为小王（王朔）辩护之争、"二王"（王蒙、王彬彬）之争，以及"二张"（张承志、张炜）与"二武"（张颐武、刘心武）之争等大小数次论战。

面对一些批评者对王朔的责难，王蒙于1993年发表了《躲避崇高》一文，认为王朔实际上颠覆的是以往流行的"伪道德伪崇高伪姿态"，是对文坛这种长期不正常现象的纠偏或调整，王朔"亵渎神圣"的原因"首先是生活亵渎了神圣，我们的政治运动一次又一次地先残酷地'玩'了起来的！其次才有王朔"。"王朔的玩世言论尤其是对红卫兵精神与样板戏精神的反动。"[57]

王蒙为王朔做的辩护引来了不少批评，有文章认为王蒙"对文艺界的种种不良现象宽容、妥协、放纵，……另一方面却对抵制、抨击文艺界浊流的正当批评品头论足，百般挑剔，这到底是文坛大家的绅士风度，抑或是丧失原则的哗众取宠呢？"[58]王彬彬则将王蒙的态度跟人文精神挂起钩来："当中国文人激赏王朔式的高智商、王朔式的油滑调侃时，当中国文人都显得那样乖巧、那样聪明时，人文精神的重建和高扬，终让人觉得是件极虚无缥缈的事。"[59]之后王蒙与王彬彬之间又交手了几个回合[60]，引起不小的反响[61]。

作家张承志于1993年、1994年分别提出了"以笔为旗"和"清洁的精神"两个口号，表示"我只是一个富饶文化的儿子，我不愿无视文化的低潮和堕落"，因此他"也应战和更坚决地挑战，敢竖立起我最得心应手的笔，让它变成中国文学的旗"[62]。他在答记者问时抨击文坛的堕落："我不承认这些人是什么作家，他们本质上都不过是一些名利之徒。他们抗拒不了金钱和名声的诱惑，是因为他们根本没有抗拒的愿望和要求。"[63]作家张炜则撰文指出当下流行的所谓"宽容"被调换了概念,"他们是在讲忍耐和妥协,甚至公然主张与污流汇合",因此他宣称"我绝不'宽容'。相反我要学习那位伟大的老人。'一个都不饶恕'!"[64]1995年萧夏林主编的"抵抗投降书系"出版,收入张承志、张炜等人的著作,王彬彬指出,"二张""正是被当下的社会状况、精神气候和时代潮流所激愤,才奋力吹响道德主义的号角的"。[65]

这样的文化姿态,与批评家张颐武所鼓吹的向"以消费为主导的,由大众传媒支配的,以实用精神为价值取向的,多元话语构成的新的文化时代""转移"及作家刘心武主张的"作家和批评家应该首先直面俗世,才能有一个坚实有利的站位"形成了无形的对峙。"二武"理所当然地对"二张"的见解提出了批评。刘心武将"二张"的言论斥为"文化冒险主义的盲动",认为他们"急于将一己的理想强加于人,并引逗出社会性的操作,构成一种侵略性的'烧荒'行为"。[66]张颐武则将"二张"算作"新神学"话语的代表,认为这种话语是"源于对今天的恐惧,对于复杂文化现象的恐惧",并且不无讽嘲地指出"张承志和张炜依然是按照全球化与市场化下的文化运作方式工作的,他们依然是媒体与后现代出版业的不可或缺的宠儿,不断获得巨大的成功。这不正是一种异常严酷的反讽性的状况吗?"[67]

对是次人文精神讨论的意义,大多数论者给予了肯定的评价。谢冕认为,这次讨论是"进入90年代以来中国文学最值得纪念的一个事件",因为讨论"以它纯粹的民间自发性而成为至少半个世纪以来中国文学实践中的绝无仅有"。[68]李书磊认为这场论争"乃是知识分子在命运转折关头自我拯救的整体性努力。'二王'与'二张'之所以'刀兵相见'并非因为他们不是一家而恰恰因为他们是一家人,从社会分层看他们是同类"[69]。孟繁华认为,这次讨论"不但拓展了我们对中国现代化进程的思路和认识,同时也会使我们进一步认识精神传统和我们自身存在的各种问题"[70]。发起人之一的王晓明也认为:"讨论的意义正是在讨论中的尖锐过程中反映了出来,知识分子内部的深刻分歧在讨论中暴露出来,这表明知识分子的精神活力正在恢复,由一种声音向多种声音转变,死气沉沉的知识界学术界'活'起来了,开始表达各种观点。"[71]不过,也有学者指出,论争暴露出文坛"摇摆不定的反应过度",原因"与我们缺乏(或不够健全)相对独立的'文学传统'与'精神传统'有关。在我们的内心深处,在我们的'血液'之中,其实并没有可供守护的真实信仰,没有可信的较为稳固的学术立场。我们更多的是权宜的策略,在变局面前的机敏和应对"[72]。

注释:
———————

[1]　参见刘再复:《文学研究思维空间的拓展》,《读书》1985 年第 2、3 期。

[2]　刘再复:《文学研究应以人为思维中心》,《文汇报》1985 年 7 月 8 日。

[3]　参见刘再复:《论文学的主体性》,《文学评论》1985 年第 6 期、1986 年第 1 期。

[4]　参见陈涌:《文艺学方法论问题》,《红旗》1986 年第 8 期。

[5]　参见敏泽:《论〈论文学的主体性〉》,《文论报》1986 年 6 月 21 日。

[6]　参见程代熙:《对一种文学主体性理论的述评》,《文艺理论与批评》1986 年 9 月创刊号。

[7]　参见姚雪垠:《创作实践和创作理论》,《红旗》1986 年第 21 期。

[8]　参见董子竹:《历史的进步与文学主体性的增强》,《文论报》1986 年 11

月 21 日。

［9］参见何西来：《对于当前我国文艺理论发展态势的几点认识》，《文论报》1986 年 6 月 11 日。

［10］参见王春元：《文学批评和文化心理结构》，《红旗》1986 年第 14 期。

［11］参见何满子：《现实主义与人道主义——与刘再复同志商兑》，《光明日报》1986 年 12 月 11 日。

［12］参见王永志、夏春平：《宽松和谐标志着民族的进步——刘再复访问记》，《华声报》1986 年 7 月 11 日。

［13］参见张颐武：《"重写文学史"：个人主体的焦虑》，《天津社会科学》1996 年第 4 期。

［14］参见陈思和、王晓明：《重写文学史》专栏，《上海文论》1989 年第 6 期。

［15］赵祖武：《一个不容回避的历史事实》，《新文学论丛》1980 年第 3 期。

［16］参见朱光潜：《关于沈从文同志的文学成就将会重新评价（代序）》，《湘江文学》1983 年第 1 期。

［17］参见陈思和：《关于重写文学史》，《文学评论家》1989 年第 2 期。

［18］唐弢：《关于重写文学史》，《求是》1990 年第 2 期。

［19］参见徐中玉：《对历史负责》，《文艺报》1989 年 5 月 27 日。

［20］参见钱谷融：《重要的是内容必须扎实》，《文艺报》1989 年 5 月 27 日；吴强：《创作短语》，《上海文论》1989 年第 5 期。

［21］参见艾斐：《关于重写文学史的质疑和随想》，《理论与创作》1989 年第 5 期。

［22］参见汪曾祺：《重写文学史还不到时候》，《文论报》1989 年 3 月 25 日。

［23］周克芹：《周克芹答客问》，《红岩》1990 年第 1 期。

［24］林志浩：《重写文学史要端正指导思想》，《求是》1990 年第 2 期。

［25］董学文：《文艺理论上存在自由化倾向》，《光明日报》1989 年 7 月 5 日。

［26］参见陈思和、王晓明：《关于重写文学史专栏的对话》，《上海文论》1989 年第 6 期。

［27］参见陈思和：《中国新文学整体观》，上海文艺出版社，1987。

［28］陈平原、钱理群、黄子平：《二十世纪中国文学三人谈》，北京：人民文学出版社，1988。

［29］参见黄子平、陈平原、钱理群：《论"二十世纪中国文学"》，《文学评论》

1985 年第 5 期。

［30］参见夏中义：《历史无可避讳》，《文学评论》1989 年第 4 期。

［31］万同林：《当代文学：摆脱民粹主义的框范与奴性自缚》，《天津文学》1989 年第 7 期。

［32］参见谢选骏：《文学的理性和文学的奴性：一个从古到今的鸟瞰》，《书林》1989 年第 5 期。

［33］参见董朝斌：《达摩克利斯之剑是如何锻就的？》，《书林》1989 年第 5 期。

［34］参见李劼：《毛泽东现象》，《百家》1989 年第 3 期。

［35］参见张炯：《毛泽东与新中国文学》，《文化评论》1989 年第 5 期。

［36］参见张国民：《毛泽东文艺思想不容歪曲和诋毁》，《文学评论》1991 年第 1 期。

［37］参见杨振择：《无法回避的辩论——关于文艺本质及其他的问题与夏中义同志的商榷》，《文学评论》1989 年第 6 期；何洛：《是无可避讳还是扭曲》，《北京日报》1989 年 11 月 1 日；钟荔文：《毛泽东思想不容否定》，《中山大学学报》1989 年第 4 期；作者不详：《坚持毛泽东文艺思想的指导地位——座谈会发言》，《文艺理论与批评》1991 年第 1 期，等等。

［38］参见赵士林编：《防"左"备忘录·导言》，太原：书海出版社，1992。

［39］何西来：《世纪末的回顾和前瞻》，《文学报》1992 年 8 月 20 日。

［40］陈晓明等：《后现代：文化的扩张和错位》，《上海文学》1994 年第 3 期。

［41］参见斯义宁：《后现代：台湾与大陆的文学形势专题研讨会综述》，《文艺报》1992 年 8 月 8 日。

［42］参见《后现代文化与中国当代文学国际研讨会在京举行》，《文艺报》1993 年 3 月 20 日。

［43］朱立元：《关注当代文学中的"后现代"现象》，《文艺理论研究》1993 年第 2 期。

［44］参见王宁：《后现代主义：从北美走向全世界》，《花城》1993 年第 1 期。

［45］参见何西来：《世纪末的回顾和前瞻》，《文学报》1992 年 8 月 20 日。

［46］李庆西：《百无聊赖的"后批评"》，《文汇报》1993 年 1 月 16 日。

［47］参见贺奕：《不幸的类比："后现代主义"理论的中国市场》，《当代作家评论》1993 年第 5 期。

［48］参见李震：《我们该怎样谈论"后现代"》，《文论报》1993 年 6 月 5 日。

［49］参见陶东风：《后现代主义在中国》，《战略与管理》1995 年第 4 期。

［50］参见徐友渔：《关于后现代思潮的一种哲学评论》，《光明日报》1995 年 3 月 2 日。

［51］参见王晓明、张宏、徐麟、张柠、崔宜明：《旷野上的废墟——文学和人文精神的危机》，《上海文学》1993 年第 6 期。

［52］参见王晓明、张汝伦、陈思和等：《人文精神寻思录》，《读书》1994 年第 3 期至第 8 期；另见王晓明编：《人文精神寻思录》，上海：文汇出版社，1996。

［53］参见文理平：《关于"人文精神"讨论综述》，《文艺理论与批评》1995 年 3 月。

［54］王蒙：《人文精神偶感》，《东方》1994 年第 5 期。

［55］王蒙：《人文精神质疑》，《光明日报》1995 年 7 月 19 日。

［56］参见王蒙：《人文精神偶感》，《东方》1994 年第 5 期。

［57］参见王蒙：《躲避崇高》，《读书》1993 年第 1 期。

［58］余开伟：《王蒙是否"转向"——对〈躲避崇高〉一文的质疑》，《文化时报》1995 年 2 月 21 日。

［59］王彬彬：《过于聪明的中国作家》，《文艺争鸣》1994 年第 6 期。

［60］参见王蒙：《黑马与黑驹》，《新民晚报》1995 年 1 月 17 日；王蒙：《沪上思絮录》，《上海文学》1995 年第 1 期；王彬彬：《再谈过于聪明的中国作家及其他》，《文艺争鸣》1995 年第 2 期；王蒙：《宽容与嫉恶如仇》，《中华读书报》1995 年 3 月 1 日；王彬彬：《宽容与批判》，《中华读书报》1995 年 5 月 10 日；等等。

［61］参见曾镇南：《知人论世的聪明》，《文艺争鸣》1995 年第 2 期；高增德、谢泳、丁东：《话说王蒙》，《东方》1995 年第 3 期；费振钟：《被涂改了的宽容》，《中华读书报》1995 年 3 月 29 日；谢泳：《内心恐惧：王蒙的思维特征》，《中华读书报》1995 年 5 月 10 日；等等。

［62］参见张承志：《以笔为旗》，《十月》1993 年第 3 期；张承志：《清洁的精神》，《十月》1994 年第 1 期。

［63］邵燕君：《张承志谈义坛堕落》，《作品与争鸣》1994 年第 10 期。

［64］参见张炜：《拒绝宽容》，《中华读书报》1995 年 2 月 15 日。

［65］参见王彬彬：《时代内部的敌人》，《北京晚报》1995 年 6 月 15 日。

［66］ 参见刘心武：《护林与"烧荒"》，《为您服务》1995 年 6 月 22 日。

［67］ 参见张颐武：《新神学：对于今天的恐惧》，《文学自由谈》1995 年第 3 期。

［68］ 参见谢冕：《值得纪念的一个事件》，《文艺争鸣》1995 年第 6 期。

［69］ 李书磊：《"人文精神"的真实含义》，《文艺争鸣》1995 年第 6 期。

［70］ 孟繁华：《精神传统与文化焦虑》，《文艺争鸣》1995 年第 6 期。

［71］ 参见张英：《世纪末之争：知识分子与人文精神大讨论》，《今日名流》
　　　1995 年第 12 期。

［72］ 参见洪子诚；《"人文精神"与文学传统》，《文艺争鸣》1995 年第 6 期。

从中心走向边缘

对 1986 年后的中国文学进行简单的概括是一件勉为其难的事情。试图进行整合的努力总是因为基于社会转型的各类话语的喧嚣和杂乱而显得力不从心。"从中心走向边缘"是对整体流向的一种把握，事实上这也是 20 世纪中国文学在曲折奇幻的流变过程中的宿命，只是在这十余年以来，这一特性凸显得如此明显，直如运行已久的地火喷涌出地表，似乎让我们在世纪末才第一次看清了文学的真实位置。而这一状态，也许正是 21 世纪中国文学的起点。

"从中心走向边缘"是一个庞大的概念，它关涉主流意识形态、政治话语、知识分子话语、民间话语、世界文学等语域之间错综反复的联系，"中心"和"边缘"只是一种相对的语词组合，每一种话语场都有自己的中心和边缘。而中国文学的边缘地位，却是大体固定的，也就是说，1986 年之后，中国文学经历了一个全面边缘化的过程。

一　抛离和逃逸：文学与政治"分家"

1978 年开始的文学解放运动并没有完全将文学从政治话语中解放出来，它充其量只是做到了将文学的地位从政治的"婢女"提升为"时代的鼓手"。当然，在文艺评论中首先宣布"（邓拓）他是一个叛徒""周扬是一个反革命两面派""（刘少奇）你就是睡在我们身边的赫鲁晓夫！"这样与文艺功能偏离太远的事件不会发生了。[1]但作家、批评家对政治的普遍兴趣并未因历史上饱受打击而丧失，他们仍然力图用文学去"干预生活"，正如作家高晓声当时很动情的表白："跌倒了站起来，打散了聚拢来，受伤的不顾疼痛，死了的灵魂不散，生生死死，都要为人民做点事，这就是作家们的信念。"[2]也正如王干所说："在'新时期'语义场中，作家与整个社会的文化意识形态亲密无间，作家对社会政治现实认同与某种看似拒绝的否定，都表明文学自身的运转来源于社会政治文化的巨大吸力，作家有理由也有可能为国家代言，为民族代言，为民众代言。"[3]那个时候作家最喜欢提起的词是"使命感""责任感"之类，而从"反思文学"到"改革文学"，作品一直在宣扬对贤明政治的向往和追求，"国家会好起来的"和"我们有上级的支持"成了文学作品完成"光明的尾巴"最常用的两类模式。而知识分子对把握"现代性"（外化为"四个现代化"）的自信，使他们对自己在政治话语里的中心地位依然居之不疑。

然而1986年之后，形势大变，文学已难以再产生如新时期之初常见的"轰动效应"，其原因主要是知识分子呼唤再三的"现代化"已经启动，读者对政治的热情已经减弱，"人们变得日益务实以后，一个社会日益把注意力集中在经济建设、经济活动上而不是集中在政治动荡、政治变革和寻找新的救国救民的意识形态上的时候，对文学的热度会降温"[4]，换言之，一般平民社会角色中的"经济人"成分在加重，他们日益关注的是自己的经济利益，不再需要文学提供思想指南和精神抚慰。以前，即使在政治话语的统属之下，作家仍能在民众面前扮演一个"精神布道者"或"灵魂工程师"的角色，"精英话语的操纵者——知识分子（作家）以一个拯救者、先觉者、精神导师的身份出现在大众面前，试图给世界一个永恒的、终极的解释，给困扰大众的一切问题以一个终极的解决，把自己想象为大众的'合法'的、别无选择的'代言人'"。[5]但在商品社会，满怀"启蒙"和"代言"意识的知识分子却陡然发现，自己已失去了听众和支持者。

政治话语也呈现出另一种趋势，即所谓"主流文化大众化、商品化以及大众文化的主流化"。有论者曾经指出，在以前的主流意识形态作品中，也潜伏着民间文化的隐形结构（如《沙家浜》中的"一女三男"模式），[6]而80年代末以来，"主流文化的权威话语常常吸收了大众的审美趣味和大众文化的生产规律、操作方式，呈现出与大众文化的合流、妥协的倾向"，如《大决战》《开国大典》《焦裕禄》《蒋筑英》等"主旋律影片"就体现出人物形象的平民化、情节设计的煽情性等与前不同的特点。[7]这种努力部分地弥合了政治话语与精英话语、大众话语之间的鸿沟，也使政治话语与大众话语的结盟成为可能。

在这样的局势下，文学开始向着意识形态边缘主动撤离，作家再也不做高晓声式的表白了。尤其是在1989年之后，作家们在政治话语层面趋于沉默。曾以《花园街五号》蜚声一时的李国文开始悟到："文学是一门应时手艺，给同时代人饭后茶余消遣的。"[8]"知青文学"的代表之一梁晓声则宣布"告别理想主义"，"沉重的现实生活为我们每个人规定了宿命的角色"，"自我正在死亡"。[9]比他们晚出的作家如马原、格非、余华等，更是几乎失去了对现实的兴趣，转而在想象体验和叙事方式中开拓文学空间。

继之而起的莫言、苏童、叶兆言进行"新历史小说"写作时，完全放弃了对历史和政治的价值判断。在莫言获得《大家》文学奖的小说《丰乳肥臀》中，国民党军队或共产党军队甚或是土匪兵对于主人公生活的高密东北乡来说，都只是带来蹂躏和苦难，没有什么质的区别，政治信念在作品中被完全颠覆。主流意识形态作为曾在文学国度里笼罩一切的话语终于完成了它的隐退，中国文学这么多年来第一次开始用别的角度来审视自身。

二 分化与放逐：市场对文学"招安"

市场经济大潮袭来，文学陷入前所未有的尴尬境地。王蒙一针见血地指出："市场经济使得原先在计划经济下活得非常光辉的人感到危险。"[10]中国的状况变得像陈平原分析的那样：

此后，文化精英们所主要面对的，已经由政治权威转为市场规律。对他们来说，或许从来没像今天这样感觉到金钱的巨大压力，也从来没像今天这样意识到自身的无足轻重。此前那种先知先觉的导师心态，真理在手的优越感，以及因遭受政治迫害而产生的悲壮情怀，在商品流通中变得一钱不值。于是，现代中国的唐吉诃德们，最可悲的结局很可能不只是因其离经叛道而遭受政治权威的处罚，而且因其"道德"、"理想"与"激情"而被市场所遗弃。代之而起叱咤风云的是"躲避崇高"因而显得相当"平民化"的顽主们。[11]

在以状态多元为特征和以功利追求为原则的商品社会，知识分子通过过去的方式与社会的联系被割断，大众话语开始拒斥精英话语的统制，并利用文学进入市场成为商品的机会，成功地将"纯文学"中蕴含的精英话语放逐到社会大众的视野之外。文学期刊订数的大幅度下降，新人新作乃至名家新作的乏人问津，包括文学在内的人文学科作为一种职业在社会上的地位大不如前，都显示了精英话语与大众话语的"缝合"已经是明日黄花，精英话语丧失了社会话语场的控制权。但在起初的短时期内，也仅限于此，大众话语并无力量取代精英话语控制话语权力，精英话语真正退居社会话语场的边缘，源自知识分子内部的分化。

作家队伍迅速地完成了分化，其方向分别有：

一、继续从事纯文学写作，最典型的如陕西的路遥、陈忠实等；

二、进入政界当官；

三、下海经商，如自办公司的张贤亮、魏明伦，炒股票的矫健等；

四、制造畅销书，如以"雪米莉"为笔名的田雁宁等，以"周洪"为笔名的周昌义等；

五、投靠影视，如王朔等创办的"海马影视创作中心"；

六、成为报刊专栏作家，如上海和广东推出的"小女人散文"。

以上第一类基本保持了过去的生活方式，汪曾祺甚至称"我对市场经济无动于衷"，但也出现了与大众话语互渗互补的倾向；第二类和第三类已基本放弃了文学立场；而第四、五、六类作家则迅速占领了精英话语隐退后留下的话语权力真空，并且炮制出了新型的大众文化。其中有些人，如王朔，甚至扮演了大众话语新的"文化英雄"和"代言人"的角色。有的学者将这种新型大众话语与市民社会本身的话语区分开来，称前者为"市民意识形态"，认为其"伴随着市民社会的兴起而诞生和发展，并有效地确立了关于市民社会的想象关系"，但是市民意识形态并不是由市民制造出来的，"最有效地制造市民意识形态的是在所谓大众传媒中活跃的一批知识分子"，事实上，"市民是什么，市民需要什么都由他们来确定"。[12] 例如，市民意识形态为市民确立的文化偶像便不再是陈景润式的专家学人（徐迟《哥德巴赫猜想》），或是像刘宾雁那样的忧国忧民者（刘宾雁《第二种忠诚》），而是王朔笔下消解一切的"文化痞子"（如《一点正经没有》里的"作家"方言、吴胖子），或是广告和电视连续剧中风度与学识共存、事业与感情并重的"成功人士"，这是被批评家称为"痞子化和贵族化"的形象，试看王朔小说里的人物：

> 他们从一个城市飞到另一个城市，倒卖彩电、汽车，出入豪华宾馆，辗转于一个个漂亮女郎的躯体之间，像耍猴一样耍弄港商外商、警察、正人君子……他们干的是最刺激最冒险的勾当，说出的话令女大学生五体投地，连开几句生殖器的玩笑也是那么富有情趣，什么豪赌、狂饮、乱爱、欢歌、浪舞、大嚼、大咬，全成了他们的家常便饭，拿手好戏。[13]

这样的形象并不能代表一般市民的真实面目，而只是实用精神和功利追求投射出的一个幻影，是急欲发家致富和取得社会地位的市民的理想生活的化身。跟前辈们的现实主义写作引发读者的共鸣不同，都市作家不再在作品中寄寓自己的理想和做出价值评判，而是自觉地千方百计揣摩大众的心理需求。汪国真曾谈到他的成功秘诀是"根据杂志属性不同及风格差异，去针对性写点诗，这样才能附和读者，去赢得读者"；[14]王朔对自己作品读者的定位也十分清晰："我的小说有些是冲着某类读者去的。……《顽主》这一类就冲着跟我趣味一样的城市青年去了，男的为主。《永失我爱》《过把瘾就死》，这是奔着大一大二女生的……"[15]这样的写作将文学的商品性发挥到了极致，理所当然地在商品社会中成为出版阅读的主流。

被商品社会"招安"的知识分子参与大众话语操作后，又逐步走向了与政治话语的妥协和联合。王朔等人的小说最初对主流意识形态是有着消解作用的，如作品中对政治语汇的反讽性使用，对虚假崇高的调侃性再现，都体现了大众话语与政治话语长期积存的矛盾对抗。而由于政治话语的转变和大众话语的意识形态化，二者在某些层面上达成了一致。以民间方式制作的电视连续剧《渴望》和《编辑部的故事》为例，《渴望》在刘慧芳身上寄托了一种理想化的处理人际关系的方式，使痛感商品时代人情冷漠的观众得到观赏性满足。但电视剧刻意淡化了刘慧芳的现代背景和内心矛盾，而仅仅呈现了一个传统型的无怨无悔的贤妻良母形象。这就抽空了刘慧芳的行为背后的现代性伦理依据，使角色染上了"无私奉献"的乌托邦色彩，从而掩盖了形象背后的深刻的社会矛盾。《编辑部的故事》则摆出了嘲弄世相的姿态，但并不是将这种嘲弄引向对现行社会机制的怀疑和反抗，而是让矛盾最终自行得到解决（制造伪劣产品的商家良心发现，闹离婚的夫妻言归于好）。剧中人物虽然大都玩世不恭，但对政治话语如主编训导、法律判决，都表示了绝对的顺从，也从未为政治话语所伤害，充分展现了王蒙对王朔"机智"的赞许："敢砍敢抢，而又适当地搂着——不往枪口上碰"，"他们很适应四项原则和市场经济"。[16]
这种文学的流行一时和通行无阻是可以预知的，但它对政治话语
和大众话语的依附性也是显而易见的。

三　民间与个人：文学的新栖居地

大众话语和政治话语的"缝合"，形成了一种互相寄生的关
系。在这种关系中，精英话语是被摒弃在外的。不仅如此，精英
话语还成了二者共同嘲笑的目标。政治话语提出的"以经济建设
为中心""科技是第一生产力"，无一例外地表达了对人文科学
的漠视，无形中加速了没有实际效用的人文知识分子社会地位的
下降；而王朔等人作品中消解一切的姿态，原本就是一把"双刃
剑"，在与政治话语达成妥协后，它的锋芒就直指向了精英话语。
王朔以他将知识分子称为"灵魂扒手"的指责，鲜明地表现了这
一点：

> 受够了知识分子的气，这口气难以下咽，像我这种粗人，头
> 上始终压着一座知识分子的大山。他们那无孔不入的优越感，他
> 们控制着全部社会价值系统，以他们的价值观为标准，使我们这
> 些粗人挣扎起来非常困难。只有给他们打掉了，才有我们的翻身
> 之日。[17]

王朔作品（包括《渴望》《编辑部的故事》）中随时流露出对
知识分子的嘲讽和轻蔑，这种姿态反倒引起了一些深明知识分子
劣根性的纯文学作家的共鸣。与以前的作家不同的是，他们不再

居高临下地批判这些劣根性，而是像王朔一样，从形而下的层面进行消解，从而汇成了一曲反智主义的大合唱。如池莉对庄建非（《不谈爱情》）一家不通人情的优越感的嘲笑，而且让知识分子庄建非最后才领悟到世俗生活的规则："婚姻不是个人的，是大家的"；方方在《行云流水》和《风景》里对知识分子生活方式的否定和对"七哥"之类功利追求（他为了当官抛弃了老教授的女儿）表示理解，显示了她们在价值取向上的某种转变。在知识分子已"不再高贵"的时代，这种社会共同的嘲笑挖苦自然引起知识分子强烈的不满，绵延数载的"人文精神大讨论"某种程度可以视作这种不满的爆发性释放。

大众话语中的某些价值观念也影响了纯文学的创作。如对男性性能力的颂赞和钦羡，就构成了许多作家作品中的奇特风景。《废都》里的作家庄之蝶，之所以能保持骄傲和自信，除了因为他会写、与市长有关系外，还源自他对女人无往不利的征服；《白鹿原》一开篇就是"白嘉轩后来引以为豪壮的是一生娶过七房女人"，接下来就叙述六个女人如何死于性交合。还有莫言的《红高粱》、苏童的《罂粟之家》等，旺盛的性能力几乎毫无例外地成为这类强者一个共同的徽章。

然而，属于精英话语的纯文学毕竟不可能完全置身于大众话语的语境中写作。在远离了以"启蒙""代言"为己任的意识形态中心后，在被放逐到社会话语场的边缘处后，文学开始试图重建自身的话语中心，这一努力的表现形态主要有两种：

一、遁归民间。基于先锋派全面借鉴西方文学的失败，部分作家努力向民间回归，冀图重新建立与社会底层的联系。这在韩少功、阿城等的"寻根文学"，以及汪曾祺、贾平凹的"散文化小说"中已初露端倪，90年代则蔚为大观。回归的方式也多种多样：① "新写实"对市民价值观念的认同。池莉的《冷也好热也好活着就好》、方方的《风景》都将普通人的生活经验纳入了小说叙事，把市民最看重的形而下"生存"推到了人生问题的首位；刘震云的《单位》《一地鸡毛》通过描述主人公的理想向现实下滑的过程，将知识分子心态下拉到了与普通市民平齐的地步。② "新历史"将历史传奇化的趋向。莫言、余华、苏童、叶兆言通过消解历史事件的意识形态化，借助民间立场将历史的传奇色彩凸显出来，着重描写以前被历史记录所忽略和遮蔽的人物如国民党军队、土匪、姨太太、普通农民等。③以陈忠实为代表的对民间正统的重新确立。"《白鹿原》告诉我们，党派斗争对于历史、人性、社会组织、文化的改变远远比不上白嘉轩、朱先生、鹿三对民间传统的固化作用"，《最后一个匈奴》则表明"历史的变迁在民间的眼光中是那般错综又令人茫然"。[18]民间正统观念（包括风俗传统）在这些小说中重新取得了合法性。④以张承志、张炜为代表的民间文化保守主义。《心灵史》和《古船》《九月寓言》都是要从民间强大的生命力中挖掘出对抗商业社会冲击和道德沦丧的理想主义精神，张扬对正义、自由、清洁、和谐的向往，反击对生命意志的不恭、侮辱和亵渎。⑤ "现实主义冲击波"对民间新代言人的确认。在刘醒龙、谈歌、何申、关仁山的作品中，一些基层干部，如乡长、镇长、厂长，成为民间疾苦新的代言人，他们一心为了属下民众的利益，为此可以反抗上级、法律和道德观念，这些人物主要扮演的是民间的"经济领袖"，作家试图在他们身上寄寓民众的期望。

二、返回个人。作家意识到自己已无法担当"精神布道者"

的角色后，开始自觉地调整自己的写作视角，不再以"作家"或"知识分子"的身份出现，而是以一个普通人的角度，从自己的生活体验中寻找写作资源。这种意图的表现包括：①"新体验"对生活的超现实记录。毕淑敏、许谋清等的小说往往将生活中的一段经历放大地凸显出来，从这种真实而不乏奇异的描写中展现生活的侧面，如毕淑敏的《翻浆》只截取了西藏艰难行程中的一段，刻画了一个真实可信的人物。②重新审视平凡现实表象下的生活。这一类如王小波的《黄金时代》、朱文的《我爱美元》。王小波善于从另类的角度如"性""游戏"来发掘生活中被忽略的事件的实质，《黄金时代》通过对"我"与陈清扬的通奸和受难对时代的无趣和荒谬构成了反讽；朱文则专门描写人物在生活中的偶然活动，破除了虚构与真实的界限，勾画了现代人在都市中的平庸化存在。③"新市民"对生活体验的传奇化。邱华栋、何顿、张欣在他们的小说中大量描写生活中难得一见的艳遇、商战、情战、腐败等场景，但这些传奇也的确是植根于都市社会的"个人神话"，同样是市民个人成功欲望膨胀的产物，在某种程度上它们是与大众文化界限不清的边缘文学。④女性主义的自白与自恋。这是"个人化"色彩最为浓烈的写作。陈染、林白、海男等都在作品中制造了与社会几乎脱离的女主角，总是沉迷在自己的一切中，生活在自己的内心里。陈染的《私人生活》《与往事干杯》等小说固执地叙述女性成长的经历，她们对男性的偏见和抗拒，她们特别丰富和乖戾的内心；林白的《一个人的战争》讲述一个女人如何寻求自我生存的道路而与社会相抗争，显示出对男权社会义无反顾的拒绝。而这类小说商业上的成功示范了大众文化对纯文学的利用。

四 失语和退席：文学批评的边缘化

在 1986 年以后的时代动荡中，"受灾"最烈的并非创作领域，批评家们所受到的冲击要比作家大得多。中国文学批评在分别来自创作者、西方文学理论、文化批评的三重压迫下，逐渐滑向"失语"的状态。这意味着中国文学批评不能"说自己的话"，丧失了其在文学进程中的主导和整合作用，从而走向了彻底的边缘化。虽然有论者对这个问题表示乐观："那只是主导话语系统的消解、隐退与多元话语的形成、兴起，因此它不是病态而是一种活泼泼的进步。"[19]但显然这种状态令批评家感到了巨大的焦虑。

文学批评的"失语"状态，很大程度上是因为批评始终没有建立自己的价值体系和话语中心，而外部的冲击又是如此庞杂和巨大，批评家不得不哀叹"我不知道风是在哪一个方向吹"。批评界于是竞相标新立异，各类理论即用即弃，"文学批评的创新"真的成了黄子平所说的"像一条疯狗"，逼得批评家们不得不尽快更换手中的理论武器，这又进一步加剧了批评的散漫和无中心。

一、1986 年以后的文学创作，越来越难为批评所把握。如果说，先锋作家与先锋批评家之间，还存在着某种程度的"合谋"，共同完成对西方文学理论的操练。到了作家幡然醒悟，放弃了语言实验和意念轰炸，重新以平实的叙述和动人的情节取悦于读者时，批评家开始无所适从了。他们不可能再回到内容／形式、题材／技巧、现实主义／浪漫主义那样的二元批评模式上去，可是并没有一个新的统一的批评体系在等待着他们。在这种情形下，批评对作品的指陈注定是无力的。为了维护批评的权威性，批评家用"命名"作为基本的话语策略，意在整合和划分不同阵营的作家，确立批评的标的和方式。80年代至90年代文坛涌现出的"'新'字号小说"浪潮，正是这种策略操作的结果。这种做法固然有助于凸显一些小说共同的特点，却也往往导致对作家阵营生硬的划分，抹杀了同一阵营内不同作家的显著区别以及同一作家作品体现的其他特异之处，因此很难受到作家和读者的欢迎。许多作家表示对文学批评的"毫无兴趣"，余华甚至说："没有批评家，作家还是作家，没有我们，批评家干什么呢？"[20]读者也纷纷指责文学批评"不切实际"，只是热衷于归类和命名，无法帮助读者对作品进行阅读。

二、文学批评上的"后殖民主义"的提出。有人提出，西方文学理论的传入，对中国文学批评构成了话语霸权，这也是文学批评"失语"的一个重要原因。自80年代中期起，魔幻现实主义、新新闻主义、后现代主义、女性主义、新历史主义……各种西方文艺思潮轮流占据中国文学批评的主导地位，引入过程大致是：名称、概念的提出和阐释→代表著作的介绍和走红→批评模式对中国作品的套用。批评家在引入西方批评话语的时候往往会忽略中国本身的文学语境，而一味地求"新"逐"后"，一厢情愿地将作家作品中的某些元素夸大地与西方理论对应，并以之指导文学创作。这在开初可能会引起追随的热潮，但久而久之，作家发现批评家的做法不仅难以对他们的作品进行充分独到的阐释分析，而且还会抹杀他们的个性化色彩和独特风格，因此作家对批评动辄把他们比附为"马尔克斯的学生"或"博尔赫斯的传人"深感不满。批评面临着被作者和读者联手抛弃的危险。有不少批评家也意识到了这一问题，试图建立自己的分析话语，如有论者提出从带有结构意味的深层次的"大语言"的层面，探索"汉语小说"建设的可能性，将汉语作为参照系，"强调中国20世纪小说的汉语文化本质"，与西方小说作本质上的区分。[21]只是这样的努力在目前还未见出显著的成效。

三、"文学批评"向"文化批评"的转移。由于自身批评话语的缺乏，运用西方文艺理论评论中国文学又难免显得生硬和苍白，批评家逐渐从文学领地撤离，悄悄地将"文学批评"变异为"文化批评"：

（文学批评）对作品"文化性"的关注，远远胜过对"文学性"的关注。在批评家的视域里，"文化性"显然比"文学性"更加博大精深，因而也更有诱惑力；同文化相比，文学实在是有点过于单薄了。因此，文学批评向文化批评转移自然成为他们当仁不让的选择。这样，曾一度指责文学偏离自身，试图帮助文学回归自身的文学批评，在今天自己也开始了偏离自身的航程。[22]

这种趋势的出现与西方学术界强调的"科际整合"有一定关系，但更主要的是基于文学批评的失语，不得不从文化领域借取"武器"。"后现代主义"和"女性主义"分别是来自哲学和社会学研究，而且"那么多操持女性文学批评话语的批评家，归根结底所关注的不是女性文学，而是女权主义"，"那些竭力宣扬'后现代主义'文学批评的鼓手，真心看好的也并非'后现代主义'文学，倒是弥漫在后现代语境里的那些文化思潮"，[23]这种"过度阐释"同样也会产生批评家与作家、读者之间的隔阂，使批评在文学话语中处于尴尬的边缘地位。

对于中国文学整体的边缘化趋向，大多数论者表示，文学本来就不是关乎国计民生的伟大事业，长期处于话语中心并非正常的状态；在一个以经济建设为中心的社会，文学没有必要也不可能重返中心，甘居边缘可能是文学的唯一选择。不过也有许多人大声呼吁，认为文学必须尽快建立自己的中心话语，巩固自身的价值体系和评判标准，才有可能对本领域进行整合，以全新的姿态在边缘发出自己的声音。

注释：

[1] 参见胡有清：《论文革批评模式》，《文艺争鸣》1998年第1期。

[2] 高晓声：《解放思想和文学创作》，《生活、思考、创作》，上海文艺出版社，1986。

[3] 王干：《文化断桥之畔的书写》，《文艺争鸣》1994年第6期。

[4] 王蒙：《文学：失却轰动效应之后》，《王蒙文集》第6卷，北京：华艺出版社，1994。

[5] 参见徐德峰：《边缘乌托邦》，《天津社会科学》1994年第6期。

[6] 参见陈思和：《民间的浮沉》，《上海文学》1994年第1期。

[7] 参见陈晓明等：《后文化现象与知识分子两栖心态》，《作家》1993年第8期。

[8] 韩小蕙：《李国文：悟出一己的文学主张》，《作家报》1993年4月17日。

[9] 参见梁晓声：《龙年一九八八》，《钟山》1990年第1期。

[10] 王蒙、陶东风：《市场经济条件下的作家与艺术家》，《为您服务》1996年4月18日。

[11] 陈平原：《近百年中国精英文化的失落》，《二十一世纪》1993年第6期。

[12] 参见薛毅、金定海、詹丹：《知识分子与市民意识形态》，《上海文学》1995年第11期。

[13] 张晓平：《杂谈王朔、方方等人的小说》，《文学自由谈》1990年第2期。

[14] 参见魏义民：《"汪国真热"实在是历史的误会》，《诗歌报》1991年7月。

[15] 王朔：《我有话要说》，《中国青年报》1993年3月22日。

［16］参见王蒙:《躲避崇高》,《读书》1993 年第 1 期。

［17］王朔:《王朔自白》,《文艺争鸣》1993 年第 1 期。

［18］参见兰爱国:《到民间去》,《文艺评论》1995 年第 5 期。

［19］李珺平:《重建中国文学理论之可能》,《文艺争鸣》1997 年第 5 期。

［20］余华 1994 年在暨南大学的讲演。

［21］参见何平、汪政、晓华:《现实与梦想》,《文艺争鸣》1997 年第 6 期。

［22］路文彬:《救救文学批评》,《文艺争鸣》1998 年第 1 期。

［23］路文彬:《救救文学批评》,《文艺争鸣》1998 年第 1 期。

第二章

世纪末：边界的探索

第 一 节

"新"字号小说的浪潮

新写实小说

"新写实小说"概念的提出是在 1989 年，其代表作品的出现则要早得多。具体时间众说不一，有的认为是 1987 年下半年[1]，也有人上溯到 1985 年[2]。而"新写实"的名称，评论界也未能得到一致意见，分别称为"新写实小说"（张韧、吴方）、"新写实主义小说"（徐兆淮、丁帆）、"新现实主义小说"（雷达），也有的称为"后现实主义"（王干）或"现代现实主义"（陈骏涛），还有的坚持"生态小说"的提法（邵建）。不过在《钟山》编辑部 1989 年第三期推出"新写实小说大联展"后，"新写实小说"的名称逐渐为大多数人所接受。

至于"新写实小说"的定义，评论界更是各持己见，莫衷一是。其中最主要的有两种观点。一种是陈骏涛的"回归说"，认为这种回归了的新现实主义和传统现实主义相比，表现出三个新的特征：一、重视表现普通人的生存境况，表现出一种求真意识；二、从创造典型到典型的消解，从写外世界到写内世界；三、艺术观念和表现手法上的开放性和包容性。

另一种有代表性的观点是王干的"后现实主义"，他也概括了三个特征：一、还原生活本相；二、从情感的零度开始创作；

三、作者和读者共同参与创作。[3]

《钟山》编辑部则在《新写实小说大联展·卷首语》中下了一个较为宽泛的定义："所谓新写实小说，简单地说，就是不同于历史上已有的现实主义，也不同于现代主义'先锋派'文学，而是近几年小说创作低谷中出现的一种新的文学倾向，这些新写实小说的创作方法仍是以写实为主要特征，但特别注重现实生活原生形态的还原，真诚直面现实，直面人生。虽然从总体的文学精神来看新写实小说仍可划归为现实主义的大范畴，但无疑具有了一种新的开放性和包容性，善于吸收、借鉴现代主义各种流派在艺术上的长处。""不仅具有鲜明的当代意识，还分明渗透着强烈的历史意识和哲学意识。但它减退了过去伪现实主义那种直露、急功近利的政治性色彩，而追求一种更为丰厚更为博大的文学境界。"[4]

除此以外，还有评论认为"新写实小说"与自然主义有着"惊人的相似之处"，从而认为这是"对自然主义的一次回归"，"在新的层次上对自然主义做了扬弃，达到了一种新的水平，新的境界"。[5]

基于概念的争执不休，"新写实小说"所涵盖的作品也就无法取得评论界共识。而且这个由评论界提出的名称未必完全为创作者所认同，所以除了池莉、方方、刘震云较少受到质疑外，其他作家如刘恒、李晓、朱晓平、王朔、余华、格非、苏童、叶兆言、李锐等应否划入"新写实小说"阵营聚讼不已，更有评论将谌容、朱苏进、赵本夫、高晓声等作家的部分作品也纳入其中，以至有论者提出了这样的忧虑："如果我们一开始就把这种研究囿于一个空洞模糊的'新写实'口号之下，一切研究只是为了去证实一个尚不知为何物的东西，恐怕这种形容不会真正有什么理论成果的。"[6]

有关"新写实小说"的讨论历时极长，自 1989 年下半年至 1994 年末，一直不断。这在瞬息数变，"各领风骚三五天"的新时期中国文学界，不能不说是一个异数。

有评论认为："'新写实小说'从一开始就不是一个自觉的文学运动或流派，而只是一种'我行我素'的文学现象。这有异于新时期文学的'朦胧诗''寻根文学'等文学现象。"因此自"新写实小说"出现起，中国文学正式进入了"没有主流，没有权威，批评和创作都我行我素、自说自话的'后新时期文学'阶段"[7]。

虽然"新写实小说"的概念如此芜杂，其涵盖的作家作品也见仁见智，但我们倘要从中择出一些代表作品来，还并不怎样为难，因为所谓"新写实小说"的提法，原本就是从这些作品中概括出来的。

在"新写实小说"讨论中，许多评论喜欢"以人定位"，把某几位作家的小说全当作"新写实"来评说。但是如果我们保守一些，将"新写实"当作一种"写法"，而不是一种"主义"来看待的话，那么我们的加了"新写实"前提的评论指向的就只能是作品，而非作家。因为主义必须恪守，写法却大可变换，更何况"新写实"本来就不是这些作家自己提出来的。比如，刘震云虽然公认是"新写实"的顶尖人物，但他早期的《塔铺》恐怕只能看作现实主义的作品，而后期的中篇《温故一九四二》和长篇《故乡天下黄花》显然要列入"新历史小说"里面去。刘震云尚且如此，更不要说兼跨多门的苏童、叶兆言、余华等人了。

这样看来，可以包括在"新写实小说"里的代表作品大概有池莉的"生命三部曲"（《烦恼人生》《不谈爱情》《太阳出世》）和《冷也好热也好活着就好》、方方的《风景》《行云流水》、刘震云的《新兵连》和"官场系列小说"（《单位》《一地鸡毛》《官人》《官场》等）、刘恒的《狗日的粮食》《白涡》《黑的雪》，以及叶兆言的《艳歌》、苏童的《离婚指南》，等等。其中影响最大的是池莉、方方和刘震云的作品。

池莉，女，1957年生于湖北，当过知青、小学教师、医生、杂志编辑。1987年，池莉发表了《烦恼人生》[8]，引起很大反响，她也一夜成名。

《烦恼人生》描写一位普通的武汉钢铁厂职工印家厚一天的生活，在二十四小时内浓缩了他整个烦恼的生活状态。小说从半夜印家厚的儿子从床上跌下来引起夫妻争吵写起，不厌其烦地叙述了印家厚带儿子坐车、坐渡轮去上班，评奖金评了个三等，学徒雅丽对他表示好感，他去幼儿园接儿子时对幼儿园阿姨肖晓芬产生的瞬间冲动，朋友来信引发了他对过去恋人的怀念，厂里抓他差迎接日本代表团，给结婚的同事凑份子，晚上回家听老婆说房子要拆迁和乡下亲戚要来。有那么多烦心的事，而印家厚一些极卑微的愿望，如给老人买瓶好酒，带老婆吃顿西餐，却都无法实现。这些事件之间，并没有什么必然的联系，但是组合到一块，却构成印家厚极大的生活压力，使他总是处于一种"烦恼"的状态。但小说震撼人心的地方并不在于这种压力的巨大，而在于面对种种的生活烦恼，印家厚都在无奈中一一承受。印家厚的生活没多大奔头，可是他和老婆儿子，仍然得实实在在地活着；明天，一切又将周而复始地开始。小说的最后写：

印家厚拧灭了烟头，溜进被子里。在睡着的前一刻他脑子里闪出早晨在渡船上说出的一个字："梦"。接着他看见自己在空中对躺着的自己说：你现在所经历的这一切都是梦，你在做一个很长的梦，醒来之后其实一切都不是这样的。他非常相信自己的话，于是就安心入睡了。

小说"生活流"的写法呈现了一种"毛茸茸的原生态"，让人似乎能亲身感受到印家厚的"烦恼人生"，引起了无数处于同样境遇的读者的共鸣。池莉曾说，《烦恼人生》一出来，武钢的工人个个都说自己是印家厚，可见这种写法深入人心。

方方，原名汪芳，女，祖籍江西省彭泽县，1955 年生于南京，曾做过四年装卸工人，1978 年考入武汉大学中文系，毕业后曾在电视台工作。

《风景》[9] 发表于 1987 年，获 1987—1988 年度全国中篇小说奖，被誉为"新写实小说"的"开山之作"，也是"新写实小说"中最富有现代主义色彩的一篇。小说选择了一个出生后不久就已死去的鬼魂"小八子"作叙事主体，叙述了"汉口河南棚子个十三平方米的板壁屋子里"一对夫妻和七子二女的家庭生活。他们生活在社会的最底层，粗鲁、愚昧，然而自得其乐。父亲年轻时是"打码头的好手"，老了就成天喝酒，大讲当年的勇武，然后"仰面哈哈大笑，笑罢又大饮一口酒，把十来颗黄豆扔进嘴里嚼得'巴喀巴喀'响"，母亲则"风骚了一辈子"，但却对父亲忠心耿耿。他们在这样的困苦里生活着，血缘亲情在这里是相当淡薄的，有的只是出于本能的弱肉强食的生存法则。二哥偶然结识了一个知识分子家庭，也就是，接触了文化。但他最终在地位、背景悬殊的爱情煎熬中自杀了。七哥从小被全家人欺负，只能睡在床下，他的愿望是"把他的母亲和姐姐全都强奸一遍"。后来他因为偶然的机遇上了大学，并且抛弃女友，娶了一个丧失了生育能力、年龄也比他大的女人，因为她的父亲是位大人物，结果他如愿以偿地进了团省委，仕途上一帆风顺，哥哥姐姐都巴结他，连凶恶的父亲也"脸上充满了慈爱和骄傲之气"。在这个家庭里，"恶"的生存本相显露无遗，偶尔迸现的美丽和善良都在生活的重压下粉碎。作者的叙述语调是平静的，但却并不是所谓"零度情感"，而是对"恶"的生存法则，以及这类法则对文明的拒斥无可奈何的认同。二哥去偷煤被他朋友的母亲，一位语文老师知道后，她教二哥"人穷要穷有骨气"，这话让父亲母亲听到了：

　　父亲气得当即把手里的酒瓶朝地上一砸，怒吼道："什么叫没有骨气？叫她来过过我们这种日子，她就明白骨气这种东西值多少钱了。"……母亲也说："哼，他们那种人不就是靠我们工人养活的吗？他们是吸我们的血才肥起来的"……父亲说："小子，什么叫骨气让我来告诉你。骨气就是不要跟有钱人打交道，让他们觉得你是流着口水羡慕他们的日子。"

　　但对那些短暂的美好的日子，如二哥对杨朦的单恋、七哥和女孩够够的友谊，作者仍然充满了追怀和怅惘。"小八子"并不同意七哥说的"生命如同树叶，所有的生长都是为了死亡"，但是他也无法改变任何东西，只能让他们这样活下去，就像小说末尾的那句话："而我和七哥不一样，我什么也不说。我只是冷静而恒久地去看山下那变幻无穷的最美丽的风景。"

刘震云，1958年生于河南省延津县，1973年服兵役，1978年复员在家乡当民办教师，同年考入北京大学中文系，毕业后任报纸编辑。

《单位》[10]和《一地鸡毛》[11]分别发表于1989年和1991年，从内容看却是姊妹篇。《单位》写的是某部某局某处这个"单位"里，"官""民"都活得不轻松。原处长老张升任副局长，副处长老孙立即为了他留下的空缺到处活动；小林刚来单位时"学生气不退"，吊儿郎当，后来幡然醒悟，为了争取入党谁都巴结，偏偏同事间又不和，顺得哥情失嫂意，临了还是鸡飞蛋打，一事无成。《一地鸡毛》转到小林的家庭生活，收入少，地位低，"不会混"，使小林无法让孩子入好的幼儿园，无力办妻子的调动，连留小时候救过自己命的老师吃顿饭，也要和妻子吵一架……其生活的烦恼程度，和池莉笔下那位印家厚也相差无几。他似乎开始"时来运转"了，那却是一系列"错位"造成的：妻子单位开了班车，是为了领导的小姨子上班方便；孩子进了好幼儿园，却是给人家当"陪读"；收入增多了，靠的是小林帮大学同学"小李白"卖烧鸭。到最后，小林利用职务之便得到了一台微波炉的酬谢，也就觉得心安理得了："其实世界上事情也很简单，只要弄明白一个道理，按道理办事，生活就像流水，一天天过下去，也蛮舒服。"这道理是什么？"过去老说单位的事如何复杂不好弄，老婆孩子热炕头就是好弄的？过去你有过宏伟理想，可以原谅，但是那是幼稚不成熟，不懂得事物的发展规律。千里之行，始于足下，小林，一切还是从馊豆腐开始吧。"这和《单位》里说的"要想混上去，混个人样，混个副主任科员、主任科员、副处长、处长、副局长……就得从打扫卫生打开水收拾梨皮开始"是一个道理。就这样，小林"醒悟"

了，单位里多了一个油滑的职员，社会上多了一个庸俗的市民，以前那个生气勃勃的大学生终于被改造了。

刘震云在叙述这些生活中的"鸡毛"时，使用了大量的反讽笔调。对于小林，他是反讽中带有同情，对于老张、老孙、女老乔，也并非毫不留情地讥刺，而是有一点理解在里面的。他在创作谈里讲："领导也不容易，整天撕撕拽拽，纠纠缠缠，上上下下都要照顾，需要动心思，何况他们也是人，也有七情六欲。下级不易，领导也不易，这才叫辩证唯物主义。"[12] 因为刘震云矛头所指的并不主要是大大小小的官僚，而是如有的论者指出的："刘震云试图运用'反讽'去解开人类本性与制度化的存在结合一体的秘密。……人们自觉认同权力的结果，就足以使权力渗透我们每时每刻的生存。"[13] 这就应了刘震云所说的"我的小说主要反映了生存环境对人的命运的塑造"[14]。

不管对于"新写实"有多少争议，新写实小说的叙事姿态，比起之前的诸种流派，确实有了很大的改变。其中最明显的，就是"实录精神"、"平民视野"和"反英雄"。方方在《风景》开头就讲："请原谅我以十分冷静的目光一滴不漏地看着他们劳碌奔波，看着他们的艰辛和凄惶。"池莉说："《烦恼人生》中的细节是非常真实的，时间、地点都是真实的，我不篡改客观现实。所以我做的是拼版工作，而不是剪辑，不动剪刀，不添油加醋。"刘震云的表述更为直接："我写的就是生活本身……新写实真正体现写实，客观存在不要指导人们干什么，而是给读者以感受。"[15] 这就决定了新写实小说家放弃"刻画典型人物形象"的努力，转而"把每一个人都当作普通人"来描写。在新写实各家的一些作品中，都对高蹈理想的知识分子进行了不同程度的嘲弄（如池莉的

《不谈爱情》、方方的《行云流水》、刘震云的《一地鸡毛》)。这些特征与以王朔为代表的"新市民小说"有某些共通之处，恐怕也是王朔不时会被列入"新写实"的缘故。

这种姿态也遭到了一些评论者的诟病，有的指责新写实小说将"烦恼人生"归结为一些琐碎问题，似乎问题解决了就能找到幸福，成了变相的"问题小说"；有的认为作品的初衷是要批判世俗、平庸，但却在叙述中"无意地失去了抗衡的力量，而不知不觉地沉湎于这种平庸之中乐而忘返"[16]；更有人声称在"最初的共鸣"之后是深深的疑问，因为"在新写实小说中，英雄远去之后，人也随之沉没；在英雄消失的地方，站起了一群苟活者，以不同的行为演绎着苟活者的人生哲学"[17]。对于"写实手法"，也有人批评："所谓'生活流'，其实是作者艺术手段欠缺所致。……在特定的文学情势下，艺术色彩的淡薄与艺术表现的单调便成了优长——被概括为表现'原生形态'的特色。"[18]

新历史小说

"新历史小说"受"新写实小说"的影响很大，这样说不仅因为许多新历史小说的作者曾被列入"新写实"阵营，不少新写实小说作家也创作过"新历史小说"，而且由于"新历史"除取材外，主要特征与"新写实"极为相似，尤其"新历史小说"在"记史"面目的掩盖下，将新写实小说被琐事的"实录"部分遮蔽的"故事性"的特点发挥得淋漓尽致。这使得新历史小说的可读性甚至远在新写实小说之上，从而最后完成了对先锋小说文体试验导致的精英化倾向的反拨。新历史小说的作者几乎都是讲故事的好手，他们的方向也就像叶兆言所说的，是要"重新获得读者"[19]。

"新历史小说"被界定为"大致是包括了民国时期的非党史题材"[20]，反映了作者试图摆脱从前历史中太多的意识形态色彩，用文学重构历史的努力。一方面，它是"生存化生态化的历史"，采取普通人的视角来看待历史上的人和事；另一方面，它又是寓言化文化化的历史，"是作家自我体验的历史，是作家心魂冥灵的外化形式"[21]，是作家个体对历史的"重新书写"。因此，新历史小说的"言说主体选择了地主、资产者、商人、妓女、小妾、黑帮首领、土匪等非'工农兵'的边缘人，其身份一反传统话语中的政治色彩，带有十足的民间性；而构成他们活动主体的则是吃喝拉撒、婚丧嫁娶、朋友反目、母女相仇、家庭的兴衰、邻里的亲和背忤等生活的日常性、世俗性甚至是卑琐性的一面"[22]。

"新历史小说"的代表作品包括苏童的"枫杨树村"系列（《罂粟之家》《1934 年的逃亡》等）、《妻妾成群》，叶兆言的《枣树的故事》《追月楼》《状元境》《半边营》，李晓的《相会在 K 市》《叔叔阿姨大舅和我》，刘震云的《温故一九四二》，池莉的《预谋杀人》，方方的《祖父在父亲心中》，周梅森的《国殇》，等等。如果不限年份的话，莫言的《红高粱》也可算作这些作品的滥觞。

苏童，原名童中贵，祖籍江苏省扬中县，1963 年 1 月生于苏州，1980 年考入北京师范大学，毕业后当过教师、杂志编辑。

《妻妾成群》[23]因为被张艺谋改编成《大红灯笼高高挂》而闻名海内外。据说写作动机来自青年诗人丁当的一句诗"男人有一个隐秘的幻想——妻妾成群"[24]。小说描写一个封建大家庭内部妻妾之间的争斗。封建家庭多妻制度造成的悲剧在以前的小说中多有涉及，但少有像这样从一个全力争宠的女人——颂莲的视角出发去描摹的，尤其颂莲本身还是一个接受过新式教育的女学生。如有评论指出的那样"这个题材原本可以处理成被奴役、被损害、被作为玩偶的女人去反抗社会环境，反抗封建家庭，反抗施暴玩弄她们的男人的作品"[25]，但苏童显然对这种象征性的深度模式没有兴趣，在他笔下，陈佐千老爷家的各房太太的全部反抗、全部才能、全部阴谋和心计，统统施展到了与自己命运相同的女性身上，演出的是其豆相煎的女人折磨女人的悲剧。不论是呆板固执、冷酷圆滑的大太太毓如，满面堆笑、暗中使绊子的二太太卓云，还是冷艳刚强、任性多情的三太太梅珊，甚至小使唤丫头雁儿，她们的目标都只有一个：争宠。本是被迫嫁入陈家的颂莲，不久也卷入了这种斗争。她在大少爷飞浦那里得不到安慰，直接后果却是梅珊的被杀和自己的疯狂。人性被扭曲体现出来的恶毒、乖戾、诡诈读上去让人不寒而栗。

然而苏童并未就此深入挖掘，他的兴趣似乎更多放在叙述上面，这种倾向甚至引起了别的作家的忧虑："我很担心他会变成一个畅销书作家，故事对他的诱惑太大了，他总是着迷于讲出一个出奇制胜的好故事，为了把故事编好，他不惜走在畅销书的陷阱的边缘薄刃上，面对着堕身的危险。"[26]

叶兆言，祖籍苏州，1957年生于南京，高中毕业后当过四年钳工，1978年考入南京大学中文系，1983年考取南京大学中文系研究生，毕业后当过教师、编辑。

《枣树的故事》[27]讲述的是一个女子的人生故事。小家碧玉岫云生逢乱世，历尽坎坷，先后与三个男人共同生活过，初嫁尔汉是奉父母之命，为的是躲避日本人的侵扰，但婚后不久尔汉就被土匪白脸杀死，白脸接着占有了岫云。白脸在新中国成立时被剿灭，岫云进城当了保姆，又跟已婚的男主人生了个儿子。岫云的独特个性在于："她忠心于每一个喜欢他的男人，甚至杀夫仇人的白脸也不例外。"她于是被认为是一个水性杨花的女人，但她又明明是一个被损害和被侮辱者。"她的一生实在乱七八糟，乱七八糟的一生中，又究竟有几桩是清晰的，连她自己也弄不清楚。"小说中间还穿插了尔勇为哥哥尔汉报仇而追杀白脸的故事。

流行小说最基本的元素"性和暴力"这篇小说全都具备，叶兆言追求的"获得读者"看来是如愿以偿了。然而这篇小说的独到之处在于它对已定型历史的消解。岫云的逆来顺受固然打乱了施虐者与受虐者必然势不两立的模式，叙述者"我"的出现，他对岫云所讲述的一切的不断质疑，也毫不留情地抹杀了现实主义小说叙事极力追求的"真实再现"。比如小说写到一名作家以尔勇生平为素材创作电影剧本时，不无调侃地描写了"艺术处理"后历史真实的偏移：

他（白脸）单独潜进村庄搞女人的细节，已被改作由两个保镖护着，醉醺醺闯进一家地主大院，一个妖冶放荡的女人举着风灯走过来。一扇能看见黑影子的窗户。两个越来越贴近的男女剪影。灯灭了，那种听不清又故意是给人听的下流声音。

实际上，白脸去找的是"良家闺女"，而且"很有一套勾引女人的办法"，让被糟蹋的姑娘还"想做压寨夫人"。这种说法的真实性当然引人怀疑，但作者根本就没有那种探求真实的冲动，他在小说里老老实实地承认："真的东西和假的玩意有机地纠缠在一起，真是一片绿茵茵的草地，假是草地上那几朵美丽的黄花。我第一次产生了这么个不雅的担心，如果世界上当真没有假的玩意，该是一件多煞风景的事。"

"新历史小说"对历史的文学化重构对于传统那种意识形态化的历史文学来讲当然是个突破。但它本身的弱点也很快暴露出来。新历史小说的作者们太强调对历史定论的反拨，以至于常常陷入另一种模式之中；他们对叙事快感的过分热衷也让他们随意放纵自己的想象力，甚至顾不上逻辑和情理的制约，如尤凤伟的《石门夜话》是所谓"土匪题材"中比较独特的一篇：土匪为他们的头领二爷抢回了一个女人，虽然她与二爷有屠戮夫家的深仇，但二爷用了三个夜晚向她讲述自己的经历，竟然让她在不知不觉中依顺了二爷。这篇小说被指为"太迷信话语的力量"，"仅仅在'作'的层面上理解'虚构'"。[28]

新体验小说

自"新写实"发轫以来，中国文坛上的"新"字号如波汹潮涌，各擅胜场。这些名号，或由文学刊物隆重推出，或经批评家鼓吹总结，或是作家自动集结，其构成、起因、成绩、影响不能尽同，但它们都是以"新"作为标榜，大约半由创新热情，半是批评策略，因此难免鱼龙混杂、界限模糊，一位作家头上同时戴着几顶"新"桂冠的情况，亦非鲜见。而且许多名号出炉未久，其"代表作家"也年轻得很，理论上的共识又未达成，前景难言。现在只能择出其中一些主要的加以评述。好在当下的文学发展是种开放状态，我们不妨取同阙疑，且看日后的归宿何如。

这里需要辨析一下的是所谓"新状态文学"。1994年初《文艺争鸣》和《钟山》联合推出《新状态文学特辑》，同时王干、张颐武、张未民发表了《"新状态文学"三人谈》[29]，对提出"新状态"的动机和实质进行阐发。

据这篇文章称，"新状态""不是一种创作手法，也不是一种主义，它是社会文化的转型给创作带来的一种转型，给创作带来的一种转折机制"，它要求作家"面对当下的生活状态写作，面对自己的内心体验写作"，也就是"把经验和体验结合起来"，"新状态文学超越了纪实与虚构的界限……往往是自传和纪实的因素被强化。它的叙述往往采取亲身经历似的纪实口吻"，"新状态文学还很大程度上混合了雅和俗两种文学的界限"，"可以看作一种混合艺术的倾向"，它甚至"呈现了一种语言之流，这语言之流有跨越古典与现代、中土与西方的形势，是一种跨文化的语言之流"，"新状态"出现意味着"当代文坛正在从有序回归到一种无序驳杂的自然状态"。[30]

至于文中列举的"新状态文学"的代表作品，则包括王蒙的《恋爱的季节》、刘心武的《风过耳》《四牌楼》、王安忆的《纪实与虚构》、朱苏进的《接近于无限透明》、张承志的《心灵史》、张贤亮的《烦恼就是智慧》、史铁生的《我与地坛》，还有何顿的《生活无罪》、陈染的《与往事干杯》，以及马建、韩东、海男、鲁阳的一些小说。

平心而论，"新状态文学"还是标示出了当下文学发展的一些特征的。而且，它的倡导者将其同先锋实验文学、新写实对立起来，以及开出了这么一个涵括了老中青各类作家的极为芜杂的作品目录，显然是意欲通过这样一种提法，对当下的整个中国文坛进行整合。然而正是这种想法使"新状态"的理论外壳变得大而空、无所不包又不知所云，看上去更像是一种批评策略，而非切实的对现象的概括。况且相对于日益走向多元化的中国文坛，这样一种一个名词囊括所有创新的壮志只能是吃力不讨好。因此，尽管"新状态"的发起者们付出的理论建构努力尤甚于对当年的"新写实小说"，却始终未能取得创作界和评论界的共识，"新状态文学"很快就在当下文坛的语词密林里消失了。

"新状态文学"提出的同时，1994年初的《北京文学》第一、二期连续刊出了《新体验小说专辑》，陆续推出了陈建功的《半日跟踪》、许谋清的《富起来需要多少时间》、赵大年的《大虾米直腰》、母国政的《在小酒馆里》、李功达的《枯坐街头》、刘庆邦的《家道》、袁一强的《"祥子"的后人》、刘毅然的《操作体验》、毕淑敏的《预约死亡》、徐小斌的《缅甸玉》等。后来陈建功、赵大年、许谋清还发表文章阐释他们对"新体验小说"的看法。这种作家在较为明晰的理论引领下进行创作的状况在"后新时期"已经相当少见。

什么是"新体验小说"？陈建功说，"首先是叙事者无论是选材还是叙事，都是把亲历性放在最重要的地位。亲历性将是这类作品的魅力所在"[31]；赵大年说，"新体验小说是作家全身心地投入，把自己的喜怒哀乐也写进去，区别于那种冷漠的、纯客观的、不动声色的描写"，"这种小说注重语言的生活化、口语化、平易近人，与纪实性的内容谐调，相辅相成"[32]；许谋清说，"我的新体验小说，重点写我，面对客体把我主体化，也就是解剖面对客体的我，把我的体验，毫不掩饰地告诉读者"[33]——简言之，其主张可用"现实性、主观性、亲历性"来概括：一方面，叙事者与被描述者一起成为作品的主人公，叙事者的亲历线索也是小说的重要线索之一；另一方面，亲历性强调真实，叙事不再是有因有果的故事，而是生活氛围的展开和人生场面的插入；并且，出于可读性需求，新体验小说作者多将焦点对准社会上出现的一些新鲜事物或大众关心的问题，使小说涂上了一定的新闻色彩，因此也有人将其中一些作品列为"新闻小说"[34]。

"新体验小说"中最成功的当数毕淑敏的《预约死亡》[35]。毕淑敏的主要作品有《昆仑殇》、《女人之约》、《原始股》、《补天石》和长篇小说《红处方》等。《预约死亡》是她的第一篇"新体验小说"，写的是一所"临终关怀医院"种种鲜为人知的故事。在相信"好死不如赖活着"的中国，"死亡"是一般小说很难涉及的禁区。《预约死亡》的震撼力也正在于通过"我"在一所临终关怀医院不动声色的采访，描写了各色人等，健康的，衰竭的，有关的，无关的，面对"死亡"的各色态度，让我们看到了一个新的生命境界。这里有因不为世人理解和工作条件差而牢骚满腹，但仍然辛勤工作的院长和护士；有为出国不惜要求老母速死的博士；有起初逃避却在实践中升华了自己的女大学生义工；有濒临死亡仍不失尊严的老人；当然还有"我"，一个融入环境的采访者，为了体验临死者的心理感受，"我"甚至躺上了刚死去的老人的病床！毕淑敏用自身的体验完成了对死亡和爱心问题的一次真实探寻，她的一个朋友感慨她创作的艰辛时说："你跑了那么多次，录了那么多音，做了那么多笔记，看了那么多书，甚至躺在死过无数人的病床上……我告诉你，你身上一定沾了死人的碎屑……小说没有这么写的，小说不是这么写的。写小说用不着这么难。"[36]毕淑敏的成功当然得力于这样的艰辛体验，但也与她本身所具有的人文情怀和创作特色分不开，正如王蒙所说："她有一种把对于人的关怀和热情悲悯化为冷静的处方的集道德、文学、科学于一体的思维方式、写作方式和行为方式。"[37]

"新体验小说"体现出的那种真实感的魅力确实令人耳目一新，然而一些论者也指出，所谓"新体验"和"亲历性""既是新体验小说之长，又恰恰是其短所在"，如果将"新体验"普适化，过于强调体验的"新"和"亲历"，"容易造成一些误解，似乎只有那些反映了以往不曾反映或鲜有反映的社会生活或心态的才谓之'新体验'"，因此，"'新体验小说'算得上一个不错的组稿策略，却断断不是一种逻辑周密、理论与实践相吻合的理论学说"。[38]

新女性小说

新女性小说旗下的作品往往也被叫作"私人小说"。本来这两个概念并不重叠，但在当今中国，我们却几乎能将二者等同起来，似乎"私人写作"是某些女作家的专利。

新女性小说主要是指陈染和林白近年的小说，如《与往事干杯》《嘴唇里的阳光》《私人生活》《子弹穿过苹果》《一个人的战争》等，也包括海男、叶文玲等女作家的一些作品。这个命名显然是指上述作品以西方女性主义文学理论为写作背景，站在女性独立的立场上进行女性个体生存状态的描述，自女性角度发出对生活和社会的诘问。这些作品最大的特点就在于强烈的无处不在的性别意识，"性别精神立场使她（们）创制了一套个人化女性叙事法则，以对于女性心理和感知的深度开掘构成奇特审美世界；想象的丰富、奇诡，跨越时空的幻觉与意识流动，把女性心理情节的曲折复杂敞亮于语言[39]。

这种性别意识可以用陈染那篇题记为"谨给女人"的小说《破开》中的一段充满对男性中心和性别压抑的反抗的对话加以展示：

> 她们是躯壳，他们是头脑；她们是陪衬，他们是主干；她们是空洞的容器角落里的泥盆，他们是栋梁之树；她们的腿就是他们的腿，他们是驯马的骑手；他们把项链戴在她们的脖颈上，她们把自由和梦想系在他们的皮带上；她们像小鸟在他们的怀里衔草筑巢，他们把笼子套在她们的脚踝上；她们的力量是危险的信号，他们的力量是用来挡风的垣墙……

陈染，女，1962年生于北京，大学毕业后做过大学教师、报社记者和出版社编辑。她最引人注目的作品是《与往事干杯》和"黛二系列"（《无处告别》《嘴唇里的阳光》等）。《与往事干杯》叙述了一个女孩子与父子两代人发生恋情的故事。外部事件（父母的离异、环境的压抑等）造成了少女心灵的抑郁，加上青春期性的萌动，使她误入性的歧途——与一个比她大二十多岁的已婚男人发生性关系。待她真正与"老巴"相爱，却发现"老巴"就是那个已婚男子的儿子。在这里，故事的过分巧合并没有掩盖小说悲剧所展示的典型的青春期创痛和其中包孕的时代病症。《无处告别》中的黛二是一位为女性自由和孤独困惑的女子，她与她朋友缪一、麦三都属于看上去颇有教养、相当独立、生活无忧的知识女性，但她们都在生活中无所适从，必须在以男性为中心的社会的关系中处于依附地位。表面上黛二比她的两位朋友独立得多，但她也时时有一种"撑不住"的感觉，始终无法摆脱那种对男性的依附情结。

陈染文字的特色在于充分调动女性的感觉，让人一看就知道这是"来自纯粹女性之躯的体验"[40]，如《与往事干杯》中的这段语言：

美丽而巨大的"孕妇"——波音747从墨尔本机场腾空而起仰头滑向天空的一瞬间，我终于感到躲进了一只银白色的大鸟的腹中，遥遥地远离开绿荫如盖、清香四溢的澳洲沃土，离开了那使我无地自容的罪恶的渊薮。我被这只大鸟牵引着向太阳贴近，疲乏和困倦一下子包裹了我，我从头到脚被这只母性的大鸟拥抱着、托扶着，升腾、飞翔。

林白，本名林白薇，女，1958年生于广西北流，1982年毕业于武汉大学图书馆学系，曾在图书馆、电影制片厂等处工作，现为报纸编辑，主要作品有《一个人的战争》《子弹穿过苹果》《玫瑰过道》《同心爱者不能分手》等。她的小说中的女性意识比起陈染来要隐晦一些，女性主人公对社会的抗争也没有那么锐利，她更喜欢在回忆的河流中呈一种女性特有的敏锐感觉，在那些往事里，性、生育等语词和意象大量出现，而个体体验仍然是笼罩一切的，看看这一段关于生育的描写：

产妇的肚子像秤砣一样又硬又实，她的喊声软软地碰在肚子上像鸡蛋碰石头，应该在尖凸的肚皮上破一刀像破木菠萝一样，不然这么大的肚子怎么能通过那窄小通道生产。我正这么想着，就闻到一股腥甜的血味，我看到产妇两腿之间的出口处忽然冒出一汪血来……

从纵的方向看，新女性小说可算是古代闺秀文学、五四女性文学的延续，是女性文学经历替代写作→模仿写作→个人写作的发展过程。但新女性小说并未去除女性文学通常的痼症：过分囿于个人情感的体验，过于热衷强调性别之间的歧异，把性别之间的争斗扩大到覆盖一切的地步，这或许是新女性小说无法走得更远的重要因素。

新市民小说与"新现实主义"

1994 年 9 月，《上海文学》与《佛山文艺》联手推出"新市民小说联展"。有论者在阐释"新市民小说"时谈道："新市民小说"与此前某些刊物提出的"新都市小说"有所区别，"新都市小说"甚至包括了王朔、池莉、方方、刘震云等作家的作品，关注的是"城市工薪族在旧体制将去未去时的种种生存困惑"，而"新市民"是指"我国社会主义市场经济开始启动后，由于社会结构改变，社会运作机制改型，而或先或后改换了自己的生存状态与价值观念的那一个社会群体。这个群体的涵盖面不仅仅局限在'都市'，而且辐射到我国广大的农村与乡镇"。[41]

就这样的定义而言，"新市民小说"可以包括邱华栋、朱文、张欣、何顿等人的作品。北京的邱华栋主要作品有《沙盘城市》《手里的星光》《环境戏剧人》等。他习惯以年轻的都市文化人为主角，他对"大都市"这样一个人类自己建造但又迷失其中的生存环境感觉敏锐，"他常常不厌其烦地在行文过程中叙述北京像魔术般突然矗立起来的各幢大厦、各家酒店、各座立交桥，甚至陶醉于对行车路线的细致叙述：这实际上已经超出了传统环境描写的意义"[42]，他就让他的主角在这样的环境中进行一系列的"欲望游戏"，这些文化人的现实态度和融入感是以往的小说难以见到的，邱华栋以此揭示了一种现代中国社会中的生存状态。南京的朱文的小说如《我爱美元》《两个兔子，一公一母》《傍晚光线下的一百二十个人物》则善于把握人物在喧嚣的环境中无所事事的感觉和对理性范式的嘲弄。《我爱美元》里父子一同去嫖妓的情节是对传统伦理巨大的反讽，"我"总是想让父亲"愉快"，所以不断带他涉足风月场所，而父亲总是在关键时刻临阵退缩，最后"我"居然"怀着对父亲的爱"，去求自己的情人陪父亲睡觉。这篇小说将现代社会中欲望遮蔽一切价值尺度的状况描述得惊心动魄。广州的张欣（作品有《绝非偶然》《首席》《星星派对》等）多喜欢描写在大公司中服务的白领女性的生活，与邱华栋和朱文的冷峻不同，她认为这个世界既有"物欲横流"的丑恶，但也没发展到大家要"跳崖献身"的地步，她采取的是"冷眼看红尘"而又"不深刻"的态度，表示要"为读者写作"，"能为他们开一扇小小的气窗，透透气"，为自己塑造了一个富有人情味的"民众大姐"的形象。她的小说除了对爱情持久的刻画和歌颂外，主要用力于"新市民"们经济行为的伦理合理性问题。而长沙的何顿的小说《生活无罪》《我不想事》《古镇》等，常常通过底层人物在经济大潮中的众生相，活画出一个躁动的时代的气氛。

"新市民小说"非常注重地方特色，小说中的地名往往是实有的，叙述语言和人物对话也掺进了大量的方言色彩的词语。这可以看作新市民小说家在小说市场空间日益窘迫的情况下"凸显自我"的强烈意识，也可以认为是一种争取读者的策略。如张欣就坦承"我的读者大多在北方"，地方特色无疑是对外地读者造成

"陌生化"感觉从而产生阅读兴趣的重要因素。

"新现实主义"又被称为"现实主义新的冲击波",其主要创作成绩是湖北刘醒龙的《凤凰琴》《路上有雪》《分享艰难》,河北"三驾马车"何申的《穷人》、谈歌的《大厂》及其续篇、关仁山的《大雪无乡》《九月还乡》,还可以包括阎连科、池莉、毕淑敏、刘玉堂等成名作家的部分小说。由于刘醒龙、"三驾马车"都有着深厚的基层生活经历,又都处于"一度喷发期",其作品在1996年"有如集束手榴弹般地抛出,一下子就吸引了读者和论家的目光"[43],称之为"冲击波",当不为过。

"新现实主义"在一定程度上接续和强化了"新写实小说"的平民意识与现实精神,但作者的眼光往往已经从"市民的日常生活"这个新写实小说极为偏爱的题材上移开,而更多地关注在艰难的改革进程中工厂、农村生存境况的窘迫。小说的主要人物也不再是一无所有的平民,而多是厂里的负责干部、镇党委书记这样的基层领导,写他们如何为维系一个厂、一个镇的经济状况而东奔西走,寝食难安(这倒印证了刘震云早前所说的"群众不易,领导也不易")。如为谈歌赢得盛名的《大厂》开篇便是"一切都乱了套":厂办公室主任老邵陪客户嫖娼被抓;厂里唯一的高级轿车被偷;总工程师袁家杰请调;赵明恃势不交承包款;全国劳模生命垂危竟无钱住院,愤怒的工人砸了财务科;工厂屡屡失窃,六个偷铁工人被抓……主人公厂长吕建国处于矛盾旋涡中,还要受家庭纠纷困扰。关仁山在一次"关于当前现实主义文学创作问题的座谈会"上说:"我和何申、谈歌老见面,但从来没有商量怎么写,却都不约而同地写了这么一批作品,什么原因?我想是因为中国的工农业改革到了关口了，有许多工人开不出工资了，有的农民很苦。我们要写他们的现状，为他们说句话，在描述这种艰难时，还要给他们力量，让他们挺过去。这力量不是我们附加的，也绝不是粉饰。""新现实主义"作家的创作心态于此可见一斑。

"新现实主义"赢得了不少赞誉，这些作品被认为"体现了一种可贵的社会关怀精神和公众意识"，"是作者对社会转型期间，社会状态、公众心理的一种新的发现与把握"。[44]但对此提出异议的亦复不少，有人认为"新现实主义"只是"回归到'乔厂长'式的'现实主义'旗帜之下"，"最最致命的弱点就是这批'现实主义'作家的主体意识中缺少批判现实主义的魂魄：悲剧精神！"[45]也有人认为这些小说通篇描写的"艰难"就是"缺钱"，似乎有了钱就好办了，"仍然只能算是一种肤浅的现实主义"；[46]更有评论者认为"新现实主义"的作者"似乎刻意要把那些厂头们塑造成'无奈的救主'和'受难的基督'"，并质问"天哪，分享艰难，谁和谁分享艰难？"[47]温和一些的论者也指出"格局狭小是他们的普遍问题，看不出大气象、大手笔的苗头"[48]。"新现实主义"今后如何发展，还须拭目以待，不过，这种潮流至少反映了作家对现实生活的重新关注和当下写作的魅力。

注释：
————

[1] 参见雷达：《动荡的低谷》，《小说选刊》1989 年第 2 期。
[2] 参见陈骏涛：《写实小说：从传统到现代的转化》，《钟山》1990 年第 1 期。
[3] 参见《文学评论》，《钟山》1988 年 10 月联合举办的"现实主义与先锋文

学"讨论会发言。

［4］ 参见《钟山》编辑部：《新写实小说大联展·卷首语》，《钟山》1989年第3期。

［5］ 丁永强：《新写实主义与自然主义的回归》，《艺术广角》1990年第2期。

［6］ 潘凯雄、贺绍俊：《写实·现实主义·新写实》，《钟山》1990年第2期。

［7］ 参见陈旭光：《"新写实小说"的终结》，《文艺评论》1994年第1期。另参见1992年9月12日由北京大学语言文学所和《作家报》联合举办的"后新时期：走出八十年代中国文学"学术研讨会发言。

［8］ 发表于《上海文学》1987年第8期。

［9］ 发表于《当代作家》1987年第3期。

［10］ 发表于《北京文学》1989年第2期。

［11］ 发表于《小说家》1991年第1期。

［12］ 刘震云：《诉说衷肠》，《中篇小说选刊》1991年第4期。

［13］ 陈晓明：《漫评刘震云的小说》，《文艺争鸣》1992年第1期。

［14］ 丁永强整理：《新写实作家、评论家谈新写实》，《小说评论》1991年第3期。

［15］ 同上。

［16］ 谢凤坤：《谈刘震云近期小说创作》，《文学评论家》1992年第2期。

［17］ 参见李新宇：《苟活者及其人生哲学》，《河北文学》1991年第9期。

［18］ 刘纳：《无奈的现实和无奈的小说》，《文学评论》1993年第4期。

［19］ 叶兆言：《最后的小说》，《中篇小说选刊》1988年第4期。

［20］ 陈思和：《关于"新历史小说"》，《文汇报》1992年9月2日。

［21］ 崔振椿：《寓言·生存·文化》，《文艺报》1994年6月4日。

［22］ 孙先科：《"新历史小说"的意识形态特征》，《当代文坛》1995年第6期。

［23］ 发表于《收获》1989年第6期。

［24］ 王干：《苏童意象（代跋）》，载《刺青时代》，武汉：长江文艺出版社，1993，第285页。

［25］ 王海燕：《苏童论》，《安庆师范学院学报》社科版1994年第4期。

［26］ 王安忆：《我们在做什么》，《文学自由谈》1993年第3期。

［27］ 发表于《收获》1988年第2期。

［28］ 参见张业松：《生存之重和重压下的生存——尤凤伟论》，《当代作家评论》1994年第3期。

［29］ 发表于《文艺争鸣》1994 年第 3 期。

［30］ 参见王干、张颐武、张未民：《"新状态文学"三人谈》，《文艺争鸣》1994
年第 3 期。

［31］ 陈建功：《少说为佳》，《北京文学》1994 年第 2 期。

［32］ 赵大年：《几点想法》，《北京文学》1994 年第 2 期。

［33］ 许谋清：《我的"新体验小说"的构想》，《北京文学》1994 年第 2 期。

［34］ 张韧：《突围与误区》，《小说评论》1995 年第 2 期。

［35］ 发表于《北京文学》，1994 年第 2 期。

［36］ 参见李益荪：《"新体验小说"之我见》，《当代文坛》1994 年第 5 期。

［37］ 王蒙：《毕淑敏作品精选·序》，载毕淑敏著《毕淑敏作品精选》，北京：
中国三峡出版社，1995。

［38］ 参见潘凯雄、王必胜：《话题纷纭：'94 文坛新气象》，《当代作家评论》
1995 年第 2 期。

［39］ 荒林：《陈染小说：为妇女获得形式的写作》，《湛江师范学院学报：哲学
社会科学版》1996 年第 4 期。

［40］ 方铃：《陈染小说：女性文本实验》，《当代作家评论》1995 年第 1 期。

［41］ 参见周介人：《谈谈"新市民小说"》，《当代作家评论》1996 年第 1 期。

［42］ 同上。

［43］ 肖复兴、朱向前：《'96 收获与'97 展望》，《文艺报》1997 年 3 月。

［44］ 参见徐兆淮：《书写社会与表现自我》，《钟山》1997 年第 1 期。

［45］ 参见丁帆：《介入当下：悲剧精神的阐扬》，《钟山》1997 年第 1 期。

［46］ 参见王彬彬：《肤浅的现实主义》，《钟山》1997 年第 1 期。

［47］ 参见邵建：《可疑的现实主义》，《钟山》1997 年第 1 期。

［48］ 肖复兴、朱向前：《'96 收获与'97 展望》，《文艺报》1997 年 3 月。

王朔：《顽主》承载时代情绪

王朔的走红与引发争议，是从电影而非小说开始的。

1988 年之前，王朔已经发表了《空中小姐》（1984）、《浮出海面》（1985）、《一半是火焰，一半是海水》（1986）、《橡皮人》（1986）、《顽主》（1987）等中篇小说及一些短篇小说，引起了一些关注。但其作品明显不属于任何一种思潮或一个流派——直到如今，诸多当代文学史中，将王朔置于何处仍是一个让主事者颇费思量的问题。这意味着他无法被放置在某种现成的解释框架中，因之也就无法在学术与评论生产体系中获得足够的注目。

改变出现在 1989 年。从 1988 年末至 1989 年初，几个月内，有四部根据王朔小说改编的电影面世，分别是西安电影制片厂黄建新导演的《轮回》、峨眉电影制片厂米家山导演的《顽主》、深圳影业公司叶大鹰导演的《大喘气》和北京电影制片厂夏钢导演的《一半是海水，一半是火焰》。据王朔自己回忆，当时的计划甚至是一连推出八部。

王朔说，这些电影让他"第一次在社会上有了知名度"，《中国电影报》《电影艺术》编辑部及中国影评学会还联合召开了王朔电影研讨会，这也引发了从电影界到文学界，长达四五年之久的关于王朔的争论。

一篇电影评论点出了很有意思的一个现象：所有的评论者在

讨论几部电影时，都不把它们看作各自导演的作品，而是统一视为"王朔电影"[1]。以一个原著者的名字统括一批电影，这在电影史上不仅空前，大概也会绝后。这表明，讨论者的重点，不是放在电影的艺术成就或表演风格等方面，而是聚焦于这一系列作品的人物形象上——当时一种激烈的说法是，这些电影都是"痞子写、痞子演给痞子看"的。

批评或肯定"王朔电影"的双方论者之间，较为明显地存在一条年龄的分界线：批评者多属"老一辈"。如唐达成称"顽主"是些"滑出生活轨道的人"，希望王朔"作为作家不要和自己笔下的人物站在同一水平上，不要玩味、欣赏、醉心那样的生活方式与生活态度"，王朔的作品虽然"导演愿拍，观众愿看，但仍然有一个如何表现的问题"[2]。邵牧君指出电影界一哄而上改编王朔小说的原因是"希望找到一条既能对观众起到补偿和宣泄娱乐效果，又能比较贴近现实生活，但又不敢冒犯当局惨遭禁映的新路"，"王朔小说对电影创作者具有吸引力的另一个重要因素是它对某些敏感领域（主要是性心理禁忌）采取调侃、打诨的方式来实施攻击或表达异端思想"。[3]他认为虽然这些电影艺术质量都不弱，却无法算作好电影，因为电影导演们"过分看重它们忽略了它们在思想意识上的浅薄、粗鄙和邪恶"[4]。刘聤则认为"顽主"式的玩笑人生不值得表现与肯定："强调社会等级、泯灭独立人格的主奴心态，和否认人类道义、追求极度个人化的'顽主'心态，不过是一枚旧硬币的正反面，在今日之中国，两者都是对人道主义的僭越，是对现代化进程的反动。"[5]

正面评价也有着相同程度的猛烈，如白烨认为王朔电影中的人物准确地说是"浪子"，在这些"浪子"身上，王朔"把他自己对于复杂社会现实的认识与感受挥洒得淋漓尽致，使作品颇具嬉笑怒骂皆成文章之妙韵，很能引起观众的共鸣与共识，使人们由轻松的观赏进入深沉的思索，从而由熟悉而又陌生的'浪子'的情绪、际遇与命运思考社会生活变动中的诸种问题"[6]。陈晓明则将王朔的意义定义为"亚文化"对主流文化的冲击："他们是都市中不安分的魂灵，是我们时代生活的反抗者和挑战者，他们携带着商品社会的狂想和生命冲力在生活的原野上狂奔乱舞，这是我们时代的景观，它并不壮丽，但是它充满生命的原始张力。"[7] 甚至有评论指责邵牧君"一方面基本否认王朔电影对现实的批判价值，有意无意地尽量压低影片的认识价值；另一方面用心良苦地将影片编导的创作意图曲解为单纯从娱乐效果出发、避免冒犯当局和害怕评论家批评"[8]。

王朔作品引发了如此激烈而两极化的争论，却没有人能否认，王朔笔下承载着那个躁动不安年代的共同情绪，整个社会渴望一种冲决、一种变局，在所欲不得的情形下，人们宁可认同调侃、嘲讽、游戏的边缘姿态。从导演到评论家，人们对王朔作品的借用与解读是遮蔽性、选择性的。十多年后，《大喘气》导演叶大鹰在接受采访时说："就想着怎么解气怎么拍，有点出气的感觉，当时有点幼稚，也叛逆……觉得把那些道貌岸然的人惹生气了就高兴，其实现在想起来有点恶作剧的意思。"他也承认这些"王朔电影""要是以社会责任感或者主体意识为衡量的话，它并无太大价值"，但同时又强调"那是时代的产物，也是我们在 80 年代由青年渐入中年时一种情绪化的宣泄"[9]。

王朔最有代表性的小说无疑是《顽主》[10]。据《收获》编辑回忆，《顽主》最初的名字叫《五花肉》，经编辑建议，王朔用了现在的名字。"顽主"据说是当时北京市井的流行词，特指小说中描写的那种衣食无忧、玩世不恭的边缘青年。小说描写于观、杨重、马青等一伙"顽主"成立了"三T公司"，意为"替人解难替人解闷替人受过"，他们替人挨骂、约会、组织文学奖……他们承受并同情民众所有的庸俗、现实甚至荒诞的欲望，唯独对赵尧舜、宝康这种表面道貌岸然、内心龌龊下流的虚伪者极度厌恶。小说基本是一些片段的组合，在王朔当时的小说中，故事性相对较弱，但却成为王朔影响最大的作品，电影改编也最为成功。

有意思的是，在小说中，"顽主"们所有的"三T"，都是指向精神层面的化解：替丈夫挨骂，让妻子高兴；替医生约会，让女朋友高兴；替小作家颁一个专属文学奖，消除他拿不到奖的遗憾，以及用各式各样的串编式语言劝解同性恋、手淫癖、抱怨肉价太贵的人……顽主并不解决实际的问题，他们只负责抚慰、舒缓人们的愤懑与躁郁。而在米家山导演的电影里，增加了替家属照顾瘫痪老太太的情节，而正是这次唯一的指向现实难题、无法用调侃与劝慰化解的任务，让三T公司陷入了彻底的困境，不得不停业整顿，但片尾三T公司门前排起的长龙，又隐喻着王朔作品本身的功能与意义——米家山在影片公映后说："电影有一个基本功能就是宣泄功能。进了电影院，观众很多牢骚和不满都宣泄掉了，主人公在骂人好像他也骂了一通，哈哈大笑出了气，出了影院，高高兴兴不气了。从这一点来说，《顽主》实际上是在帮忙。"王朔笔下的人物没有改变体制、规则的欲望与能力，却在自我贬抑与调侃反讽中完成了精神对现实的逃避，这恰恰是当时的中国社会需要的。

陈思和认为《顽主》的意义相当难以把握，"王朔在这部作品中试图解释颓废的人生态度在社会上可能会产生的正面意义，但这一努力似乎又不很成功"。《顽主》中于观父亲与于观的冲突很有意味，面对父亲"革命理想""为人民做些有益的事"之类的正面训谕，于观坚持"我不就庸俗点吗"，即世俗理想的合法性，他并不正面对抗父亲的信念与教条，只是指出父亲如今也是整天打打麻将享着清福，"好吃懒做"，并用"人民养育的，人民把钱发给你让你培养的革命后代"来反抗传统伦理赋予父亲的话语权。于观在此其实是在革命道德话语与传统伦理话语之间做出偷换，寻找一切有利的论述来拒绝主流价值的规训。这是一种看着痛快却完全无效的反抗，因此结局必然是不了了之的和稀泥：

　　父："看来你是不打算和我坦率交换思想了。"
　　子："我给您做顿饭吧，我最近学了几手西餐。"

对此陈思和指出："历史的反讽是王朔小说的基本心态，但王朔所表现的一代人年纪毕竟太轻，历史对他们来说是相当遥远的一个神话。他们无法体验传统所含的内容，他们所接受的，仅仅是为宣传这些传统而编造的文学作品——诸如'文革'时期的样板戏，以及一些革命回忆录。因此，他们的知识面非常狭窄，思想也相当肤浅。在王朔笔下的那些人中，他们的历史反讽往往仅体现在对他们所接受的文学传统的嘲弄，把它当作一种语言的玩具来使用。"[11] 总之，顽主们缺乏精神资源来与主流价值对抗，这也是他们选择躲避姿态的重要原因。

　　也因此，有论者从王朔小说里"感到字里行间透露出一股怨恨情绪，他的人物随时准备宣泄这种怨恨。在他的人物对中心文化的表层的拒斥之下，包含着一种常常被掩盖着的深层心理，这就是觊觎。戏仿手法（借模仿来嘲笑对象）在王朔那里的深层的实质性含义恰恰是戏仿的颠倒：借嘲笑（拒斥）来模仿（觊觎）对象。因此，戏仿手法既是一种表现方式，又是一种掩盖的策略"[12]。这种情绪可以在王朔一番半真半假的自白得到印证："像我这种粗人，头上始终压着一座知识分子的大山。他们那无孔不入的优越感，他们控制着全部社会价值系统，以他们的价值观为标准，使我们这些粗人挣扎起来非常困难。只有给他们打掉了，才有我们的翻身之日，而且打别人咱也不敢。"[13]顽主们对主流价值的仇视与鄙夷是真实的，这种仇视与鄙夷，与其说是价值观差异的产物，倒不如说是出自"彼可取而代之也"的愤激。《顽主》里唯独将"作家""德育教授"作为整体置于被嘲笑、被揭穿的处境，看似主人公们对他们毫不在意、视若无睹，但其实，唯一触动他们极大愤怒（这在一群以帮助别人为旨趣的人物身上相当突兀）的，只有这个不断指责他们"空虚""不上进"的德育教授。在赵尧舜又一次"骚扰"他们之后，顽主们的愤怒爆发了：

"我想打人，我他妈真想打人。"赵尧舜退出后，马青从桌后跳了出来，捋胳膊挽袖子眼睛闪着狂热的光芒说。

"我也想打，想痛打一个什么人。"杨重双手握着拳哆嗦着说，"要不是我不停地对自己说你打人得进公安局付医药费特别是上了岁数的人弄不好要养他一辈子就像无端又多出一个爹我早冲上去了。"

"可我实在想打，我顾不了那么多不想想办法我只好和你们俩对打。"

"好吧，这样吧。"于观猛地站起，握着双拳往外走，"我们就到街上去，找那些穿着体面、白白胖胖的绅士挑衅。"

"真舒服，真舒服，老没这么干了。"

马青、杨重摩拳擦掌、一脸兴奋地跳跃着跟在后面。

街上，三个人肆意冲撞着那些头发整齐、裤线笔挺、郁郁寡欢的中年人，撞过去便一齐回头盯着对方，只等对方稍一抱怨便预备围上去朝脸打，可那些腰身已粗的中年人无一例外地毫无反应，他们只一眼便明了自己的处境，高傲地仰起头，面无表情地变线起开。如此含忍不露彼此差不多的表现使三人更有屡屡得手所向披靡的良好感觉。

之后，一个经典的细节出现了。顽主们对自己的胜利十分欣喜，以致开始向社会发出挑衅：

马青兴冲冲地走到了前面，对行人晃着拳头叫唤着："谁他妈敢惹我？谁他妈敢惹我？"

一个五大三粗，穿着工作服的汉子走近他，低声说："我敢惹你。"

马青愣了一下，打量了一下这个铁塔般的小伙子，四顾地说："那他妈谁敢惹咱俩？"

挑衅以对强者的依傍告终，正符合王朔所说的"打别人咱也不敢"。王一川对此的分析是："这些'俗人'在行为上的一个鲜明特点，就是通过把实际行为转化为语言调侃行为而成功获救。具体讲，当他们在实际行为中受挫或遇险时，往往转而通过其擅长的调侃行为去自救，而且总是奏效，这就保障他们能最终获取语言的狂欢……在'俗人'那里，行为的狂欢必然要最终转化为、落实为语言（调侃）的狂欢。他们的行为狂欢实质上正是语言的狂欢。"这种语言狂欢，包括王朔所有小说中大段大段地戏仿／化用"政治话语"，针对的正是几十年来"政治国家"特有的"政治化生活"传统。它一方面构成了"对被调侃对象——官方化语言和精英独白产生消解的力量"；另一方面，它又反映出政治话语深植于王朔的内心，对"最高指示"及与此相连的政治国家传统"充满感激和缅怀之情"。[14]

王朔语言狂欢中的这种悖论，在80年代末被遮蔽性地误读，肯定者多强调其边缘身份与消解功能。到了1993年，因为王蒙一篇《躲避崇高》再次引发了争论。这次争论的双方调换了年龄位势。王蒙延续着80年代末对王朔的称颂路线："多几个王朔也许能少几个高喊着'捍卫江青同志'去杀人与被杀的红卫兵。王朔的玩世言论尤其是红卫兵精神与样板戏精神的反动……他撕破了一些伪崇高的假面。"[15]但相对年轻的一批知识分子则已经感受到世俗化浪潮与犬儒主义、欲望叙事对中国社会精神生活的巨大冲击，他们对这股潮流的始作俑者王朔已经不再怀抱同情、共鸣的心态，而是把他当作一个"破坏者"，甚至称他为"色彩斑斓的毒蜘蛛"。如张德祥认为"在金钱强化着人们的金钱观念、强化着个人利益、冲荡着道德价值的同时，他们的人生哲学正与这种强化不谋而合，无疑得到了社会响应，形成一种社会文化现象：金钱化、利己化、实用化、世俗化"[16]；张宏则指出调侃一切的姿态"冲淡了生存的严肃性和严酷性。它取消了生命的批判意识，不承担任何东西，无论是欢乐还是痛苦，并且，还把承担本身化为笑料加以嘲弄，这只能算作是一种卑下的孱弱的生命表征"[17]。在整个"人文精神大讨论"中，王朔变身为新的标靶，被作为"市民文化代言人"遭受痛击。

王朔后来在自述中自称为"通俗小说家"，而且通过不断抨击港台流行文化如武侠小说、流行音乐来区隔"两种通俗文化"。这其实是比较准确的定位。王朔身上确乎有一种"大院子弟气"，表现在小说人物身上，其实不乏一种自我精英化的色彩。回头看"顽主"，他们的行为应当理解为在传统上升管道封闭之后，转而诉求以叛逆姿态寻求民众支持的另类救赎。正如王朔的自述："他的反文化反精英的姿态是被迫的……他是聪明的，知道扬长避短，不具备的东西，索性站到反面，这就有话说了，不是咱不懂，而是瞧不上！"[18]只是在不同的时代背景下，王朔小说的某一方面被放大、定型，被赋予了过多的政治、社会意味。

注释：

［1］ 参见邵牧君：《略论王朔电影》，《电影艺术》1989年第5期。

［2］ 《中国电影周报》1989年3月15日。

［3］ 参见邵牧君：《王朔电影热缘何而起？》，《中国电影报》1989年3月25日。

［4］ 参见邵牧君：《人，不能这样活着》，《解放日报》1989年4月12日。

［5］ 刘聃：《人道的僭妄和美学的贫乏》，《文汇报》1989年4月11日。

［6］ 参见白烨：《王朔电影作品的意义》，《中国电影报》1989年3月15日。

［7］ 陈晓明：《亚文化：王朔的生命冲力》，《中国电影报》1989年3月15日。

［8］ 左舒拉：《有感于邵牧君对王朔电影的评价》，《中国电影报》1989年4月15日。

［9］ 《新京报》专访导演叶大鹰：《1988年电影"王朔年"：怎么解气怎么拍》，《新京报》2005年9月3日。

［10］ 发表于《收获》1987 年第 6 期。

［11］ 陈思和：《黑色的颓废——读王朔小说的札记》,《当代作家评论》1989 年第 5 期。

［12］ 语冰：《王朔、亚文化及其他》,《文艺理论与批评》1992 年第 6 期。

［13］ 王朔：《王朔自白》,《文艺争鸣》1993 年第 1 期。

［14］ 参见王一川：《语言神话的终结——王朔作品中的调侃及其美学功能》,《学习与探索》1999 年第 3 期。

［15］ 王蒙：《躲避崇高》,《读书》1993 年第 1 期。

［16］ 张德祥、金惠敏：《王朔批判》, 北京：中国社会科学出版社, 1993, 第 104 页。

［17］ 王晓明、张宏、徐麟、张柠、崔宣明：《旷野上的废墟——文学与人文精神的危机》,《上海文学》1993 年第 1 期。

［18］ 王朔：《我看王朔》, 载《无知者无畏》, 沈阳：春风文艺出版社, 2000, 第 49 页。

王小波：《黄金时代》引入"狂欢传统"

当国内读者有缘拜读王小波的《黄金时代》[1]时，它已经获得过台湾第十三届《联合报》文学奖中篇小说奖，并在香港、台湾地区出版了单行本。对国内文坛而言，他是一个闯入者，被某评论家称为"文坛外高手"。

即使《黄金时代》出版之后，王小波仍未以小说家身份引起足够的重视。他的作品少有人喝彩，他的投稿屡屡被拒。这位匹兹堡大学东亚学硕士、前北京大学社会学所与中国人民大学会计系讲师，晚年更多地被看作一位杂文作者，他的随笔出现在《三联生活周刊》《南方周末》等重要报刊上，但专业文学期刊仍然对他视而不见，只有注重先锋的《花城》每年发表一篇他的小说，也许因此，王小波将他的"时代三部曲"交给了花城出版社。

王小波没有看到他的随笔自选集与小说集的正式出版，便于1997年4月11日去世。死亡似乎唤醒了什么，王小波突然获得了生前从未享受的殊荣，各报刊纷纷发表纪念、研究文章，他的文字不断结集、出版，一批批年轻人模仿他的笔调，并自称"王小波门下走狗"……王小波之死，成为1997年乃至世纪之交的重要文化事件。

王小波并不是真的天外来客，在他的早期作品中（这些作品不少都发表过，却从未引人注意，其实在当时的文学情境中，这些篇什相当可观），他还保持着纯美的想象和色调。但似乎是他与生俱来的消解意识总在作怪，让他不肯干干脆脆地煽一把情。《绿毛水怪》设置了一个听者"我"来反复打断和质疑、嘲讽老陈的叙述，反而很好地滤清了故事本身的荒诞不经，真正凸显的是妖妖那类人对庸常生活的反抗和决绝。《地久天长》描述的是乌托邦式的青春友谊和快乐，可是邢红、大许和"我"之间的三角设置显然不可能一直维持。让邢红落入死亡的俗套实在是作者的不得已，也可以看作是作者对小说"现实性"的妥协。这种不成熟到了《黄金时代》就荡然无存。《歌仙》对十全大补剂式传说的反讽显而易见，这篇小说带有鲁迅《故事新编》的意味。《假如这是真的》已经开始展开想象的翅膀，却最终归结成了南柯一梦。

王小波的"时代三部曲"的时间维度分别指向"历史""现实"与"未来"，"以喜剧精神和幽默口吻述说人类生存状况中的荒谬故事。三部小说从容地跨越各种年代，展示了中国知识分子过去、现在和未来的命运"（"时代三部曲"前言），它们莫不是现实的镜像，而又充斥了恣肆的想象力与狂欢色彩。《青铜时代》被公认为最宏大、最繁复的叙事作品，但最成熟的小说，仍然当数《黄金时代》诸篇。

《黄金时代》叙写的是云南插队知青王二，与队里医生陈清扬之间的性爱故事。王二不堪生产队长和军代表的压迫，与陈清扬一起逃入深山，过了一段没有束缚和压抑的生活。回来后，却被公社"立案"，要求他们交代罪行，并抓他们去出"斗争差"。

从表面上看，除了叙述方式比较怪异之外，这部耗费王小波十年时间的成名作与往昔的"知青文学"并没有质的区别。实质上，《黄金时代》颠覆了整个知青叙事乃至"文革"叙事中的情欲书写与规训体验。不过，众多评论者一开始并未认识到这一点，让他们炫目的是小说中充斥着大量的、无所不在的"性"。

　　我和陈清扬做爱时，一只蜥蜴从墙缝里爬了进来，走走停停地经过房中间的地面。突然它受到惊动，飞快地出去，消失在门口的阳光里。这时陈清扬的呻吟就像泛滥的洪水，在屋里漫延。我为此所惊，伏下身不动。可是她说，快，混蛋。还拧我的腿。等我"快"了以后，阵阵震颤就像从地心传来。后来她说，她觉得自己罪孽深重，早晚要遭报应。

　　晚上我和陈清扬在小屋里做爱。那时我对此事充满了敬业精神，对每次亲吻和爱抚都贯注了极大的热情。无论是经典的传教士式、后进式、侧进式、女上位，我都能一丝不苟地完成。陈清扬对此极为满意。我也极为满意。

这些段落，如果独立来看，确实让人"不习惯"，不仅仅是性描写的细致与繁多，而且作者冷静而疏离的笔调也迥异于将"性"视为禁区、有意回避或涉足的那种拒斥或迷恋。

　　率先公开批评《黄金时代》性描写的是老辈学者吴小如，他自称"赶新潮"读了《黄金时代》，却发现"书中写男女间的纯真爱情几乎没有，有的只是在各种背景、各种条件下的男女做爱的细致描绘"，"说得好听点，这是给年轻人在性关系上实行'启蒙'，为人们乱搞男女关系'开绿灯'；说得不好听，这样的'天才'作品（包括其他专以性爱为描写内容的'文学'读物）实际上是在起着'教唆'作用"。[2]另有评论直接表示："《黄金时代》

只类似于法院存放的某些性犯罪罪犯的案件卷宗（在这类卷宗中，几乎所有办案人都无一例外地对性犯罪的具体细节饶有兴味）……王小波的性观念相当陈腐，几乎都是当代的兰陵笑笑生。"[3]

王小波的辩护者也大抵在"人性"层面上理解小说中的性，觉得其中"洋溢着人文主义的内容"："小说中两性关系的描写，均发生在一个人性被扭曲的时代。王小波用人类最原始的生存方式，来表达他对人性的呼唤……《黄金时代》的性描写寄托了作者的理想。"[4]他们将《黄金时代》对接新时期以来的人道主义思潮，从中读出的居然是"超越与飞升"：

> 王二以性爱领域作为最后的抗争阵地，分别在不同的年代、不同的情境下和几位女性演绎出一幕幕不无放纵又不失纯美的惊心动魄的性爱故事。并且不厌其烦甚至十分热衷地向组织如实地详尽地交代问题的每个细节，以身体语言诉说着爱情的势不可当和惊人的浪漫美丽，言说着叛逆精神惊世骇俗的激情与力量。针对荒诞岁月里的荒谬和苦难进行最彻底的反讽和最决绝的反叛，以价值层面上的胜利来烛照惨淡岁月所遮蔽不住的青春、热情和智慧，从而最终以瑰丽的卓绝的飞翔姿态完成了对于苦难、荒谬的永恒超越，对于生命自身的美丽飞升和对于生命本真的虔诚皈依。[5]

批判者与辩护者都对《黄金时代》存在着严重的误读，他们囿于传统的阅读习惯与思维定式，强行将《黄金时代》放置在"人性—道德"这一谱系里去理解，只能得出方枘圆凿的结论。论及被误读的程度，王小波大致可以与王朔比肩，只是向度不同：王小波被大大地矮化了。

确实有人用类似看王朔的眼光来审视王小波:"从作家本体的意义上来说,王小波为了消解崇高,不惜将自身的痞气强加给其他的知识分子,甚至在摆脱了荒谬时代之后仍然如此……他消解着荒谬的时代,他借的工具是性;他消解着一切,他借的工具还是性。不仅如此,他的最大失误(或者说是错误)在于消解的后果。……如果一个人是为了消解而活,那么,他活得未免太过悲哀了吧?"[6]

《黄金时代》完全不同于以往反思"文革"与咏叹青春的"知青小说",它也并不歌颂人性的美好和对自由的追求,充斥全篇的性爱描写并非为了赞美男女间的爱情,也并非仅仅以此作为反抗专政压迫的武器。相反,陈清扬并不热衷于性爱,"她所讨厌的是使她成为破鞋那件事本身",她对于"被称为破鞋"耿耿于怀,宁愿成为真正的破鞋,被人抓去出斗争差,"每次出过斗争差,陈清扬都性欲勃发",因为此时的性爱使她"终于解脱了一切烦恼,用不着再去想自己为什么是破鞋,到底什么是破鞋,以及其他费解的东西:我们为什么到这个地方来,来干什么等等"。寻找某种真实的身份,即使是被判决为罪恶的身份,也远胜于被"设置"为某种身份。陈清扬与王二将性爱作为武器,是为了反抗现实生活的荒谬,是一种让人暂时摆脱深重的荒谬感受的解毒剂:王二先是想向人证明自己存在,在遭到队长报复后,又"真想证明我不存在"。只有与陈清扬做爱,"在这种时候,我又觉得用不着去证明自己是存在的"。"存在"是人生的大命题,但在一个荒谬的处境中,存在与否,都无法指向任何美好,借助性爱逃避也许是唯一的出路。一旦这种处境结束,性爱就失去了其必要性。

最荒谬的是,一旦陈清扬在检讨中承认自己曾在一瞬间爱上了王二，陈清扬的"清白"就被玷污了，这是她"真实的罪孽"。在异常的生活状态下，男女通奸并不是一种罪孽，对之的迷恋和批判都更像是一种游戏，而一旦这种游戏落足为真实的爱情，则对现实生活构成了极大的反讽和挑战。"以前她承认过分开双腿，现在又加上，她做这些事是因为她喜欢。做过这事和喜欢这事大不一样。前者该当出斗争差，后者就该五马分尸千刀万剐。"《黄金时代》在黑色幽默的反讽与消解背后，留出了这样一个缺口，即美好的、蕴含人类感情的性爱是无法被设置的，它源自本真的生命冲动："她再也不想理会别的事，而且在那一瞬间把一切都遗忘。"权力无法控制这种冲动，只好无视它的存在："但是谁也没权力把我们五马分尸，所以只好把我们放了。"

《黄金时代》因其繁复的多义性与狂欢书写而成为评论者解读不尽的文本。有人从中读出的是"反抗"："他们在原始森林随心所欲的生活以及被收审挨斗表现了钳制与反抗、命运设置与反设置、情感萎缩与生命激情、权力场与精神自由、健康的性与政治对性的专制之间的针锋相对的冲突及特定年代里中国人集体的窥淫癖、施虐/受虐畸形性心理。王二和陈清扬的轻松游戏消解了一切神圣、虚伪、道貌岸然……王小波以喜剧性的反讽笔调宣告了他们与疯狂势力冲突中的不可战胜。"[7]而戴锦华认为王小波的小说超越了"文革书写"与"抗暴英雄"：

　　它所指涉的固然是具体的中国的历史，首先是我作为其同代人的梦魇记忆："文化大革命"的岁月，但远不仅于此，它同时是亘古岿然的权力之轮，是暴力与抗暴，是施虐与受虐，是历史之手、权力之轭下的书写与反书写，是记忆与遗忘。在笔者看来，王小波及其文学作品所成就的并非一个挺身抗暴者的形象、一个文化英雄（或许可以说，这正是王小波所不耻并调侃的形象：抗暴不仅是暴力／权力游戏的必要组成部分，而且间或是一份"古老"的"媚雅"），而是一个思索者——或许应该径直称之为知识分子、一次几近绝望地"寻找无双"——"智慧遭遇"之旅；它所直面的不仅是暴力与禁令、不仅是残暴的或伪善的面孔之壁，而且是"无害"的谎言、"纯洁"的遗忘，对各色"合法"暴力的目击及其难于背负的心灵忏悔。[8]

王小波小说的思想资源，有很大成分源自弗洛伊德开启的虐恋／性虐研究，他与妻子李银河也对中国的性状况有深入的研究——这或许可以解释王小波为什么喜欢用性爱作为书写历史的切入口，他曾在访谈中指出："'性'是一个人隐藏最多的东西，是透视灵魂的真正窗口。"

就文本特色而言，王小波无疑是"狂欢传统"的东方传人。"狂欢传统"源自中世纪文艺复兴的民间诙谐文化，代表作如拉伯雷的《巨人传》、塞万提斯的《堂吉诃德》，以近乎疯狂的想象、夸张与戏谑，构建一个奇妙而陌生的叙事世界，其中饱含隐喻、反讽与双关。巴赫金称其为"怪诞现实主义"，指出其主要特征是"夸张、夸张主义、过分性和过度性"。正如戴锦华指出的那样："王小波对历史中的暴力与暴力历史的书写，与其说呈现了一幅黑白分明、善恶对立的图景，不如说构造一幕幕狂欢场面；或许正是在古老的西方狂欢节精神的意义上，王小波的狂欢场景酷烈、残忍，而醍畅淋漓。这间或实践着另一处颠覆文化秩序的狂欢。在其小说不断的颠覆、亵渎、戏仿与反讽中，类似正剧与悲剧的历史图景化为纷纷扬扬的碎片；在碎片飘落处，显现出的是被重重叠叠的'合法'文字所遮没的边缘与语词之外的生存。"

小说集《黄金时代》收入五篇小说：《黄金时代》《三十而立》《似水流年》《革命时期的爱情》《我的阴阳两界》。其中《革命时期的爱情》显得与众不同，甚至超越了《黄金时代》。王小波用复调叙述的方式，阐释了"革命＋性爱"这一在20世纪反复回响的主题。它的叙事最为复杂：将带有古典色彩的武斗回忆，与工厂政治体制中团支书帮教落后青年的现实故事缠杂在一起，描画出革命时期情爱的"双重性"：死亡威胁与献身情怀共同激励下的萍水相逢，政治权力关系与另一种献身情怀结合产生的施虐／受虐，两者同样根源于对革命理想的追求与想象。团支书×海鹰对于"革命"与"性爱"的想象，都来自阶级斗争学说构造的整套关于爱与恨的激情模式。这套模式放逐了个人、身体与欲望，而将献身、考验、屈辱、酷刑等视为显露坚贞的大好机会："假如是她被逮到了话，就会厉声喝道：打吧！强奸吧！杀吧！我决不投降！只可惜这个平庸的世界不肯给她一个受考验的机会。"所以×海鹰利用团支书职位赋予她的权力，制造了帮教后进青年王二的机会，让王二扮演"反面角色"，蕴含着革命意味的性爱就在这种背景下展开。王二作为被帮教对象，处于被规训的境地，他放弃了自身的主体要求，按照×海鹰的要求扮演反革命／施虐者的角色："在革命时期里，我把×海鹰捆在她家小屋里那张棕绷大床上，四肢张开，就如一个大字。……她在等我打她，蹂躏她。"这种帮教／被帮教的行为模式，看上去匪夷所思，却是革命话语内含的密码破译，是对革命叙事与斗争想象的戏仿与再现。由于权力位置并没有因施虐／受虐的角色变易而根本转换，所以王二始终处于"被帮教"的地位:"她对我凶的时候,我觉得很受用;不凶的时候很不受用。"而王二回忆中与"姓颜色的女大学生",则反映了革命与爱情的另一种状态:死亡随时降临的极端情境中,立场与年龄、出身已经不重要,人们借助性爱的刺激完成对献身的确认,以及对事业挫折的慰藉。如果我们将这两种"革命+性爱"的模式引申到整个 20 世纪的革命叙事之中,会惊异地发现,王小波已经说出了一切。

注释:

[1] 收录于小说集《黄金时代》(华夏出版社,1994)。

[2] 参见吴小如:《"开卷有益"与"杞人忧天"》,《文学自由谈》1997 年第 5 期。

[3] 赵振鹏:《王小波,你是只什么鸟?》,《北京文学》1999 年 1 月号。

[4] 冷草:《王小波和〈黄金时代〉》,《艺术广角》2000 年第 3 期。

[5] 王卫红:《永恒的超越和美丽的飞升》,《作家报》1997 年 10 月 23 日。

[6] 刘旭:《精神骑士还是高等无赖》,《青春》1998 年第 2 期。

[7] 张伯存:《不应扯上王小波》,《文学自由谈》1998 年第 1 期。

[8] 戴锦华:《智者戏谑》,《当代作家评论》1998 年第 2 期。

第四节

陈忠实:《白鹿原》展现"民族秘史"

《白鹿原》[1]这部小说在当年传媒书写的现实中并不是单打独斗地冲上文坛,而是被归并到了"陕军东征"这个"文坛现象"中。

我们先来看看当年《光明日报》头版的报道:

当1993年新年的钟声刚刚敲响,北京的四大出版社——人民文学出版社、北京十月文艺出版社、作家出版社、中国文联出版公司,再加上中国工人出版社,相继推出了四部重头长篇小说和一部长篇报告文学。它们全是陕西作家的新著。这一下子震动了首都乃至全国文坛。文学界、新闻界一起惊呼——

"陕军东征了!"

"陕军东征"的作品包括贾平凹的《废都》、陈忠实的《白鹿原》、高健群的《最后一个匈奴》和京夫的《八里情仇》。报道还称赞这四部小说"都有雄心问鼎中国长篇小说创作最高奖——茅盾文学奖",并暗示文坛"应该总结一下'陕军东征'现象,看看它给中国文坛带来了什么新启示"。[2]而陕西本地传媒的一篇特稿还提到:在西安市,司机违章被警察叫住,送上一本《白鹿原》即可放行。

紧接着是评论文章的铺天盖地,如《小说评论》在当年第三期发表了陈忠实的长篇答记者问后，第四期又用了一半的篇幅发了十二篇评论文章，此举被人称为对文学作品的"五星级待遇"。

　　然而在"陕军东征"的喧嚣之后，对《白鹿原》的争议也渐渐浮出水面。1997年5月，天津评选"八五"（1991—1995）优秀长篇小说出版奖，《白鹿原》落选；"国家图书奖"评奖活动，《白鹿原》也落选了。1997年揭晓的第四届茅盾文学奖评选活动中，《白鹿原》一开始亦未进入候选之列。后来，身为评委会主任的老评论家陈涌挺身而出予以鼎力支持，使得这部作品得以入围并最终获奖。然而，由于某些评委"强硬的批评意见"，评委会要求陈忠实删改了两三千字，小说最终以"《白鹿原》修订本"的方式获得茅盾文学奖——确定获奖后再修改作品，也算是小说史上的一桩奇闻。

　　在《白鹿原》出版前后，"新历史小说"正大行其道，苏童、叶兆言、刘震云、池莉、方方、李晓、周梅森都涉足其中。与他们小说里的"反政治色彩"与"民间性""日常性"相比，《白鹿原》显得并不多颠覆。与1996年出版的莫言的《丰乳肥臀》相比，对魔幻现实主义的模仿，对国民党、日本、共产党那段"翻鏊子"历史的反讽，《白鹿原》都不算极致。

　　代表性的批评意见，如南帆认为《白鹿原》是"未完成的叙事"："陈忠实从白鹿原的芸芸众生之中提炼出了三种势力。宗法家庭的势力、叛逆者的势力、政治势力。白鹿原上的诸多人物和事件集结于这三种势力的周围"。然而"政治这支线索上的故事多半了无新意。片段和细节均未成为衍生故事的内核。小说仅仅按照大革命时期、抗日时期、国共战争时期排列人物的经历，叙事话语穿透时间的功能不知不觉地萎缩了……我们还可以发现，政治势力这支线索与其他两条线索之间出现了游离和脱节。甚至可以设想，即使将这支线索上的故事抽掉，小说的完整性并未受到明显损害。这恰好从反面证明，《白鹿原》的叙事话语出现了破裂。"我们没有理由将这个破裂解释为一种疏忽。也许陈忠实并未详细考虑儒家传统与三民主义或者共产主义之间的复杂关系，他无法继续想象它们之间冲突与交织所形成的生动故事。可是，思想的回避并不能代替叙事的回避。未完成的思想只能导致未完成的叙事。"[3]

陈忠实在写出《白鹿原》之前、之后，都不算是站在风口浪尖的作家，他对西方文学与历史理论的接受，对重写历史的时代热潮，都谈不上敏感。他与其他陕西"现实主义作家"一样，深受柳青与《创业史》的影响，但又能摆脱柳青不得不预先戴上的意识形态桎梏；他与路遥齐名，同是现实主义大家，但对陕西农村的书写方式又全不相同。

二十年后，当年显得比《白鹿原》更极致的"新历史小说"，或"陕军东征"的其他作品（除《废都》外），都很难再进入公众阅读视野。而《白鹿原》却长盛不衰，出版二十年，销量超过二百万册，此外还有港台、海外等其他版本，以及销数无法估计的盗版。除此之外，《白鹿原》还不时地以连环画、陶塑、秦腔等形式出现。1993 年中央人民广播电台的小说联播之后，2008年又由陕西人民广播电台推出了陕西方言版小说《白鹿原》。2007 年 10 月，《白鹿原》被改编为同名话剧（孟冰编剧、林兆华导演），搬上话剧舞台；2008 年 6 月又改编为同名舞剧（和谷、夏广兴、张大龙等人编剧、编导和作曲），在北京上演；王全安执导的电影《白鹿原》于 2012 年上映，刘进执导的七十七集电视连续剧《白鹿原》于 2017 年上映。二十年来，《白鹿原》以各种形式不断复现，保持话题热度的同时，也实现了小说本身的经典化过程。

能够做到这一点，无疑是《白鹿原》本身的特质决定的。纵观陈忠实的一生，中学学历，一直守在西安，当过小学教师、中学教师、公社革委会副主任及党委副书记。开始文学创作前，十多年的乡镇干部经历，让陈忠实的字是从田间垄上一个个抠出来的。不管媒体时代如何变化，《白鹿原》源自陈忠实对农村生活的深度了解，这一点不会变。相比之下，同是出身农村却在西安完成大学教育后进入文化场的贾平凹，则需要更多地借助传统雅文化的资源，从小品文与禅道中汲取营养，对商州乡村进行某种距离化的书写。

陈忠实的这种经历，导致《白鹿原》使用的小说语言出现一种"两套语言"的奇特效果：人物对话，几乎是生活中陕西方言的实录，一个个字打在麦地的感觉，鲜活而且有劲；而一旦转到叙述语言，作者严格按照"白话文"的语法规则，且好用成语与比喻——这正是新中国的规范化语文教育喜欢强调的重点。试举数例：

她完全不知道嫁人是怎么回事，而他此时已谙熟男女之间所有的隐秘……他抚伤惜痛的时候，心里就潮起了对这个娇惯得有点任性的奶干女儿的恼火。

冷先生的义气相助，使嘉轩深受感动又心生埋怨。白嘉轩谋的是鹿家的那块风水宝地，用的是先退后进的韬略；深重义气的冷大哥尚不知底里，又不便道明。

冰糖给黑娃留下了难以磨灭的美好而又痛苦的向往和记忆，他愈来愈明晰，只有实践了他"挣钱先买一口袋冰糖"的狂言才能解除其痛苦。

像这种带有浓重"五四"文艺腔的句子，如果《白鹿原》中人物语言不那么乡土化，或许还不明显，而当这些句子混在精彩活泼的陕中方言与平实细微的器物、风俗描写中，就像糙米中的稗子，入口很不舒服。正是"两种语言"交织的表达，让《白鹿原》以其厚重扎实、紧贴生活成为新时期乡土文学中的扛鼎之作，又往往让读者咀嚼之余，颇有遗憾。

20世纪90年代，感觉整个评论界都被"现实主义""民族史诗"两杆大旗蒙住了双眼。"现实主义"是社会主义文学的正宗，《白鹿原》当然可以列入自赵树理、柳青以来的谱系，这也是以陈涌为代表的马克思主义文艺批评家青睐这部作品的原因；"民族史诗"则是"中国文学世界化"的盛大期盼，要打破黑格尔"中国人没有史诗"的结论。《白鹿原》的出现，应和了当时的中国文学界对中国"自己的史诗"的无比渴望。如雷达评论《白鹿原》"不仅是对民族历史的反思，也是对民族生存的文化反思"，"吸收了当代中国和世界文学的许多新成果……是一部新时期最厚重、最值得研究的力作"，"它是新时期文学发展到现阶段的一次飞跃"。[4] 蔡葵则直接将《白鹿原》定论为"史诗"："这是一部了不起的作品。从总体上它是气势恢宏的史诗，从局部、具体细节、语言看，又细针密线，经得起眉批，经得住多方面检查，可以像《红楼梦》

一样读。"称《白鹿原》"是九十年代初在社会主义长篇创作领域所出现的难得的艺术精品，经得起反复阅读，反复咀嚼，深入批评。……陈忠实给自己，也给陕西文学立了一个里程碑，也是中国当代的重要突破"。[5]

《白鹿原》确实用它根植于乡土的叙事，形塑出了中国传统社会的运作机制与近代困境。《白鹿原》中的白鹿乡，是"士绅社会"的缩影，其坍塌同样是士绅社会崩坏的隐喻。

族长白嘉轩象征族权，乡约鹿子霖象征政权。鹿子霖征税应捐，都得白嘉轩帮忙。这些描写都迎合着"皇权不下县"的传统社会特征。（关于"士绅社会"与"皇权不下县"，近年史学界有歧见与新说，就目前而言，这两个概念大体还是成立的。）清末兵荒马乱，白鹿乡运转却大体正常，也足见在乡村社会，族权远比政权有效。

白鹿乡真正的大乱，是在新思想侵入之后发生的。在此之前，虽然世道不靖，但以朱先生为代表的道统与学统，对稳定的治理起到了不可替代的作用。族长白嘉轩无论何种为难之事，都会问计于姐夫朱先生，你来我去的各路军阀也时时问政于朱先生。关中大儒朱先生无私无我，却是白鹿乡乃至整个关中社会精神的象征。

白家、鹿家的小辈，皆师从于朱先生。但在他们进城之后，则或墨或杨，或国或共，变成了新思想新政权中敌对的双方。在国共两党在白鹿原上"翻鏊子"的过程中，朱先生的几位学生互相杀戮，朱先生摇首无语，白嘉轩束手无策，族权与道统已经无法介入政治，只能维持着世道人心，与新政权、与西方思潮争夺民间社会的控制权。

黑娃与田小娥这一对男女，是全书最出彩的人物。他们象征着民间社会最基本的欲望：财与色。黑娃对国共双方的意识形态均不感兴趣，也没有为信仰献身的觉悟，谁能让他出人头地，他就亲近哪方。田小娥亦然，她并不坏，但她完全遵从欲望本身指引的生存方式，让念念不忘世道人心的白嘉轩与鹿三都深感威胁。这种威胁甚至大于外来政权的压迫，因此乡村精英们可以忍受政权的起落更迭，却把黑娃与田小娥这对男女视为最感头痛的深仇大敌。

《白鹿原》包含了90年代以来的"去革命化"与"再传统化"两重反思，这是小说在出版后争议不断又一路走红的秘密。它通过人物命运与文学描写展现出的这些场景，恰好为这两股最热的思想潮流提供了注脚。而黑娃与田小娥的存在，则揭示了人类社会更深的冲突：欲望与规则的冲突。有这样丰富的内涵，《白鹿原》才能成为至今无人超越的顶尖作品。

王全安导演的《白鹿原》，舍弃了白灵与朱先生两个人物，实际上就割舍了作品的前两大主题。集中呈现欲望/规则冲突的电影《白鹿原》，被人讥评为《田小娥传》，倒是说出了《白鹿原》继续在21世纪发光闪亮的原因：由于文化政治的原因，公众已不能/不愿讨论"去革命化"与"再传统化"那么宏大的命题，乡村的空壳化更让为传统社会的招魂无所凭依。唯有欲望/规则的冲突，在都市中，在职场中，在人类生活的每一个场域，无时无刻不在发生。因此电影《白鹿原》讲的不再是一个"中国故事"，而是一个简化提纯后的"人类故事"。这使得即使二十年后的观众，即使对中国近代乡土历史颇为隔膜，也不难看懂这样一个包含剧烈冲突的故事。

《白鹿原》是一部冲突之书。其中的人物冲突与社会冲突无处不在。陈忠实自己使用的两套语言也在冲突。早在颂歌遍地的90年代，也有评论家看出了《白鹿原》中文化立场和价值观念"充满矛盾"："他既看到传统的宗法文化是现代文明的路障，又对传统文化人格的魅力依恋不舍；他既清楚地看到农业文明如日薄西山，又希望从中开出拯救和重铸民族灵魂的灵丹妙药。"[6]何西来则指出："作者用了一种大文化眼光，写出了历史文化、地域文化的深厚复杂。我不同意用儒家文化涵盖整个民族传统文化，《白鹿原》的文化视野就不只是儒教，还有其他，如性文化……道德伦理文化……"[7]陈忠实的眼光与他笔下的人物如白嘉轩、鹿三基本平行，他不可能对近代中国撕扯纠结的现实与精神有一个完整的描述，对整个民族且挣扎且前行的未来有一个完整的答案。他只能用毕生的经验与阅历，写下这一部"带进棺材当枕头的书"。

《白鹿原》的扉页上引着巴尔扎克的话"小说是一个民族的秘史"。其实，秘不秘，是由当时一般读者的认知决定的。如果能像陈忠实那样曾沉入土地，就知道那并不是什么秘密，而是日常的现实。至于"一个民族"，当中国已经不再是一个可以整体认知与把握的中国，秘史也罢，史诗也罢，都只是历史留在骒马大腿上的烙印。

注释：

[1]　发表于《当代》1992年第6期、1993年第1期，1993年6月由人民文学出版社推出单行本。

[2]　参见韩小蕙：《陕军"东征"，火爆京城》，载肖（萧）夏林主编《〈废都〉

废谁》，北京：学苑出版社，1993，第 91 页。

[3] 南帆：《文学·历史·叙事话语——读陈忠实的〈白鹿原〉》，《作家报》
     1994 年 1 月 8 日。

[4] 参见雷达：《废墟上的精魂——〈白鹿原〉论》，《文学评论》1993 年第 6 期。

[5] 参见《一部可以称之为史诗的大作品——北京〈白鹿原〉讨论会记要》，
     《小说评论》1993 年第 5 期。

[6] 雷达：《废墟上的精魂——〈白鹿原〉论》，《文学评论》1993 年第 6 期。

[7] 《一部可以称之为史诗的大作品——北京〈白鹿原〉讨论会记要》，《小说
     评论》1993 年第 5 期。

第五节

余秋雨:《文化苦旅》的英雄情结

《文化苦旅》[1]与余秋雨身上,负载了太多的时代症候。

上面这句话,有一点仿余秋雨,如高恒文所说,在《文化苦旅》的每篇文章中"都能够一而再,再而三地读到显得过于突兀的警策之语",像《阳关雪》开头即说:"中国古代,一为文人,但无足观。"又如《废墟》的"惊人之语":"中国历来缺少废墟文化。废墟二字,在中文中让人心惊肉跳。"高恒文很奇怪"作者何以能下如此之断论?"[2]

高恒文的质问,带出了"余秋雨现象"背后的几大争论要点:一是"文化散文"的文体问题;二是"学者"与"文人"的角色之争;三是余秋雨是何种意义上的文化符号。

"文化苦旅"本是研究戏剧理论的余秋雨教授1988年始在《收获》上的连载专栏,1992年结集出版后,彩声不绝,孙绍振称"余秋雨的散文出现以后,散文作为文学形式正在揭开历史的新篇章"[3],楼肇明断言:"余秋雨可能是本世纪最后一位大师级的散文作家,同时也是开一代散文新风的第一位诗人。"[4]朱向前则说:"(余秋雨)不仅上承新文学散文之余绪,而且开启了一代风气,将整个当代散文的创作提高到一个新的水准。"[5]

然而,自1995年起,对《文化苦旅》的评价出现了大幅度的反弹,批评《文化苦旅》的文章不断地出现,随着余秋雨新作的推出，以及他表现出对批评强烈拒斥的姿态，批评也在累积、升级，最终演变成绵延十年以上的批评攻防战，评论结集而成的书籍包括《感觉余秋雨》《余秋雨现象批判》《审判余秋雨》《秋风秋雨愁煞人——关于余秋雨》《世纪末之争的余秋雨：文化突围》《庭外"审判"余秋雨》，等等，[6]同时期众多论集讨论同一作家，虽然收文多有重复，却是前所未有的现象。而余秋雨在此期间，也一直保持着畅销书作家与媒体明星的身份，并因各类有争议的说法或表达，保持着他广泛的争议度。

余秋雨"开启"的风气被称为"文化散文"，这个命名主要是强调余氏散文是"文化底蕴"与"散文形式"的结合，正如《文化苦旅》的内容提要所描述的："作者依仗着渊博的文学和史学功底，丰厚的文化感悟力和艺术表现力所写下的这些文章，不但揭示了中国文化巨大的内涵，而且也为当代散文领域提供了崭新的范例。"赞扬性评论也多从这个角度来立论："在'五四'以来的散文经典中，我们还没有发现任何先例：这么长的篇幅，这么丰富的文化背景和历史资料，这么巨大的思想容量，这么接近于学术论文的理论色彩又这么充满了睿智与情趣。"[7]"余氏散文彻底涤除了传统游记以游踪为线索，移步换景以模山范水的定势，作者徜徉在山水之间，要寻找和发现的不是山水的秀丽而是我们民族在文化上的优长与缺失。"[8]"作品从旅游散文与学者散文突破，让我们看到了一个与自然、历史和艺术对话的主体形象。"[9]

问题是，恰恰是"《文化苦旅》或曰'文化散文'是否散文的创新"引发了争议。韩石山认为这种名目似乎在暗示"先前的散文都是没文化的，独有这一家的是有文化的"，实则余氏散文除了"偏重文化意义上的考察与阐述"，与先前的"学者散文"如萐伯赞《内蒙访古》并无本质不同。紧接着，韩石山揪住《文化苦旅》首篇《道士塔》中拟真式的描写：

王道士每天起得很早，喜欢到洞窟里转转，就像一个老农，看看他的宅院。他对洞窟里的壁画有点不满，暗乎乎的，看着有点眼花。亮堂一点多好呢，他找来两个帮手，拎来一桶石灰。……他算来算去，觉得暂时没有必要把更多的洞窟刷白，就刷这几个吧，他达观地放下了刷把。

韩石山质问道："这哪里是写散文，分明是写小说，若老　辈学者，写到这些地方，有史料，就引用史料，若于史无征，断然不敢这样信口雌黄……你凭什么说就是王道士做的？"[10]

就散文论散文，这种批评多少有些言之过苛。小说与散文之间有没有绝对的界限？笔者认为没有，所谓文体本来就是人为规定的，笔法虚构或非虚构，其实是作者的自由。然而韩石山的批评，背后其实有一个"学者散文"的标准：是否言出有据，持之有故，成为衡量学者散文是否合格的铁律。余秋雨在这一方面显然不过关。

这不仅仅是虚构还是非虚构的问题，而是关涉如何处理历史材料的基本取向。李书磊批评余秋雨："他下笔总是把背景和多种的成分删减得非常简单，把故事熔铸得很纯粹，纯粹得可以一无障碍地表达他强烈的抒情意向。而强烈的抒情意向往往也都十分弱，遇到哪怕是些微非抒情杂质都会顷刻瓦解，所以作者必须毫不犹豫将这些杂质排除。"[11]一句话，余秋雨罔顾材料的复杂性，而自己强烈的主观解释强行将材料串联、改写、拼贴成"纯粹的故事"——说到此，一股熟悉的味道已经扑面而来，那便是中国史学界一度风行，后来却颇为忌讳的"以论带史"。开篇提及的令高恒文颇有微词的"过于突兀的警策之语"，也是"以论带史"的写法所致。

如果别人的文章有此病，未必会成为致命伤，但余秋雨的定位是"上海高教精英""国家级专家"，他也俨然以中国文化的传道者与守夜人自命，看他在《文化苦旅·自序》如此说：

> 我站在古人一定站过的那些方位上，用与先辈差不多的黑眼珠打量着很少有变化的自然景观……在我居留的大城市里有很多贮存古籍的图书馆，讲授古文化的大学，而中国文化的真实步履却落在这山重水复、莽莽苍苍的大地上。大地默默无言，只要一二个有悟性的文人一站立，它封存久远的文化内涵也就能"哗"地一声奔泻而出。

山水千年无言，却因余秋雨的到来而袒露胸怀，倾盖如故，他不是"为往圣继绝学"的圣贤是什么？这种自我圣化的倾向，在《文化苦旅》中俯拾皆是，也成为批评者诟病的焦点，如《风雨天一阁》开篇讲作者访天一阁遇雨，偶然的天气生发出来的却是"我知道历史上的学者要进天一阁看书是难乎其难的事，或许，我今天进天一阁也要在天帝的主持下举行一个狞厉的仪式？"这种动辄拔高到"天人合一"高度的书写被批评为"太自雄自壮""到了见神见鬼的地步"。

这就要说到"余秋雨现象"中争议最大的"硬伤"问题。开始只是有读者觉得学者随笔中出现低劣的常识性错误如"娥皇、女英的父亲是舜"或"刘半农假冒'王敬轩'"太不严谨，不免指指点点。没想到余秋雨及其拥护者表现出了异乎寻常的强硬，不仅把这些错误都归为"细枝末节"，而且在修订与再结集时一仍其旧，直至将所有批评者都归为"蒙面杀手"或"盗版集团"。人们发现，一方面余大师死不认错，一方面他的新作之中，错误仍然层出不穷。观点可以讨论，写法或有偏好，但知识性错误为什么会错得如此之多之频？中国文人向来有以博闻强识为高、以寻瑕伺隙为快的传统，并以此为制衡孤陋寡闻、游谈无根的利器。如今余秋雨身处聚光灯下，又自我膨胀到将错就错的地步，引发众多批评者"找碴儿"的热潮当非意外。这种热潮甚或演变为秉持学术名义的狂欢，其顶峰是《咬文嚼字》的老编辑金文明出版了《石破天惊逗秋雨——余秋雨散文文史差错百例考辨》（书海出版社，2003），而且随着余秋雨新作推出，这本书也推出了增补修订版，大有将"咬嚼"进行到底的趋势。

其实，这场"硬伤"狂欢能够延续下去并蔚为壮观，主要还是余秋雨的自我圣化——或者说得客气一点，他有一种"纯粹化"的倾向，不仅要求笔下的故事纯粹，还要求他的读者也能"纯粹"，理解他追思、传扬中国文化的苦衷，而不是将注意力放在他随手写下的"硬伤"上面。在一次采访中，余秋雨做了这样的表白：

大家不要以为，一个学者想写什么就能写什么，想怎么表达就可以怎么表达。……我开始要这么写的初衷，就是想从中国历史非常沉重、枯涩的故纸堆里，寻找到一种能够被现代人接受，足以在海外广泛普及的历史亮点，用我们的生命和文笔，去把它们一星一点地捕捉过来，然后再以写文章的方式将它们发扬开来。……在《文化苦旅》畅销之后，我从许许多多读者来信中知道了，他们的文化程度确实非常有限。而更让我必须考虑的还有海外的读者……他们就更期待有现代的阐释者，对中华的历史和文明进行普通与初级的解释。[12]

虽然余秋雨有时会技巧性地使用"我们"，但言谈中大抵充盈着不作第二人想的踌躇自得。为了自己认定的目标，他不惜删削与割裂历史材料，以免影响其作品的传播度。他的文化形象，显然也是与作品传播度相捆绑的要素，余秋雨不容许"硬伤"害及自己作品的形象，宁愿做头埋进沙丘的鸵鸟。同样，在被要求对自己"文化大革命"中的作为"忏悔"或道歉时，余秋雨也选择了正面否认的策略，哪怕这种否认会将原本细微的差错放大成千夫所指的污点，也在所不惜，"余秋雨之所以恼羞成怒，无非就是不能容忍自己的威望受到挑战，不能容忍居然有人敢在太岁头上动土，居然有人敢对他不'为尊者讳'"[13]，但这未必只是"名人心理在作祟"，余秋雨的文化心态，有着非常值得玩味的地方。

余秋雨十余年来一直因各种情况受到广泛批评，但他的作品获得旁人不及的广泛影响，也是不争的事实。《文化苦旅》除了获得海峡两岸各种奖项，不断重印，成为畅销书兼长销书外，《道士塔》入选全日制普通高级中学教科书（必修）《语文》第三册，更将这篇争议之作以官方认定的方式，变成了人人必读的"经典"文本。《文化苦旅》是如何完成它的"魅化"的？这不能不是公正评价此书需要思考的前提。

《文化苦旅》的出版者王国伟曾将此书的"文本价值"总结为五点：

一、摆脱了传统散文过于琐碎的写作视角，而以宏大的中国历史文化为创作背景。在历史长河中，寻找到人类穿越时空的情感结合点，选取的内容题材又紧扣现代人极其关注并能建立感情联系的事件和人物，并赋予人生命运的关注和终极体验。

二、作为散文，《文化苦旅》每篇篇目都比较长，很容易产生阅读障碍和心理疲劳。但是，作者长期从事戏剧文学教学，具备很强的说故事能力。再长的篇章，读起来都很轻松，从没有读不下去的感觉。关键在每一篇散文里都隐含着一个简单的故事结构，人物事件简单，脉络清晰，有的人物事件本就是读者都知道的，不过是作者以他的方式重新解读和演绎，让阅读者顺着故事脉络进入，循着故事情节展开，这恰恰符合一般读者的阅读习惯。

三、讲究细节描述，追求细节表现的真实和美感。在许多篇幅里，只是一个很简单的经历和故事，一个原本简单的故事就上升到了艺术审美的层次。

四、作者所有的写作，都建立在自身经历和体验的情感基础上。有的事件是他本人亲身经历；有的历史故事中，他会虚拟一个大"我"，从一个简单的人生经历到一个民族的大事件：都离不开写作者自己的情感对位。

五、余秋雨拥有独特的语言表现力和节奏感。他的文字非常感性，很适合他想表达的内容和想说的故事。恰恰这种语言节奏和说故事的能力，最容易打动广大的读者，尤其是大众读者。[14]

从阅读心理与市场营销的角度，王国伟的总结颇有道理。余秋雨第二本散文集《文明的碎片》的出版者安波舜则早早表达了"读者为王"的主张，他提出的"常识"包括"高级的知识文化和沙龙艺术走向大众，走向世俗，已是现代文明的趋势和时尚"，"一个最重要的批评伦理原则是，你必须代表和维护大多数人的阅读利益，发现或判断阅读价值"，尊重大众阅读口味，发现大众阅读价值，也俨然成了"为人民服务"。[15]

当批评者们纷纷指斥余秋雨散文里弥漫着的感伤气息、滥情笔调、浅薄史思，或总结出余氏散文不过是以"故事＋诗性语言＋文化感叹"模式运作的"有效的流水生产线"时，他们其实已经道出余秋雨商业成功的奥秘。于消费市场而言，成功作品的机械复制，不仅不是"散文衰败的标本"[16]，反而是一种安全、有效的类型化生产。这里还不包括余秋雨拥有吸引媒体—公众注意力，始终能活在聚光灯之下的本事——从这点说，他的拒绝认错，也未始不是一种保持关注度的市场策略。

经历了易中天、于丹的"百家讲坛冲击波"，我们才能充分认知到余秋雨的先驱意义：他第一个敏感地认识到"文化教化权"处于悬置状态，而"教授专家"的头衔，加上"传统文化的通俗化表达"，正是攫取它的终南捷径。余秋雨凭借自己的聪明与文笔，成功地做到了这一点，成为大众阅读市场的"超级文化符号"。

当然，余秋雨付出的代价与易中天、于丹相仿，都将自己置于"赢者输"[17]的境地，即赢得市场，却失却了学界的认可。因为从市场运作着眼的大众写作，其策略与学术共同体的内部规范大相径庭甚至完全冲突：大众写作要求简捷决绝，居高临下地灌输貌似复杂实则单面的知识，妙笔生花地传递貌似遥深实则混乱的思考。论者批评的"颇多信笔臆想，似是而非者，而涉及历史人物、历史事件时，则又弃用史笔，向壁虚构，以求新奇"，倒是大众写作的题中应有之义。而基于"文化本位"批评余秋雨是

"毫无新意","没有把聚焦点始终瞄准在传统文化和现代文化双重渗透下的自我,更没有将灵魂的解剖刀直逼自我;没有用自己的血肉之躯去撞击历史理性的铁门,更没有以绝望的呐喊来面对'无物之阵'的挑战"的"别一种媚俗",[18] 根本就是隔靴搔痒,方枘圆凿。

回头再读众多批评文字,发现能隐约触及这一点的,似乎唯有李书磊那篇《余秋雨评点》。文章开篇便在追问批评界对于余秋雨保持沉默的根由,而作者的描述今天看来依然真切:

余秋雨以堪称鲁莽的方式去揭示文化人内心最隐秘也最神圣的角落,以一种使文化人不无羞耻的语调来表达他们的骄傲和尊严。对于文化人来说他既是同志,又似异己,对他的文章是褒还是贬、是认同还是拒绝都有违于一个文化人的良知,而非褒非贬的温和评论又难以容纳阅读余秋雨的文章所产生的激烈情绪。

之所以看重李书磊这篇写于 1995 年的评论,是因为如果我们完全用今日之市场分析眼光来看待余秋雨与他引发的争议,难免会掉入以果推因的"倒放电影"陷阱。毕竟,如黑格尔所言,一个人走不出他的时代,犹如走不出他的皮肤。与传媒研究出身的于丹不一样,余秋雨、易中天不仅是"文革之子",他们还是 80年代文化弄潮儿中的一员,他们的文化心态先天地向往成为文化英雄,他们需要听众,而且是尽可能多的听众。这也是为什么余秋雨在《文化苦旅》中,一面提倡张扬文化人格,以"三突出"的类似方式,把古代文人的命运写出极致的悲壮感;另一面又屡屡贬低笔墨文化,指责隐逸传统,希望用西方式的进取、开放来反衬中国文化的没落。几乎可以将此看作"80年代之痛"在历史叙事中的投射，因此李书磊的评论也就带上了些许"心有戚戚焉"的意味：

余氏本质上是一个在这文化失败的时代里不甘失败的文人。他不愿意随波逐流弃文从商，也不愿意退居一隅独守自己的园地，他身上其实很有几分文化战士的品格，他要重建文化的至尊地位。……他的写作不是一种交流而是一种宣谕，他竟然在这个物质化的时代里展开了一场单枪匹马的文化启蒙。……余氏最着意也最着力的是写文化和文化英雄的悲剧，以及这些英雄们反抗并且压倒命运的悲壮。在这种抒写中，余秋雨寄托了他的伤痛和愤怒，也寄托他的抗议与挑战。

当"文化苦旅"以专栏的方式在《收获》上连载时，余秋雨的写作动机相信是这种"伤痛和愤怒"的驱使。1992年，余秋雨在台湾对白先勇说，精英文化"特别能够感动后来的高层文化"，足见他对精英文化（传统士大夫文化）的认同。这种"感动"甚至被早期持"进步"立场的批评者评为"秋雨散文的根本弊端是精神的返祖、思想的陈旧和情感的落伍"[19]。因此，与80年代喜谈终极命题的宏大叙事相仿，余秋雨的散文写作，初衷就并非追求学理的严谨、引证的缜密，而是力图将这种"感动"传递给更多的、普通的读者，由此或许可以理解余秋雨为什么不讲求细节精确，也不惜削足适履地凸显历史叙事中的抒情成分，几乎将用情绪包围、感染读者变成了余氏散文的唯一目标。

如果是身处80年代，余秋雨或许真会成为苏晓康式的文化英雄，不过他遭逢的是 90 年代初那样一个范式转型的时期，学界以规范为目标、以祛魅为要事的风气，带动了高层读者对《文化苦旅》中空疏、滥情、自大等问题的反思——也未尝没有包含批评者的自我反思。在这里，"余秋雨"是一个将 80 年代启蒙精神与市场畅销法则融为一体的文化符号，批评者当年对于余氏散文稍嫌过激与芜杂的评议，或许喻示着社会精神生活的某种转向。

注释：
_____

［1］《文化苦旅》首次由知识出版中心（上海）于 1992 年 3 月出版。

［2］参见高恒文：《学者的架子》，《文学报》1995 年（总）第 822 期。

［3］孙绍振：《为当代散文一辩》，《当代作家评论》1994 年第 1 期。

［4］楼肇明：《当代散文潮流回顾》，《当代作家评论》1994 年第 3 期。

［5］朱向前：《散文的"散"与"文"》，《大众日报》1994 年 9 月 17 日。

［6］萧朴编：《感觉余秋雨》，上海：文汇出版社，1996；愚士编：《余秋雨现象批判》，长沙：湖南人民出版社，1999；聂作平：《审判余秋雨》，成都：四川文艺出版社，2000；萧夏林、梁建华编：《秋风秋雨愁煞人——关于余秋雨》，北京：中国文联出版社，2000；徐林正：《世纪末之争的余秋雨：文化突围》，杭州：浙江文艺出版社，2000；古远清：《庭外"审判"余秋雨》，太原：北岳文艺出版社，2005。

［7］孙绍振：《为当代散文一辩》，《当代作家评论》1994 年第 1 期。

［8］马云龙：《重返大家气象：秋雨散文的超越》，《华中师范大学学报》1996 年第 1 期。

［9］周彦文：《独特的书，独特的作家——编后记》，载《世界华文散文精品·余秋雨卷》，广州出版社，1998。

［10］韩石山：《散文的热与冷——兼及余秋雨散文的缺失》，《当代作家评论》1996 年第 1 期。

［11］李书磊：《余秋雨评点》，《三联生活周刊》1995 年第 2 期。

［12］解晓：《余秋雨，行者的闲谈》，《中国妇女报》1999 年 5 月 12 日。

［13］李美皆：《余秋雨事件分析》，《文学自由谈》2004 年第 6 期。

［14］王国伟：《〈文化苦旅〉的文本价值》，《新京报》2008 年 12 月 8 日。

［15］参见安波舜：《谁维护公众的阅读利益——我愿为散文家余秋雨先生辩护》，《中华读书报》1998 年 12 月 30 日。

［16］汤溢泽：《〈文化苦旅〉：文化散文衰败的标本》，《文学自由谈》1996 年第 2 期。

［17］"赢者输"（winner loses）这一概念源自法国哲学家布尔迪厄。布尔迪厄认为，在现代社会，文化生产场域被划分为"有限生产场域"和"规模生产场域"。在布尔迪厄看来，由于这两个文化生产场遵从的规则不同，所以在规模文化生产场获得成功的文化人（学术明星、文化名人等）常常在有限的文化生产场却会遭到抵制，不被承认。（参见［法］布尔迪厄著、许钧译：《关于电视》，沈阳：辽宁教育出版社，2009，第 62 页。另可参见陶东风：《现代与后现代之间》，济南：山东友谊出版社，2002。）

［18］参见朱国华：《别一种媚俗》，《当代作家评论》1995 年第 2 期。

［19］古耜：《走出肯定或否定一切的批评误区——再谈余秋雨散文的瑜与瑕》，《徐州师范大学学报》1998 年第 1 期。

第 三 章

新世纪的钟声：终结与重生

第一节

新世纪文学：传媒时代的困境与生机

我们命名一个文学时期，通常基于以下几种理由：（一）为了配合政治分期和学科划分，展示上层建筑与经济基础的关系，如现代文学、当代文学、共和国文学；（二）大的社会变动造成的自然时期，如十七年文学、"文革"文学；（三）为了便于研究和归类，使用纯粹的时间概念，如30年代文学、90年代文学；（四）为了区分不同的文学发展期，指示"断裂"的起始，这一类命名最初大抵不设下限，如新时期文学、后新时期文学。

四类命名中，第一类多由主流意识形态宰制，第二类则由非正常的社会状态造成，基本不适用于当下的文学时期命名。"新世纪文学"这一命名，兼有第三、第四类命名的特点，看似一个由西方引进的时间概念引发的命名，实质却是描述一种异于此前的时代感受。虽然其内涵何指，迄今仍众说纷纭，但新世纪以来的中国文学，确乎呈现出一种新的文学流变态势，则已成为大多数研究者的共识。

那么，"新世纪文学"究竟涉及哪些流变与演进？文学创作者与研究者又将采用何种策略，来应对这些新的现象与态势？

一　亚文化群体与规则壁垒

有研究者将当前的文学格局描述为由"单一格局"转化为

"三大板块"："以文学期刊为阵地的传统文学，以图书出版为依托的市场化文学，以网络传媒和信息科技为平台的新媒体文学。"[1]这种分类，主要从文学生产的媒体角度出发，有其一定的合理性。然而，仔细考察后，我们会发现，"板块化"的提出，虽然符合了人们对当下文学的普遍感受，但单从媒体划分，很难真正凸显作者与读者、传媒之间的复杂关系与真实状况。许多成名于文学期刊的中老年作家，照样在图书出版市场上呼风唤雨，身价高涨；而"80后"等年轻一代，同时出击出版和网络两大市场，也称得上声势浩大；再算上《萌芽》等刊物对"80后"的一贯关注，大型文学期刊也开始积极参与对年轻作者的培养[2]：由职业特点、体制运作造成的不同类型的媒体分工，尚不能有效地解释文学流变的轨迹。

在我看来，20世纪末到21世纪初，中国文学格局的变化可以用一"缩"一"胀"来描述。"缩"指的是传统意义上的"文学"在整个社会生活中的位置日益边缘化，文学已经很难借助自身的力量或业内人士的运作引发社会的关注，创造合理的收益；"胀"则指的是文学因素借由大众传媒、出版、影视、广告等主流媒体的运作，外扩至社会生活的各个领域。传统意义"文学"的边缘化，与文学因素的急速外扩，很容易被解读成文学的转型。但事实上，这只是权力格局的变化、生产能力的消长，传统文学界内部形成的"作者写作—刊物发表—文学批评—读者接受"这一内循环链条并未改变，传统权力体制也并未发生根本性的动摇，一切只是新的社会条件下的资源再分配与"生产—消费"机制重组。

当前的社会文化对于文学的制约与影响，主要反映为各亚文化群体制造并消费自身的文学产品，可以命名为"大众社会的文学小众化"。这种态势最典型的表征，是各亚文化群体内部流通某种文学符码，而拒绝与其他文化群体分享同质的精神产物。亚文化群体内部形成了"作者—出版者—读者—批评者"的内循环。以作家协会及各大文学刊物、文学批评界为主体的文化群体，即所谓"当代文学界"，从一个唯一的文学性"生产—消费"群体，演变为众多文学性群体中的一个。这一群体中的固有法则、通用符码，在另外的亚文化群体中，有可能不被承认，甚或完全背弃。

笔者试以 2006 年三起与文学有关的热点事件为例，探讨文学法则在遭遇不同的亚文化群体"规则壁垒"时的尴尬境遇。

一是"馒头血案"。胡戈采用拼贴、剪辑、戏仿（声配画）等手段制造出的网络视频《一个馒头引发的血案》（下称《馒头》），因其"恶搞"国产大片《无极》，在海内外华文网络上风行一时，到处流传，其影响之大，到了《无极》导演陈凯歌愤言"人不能无耻到这样的地步"，声称要控告作者胡戈的地步。

基于《无极》是被广电部（今广电总局）重点推介的"中国电影史上赢利模式全面开花的一个试验品"，享受人民大会堂首映、《新闻联播》报道等特权，陈凯歌的愤怒可以被解读为传统的文学交流法则对于一种新兴的改编手段（或批评手段[3]）的拒斥。在陈凯歌看来，他的作品包含着"深刻的命运主题"，他能够认同的文艺批评，是类似《当代电影》组织的对《无极》意义的深度阐释[4]。而胡戈将《无极》与普及性法制节目《法制在线》进行混拼和勾连，自然被传统文学界指认为典型的"恶搞"。

事实上，胡戈的《馒头》之所以能有如此广远的流传度，正是因其迎合了绝大部分观众对《无极》以一个近乎虚无的故事来阐释宏大命运主题的反感与嘲讽。虽然陈凯歌的思路后面有若干中外经典为其撑腰，但当下中国社会关注的是"故事"而非"经典"，《无极》式的宏大叙事一旦交付给文化市场，必然会惨遭当头棒喝。胡戈因为技术缺乏选择了《无极》的盗版（在影院中偷拍的非清晰版本），更是有力地祛除了这部三亿大片头顶上的技术光环，让《无极》以其最弱的一环"故事"去迎战被好莱坞叙事调教成型的中国观众，同时也揭穿了《无极》内在的矛盾——试图在文化与商业上"双丰收"的野心。在这里，我们清晰地看到"规则壁垒"是如何让一位在传统文艺界享有极高地位的大导演，轻易折戟于一名年轻的业余视频制作者的。

第二个例子，是"韩白之争"。几乎所有的媒体，都宣称韩寒在这场论争中"大获全胜"，判断标志是白烨以及后续加入的高晓松等人都关闭了博客，退出论争。但白烨等人关闭博客，并非他们折服于韩寒的雄辩，而是忍受不了"韩粉"（韩寒粉丝）们的围攻和詈骂。

需要辨析的是，所谓"韩粉"对白烨、陆天明、高晓松等人的围攻，究竟是"护主心切"，还是别有缘由？韩寒在接受《三联生活周刊》采访时表示，围攻白烨等人的网民并不是自己的粉丝，而只是在参与一种"游戏"。联系到此事前后出现的"虐猫门""铜须门"等被称为"网络暴力"的诸事件[5]，再参考学者李银河几乎贯穿 2006 年的被攻击经历，基本可以判定：白烨一方的某些说法触犯了这一亚文化群体的文化法则，才会引来他们的围攻。[6]

按照白烨的说法，"韩白之争"的起因是他的博客里一篇名为《"80 后"的现状与未来》的文章，"文章里说道：'80 后''走上了市场，没有走上文坛'；从文学的角度来看，'80 后'写作从整体上说还不是文学写作，充其量只能算是文学的'票友'写作"。在作者具体评点中，曾这样说道："韩寒的作品，在《三重门》之后，越来越和文学没有太大的关系，他的作品主要是表达自己的一些观念，比如对教育的体制性问题的系列反叛等。""这样便招致了韩寒的恼怒。"[7] 而韩寒在首篇论战文章中称，白烨这篇文章让他不满的关键是"他坚持认为，他认识的那批人（也就是照过面的吃过饭的那些码字的），写的东西才算文学。并假装以引导教育的口吻，指引年轻作者"，而韩寒对于文学的观点是"书卖得好不好，和文学不文学没多大关系。……小说卖不好，肯定又要觉得这年代阅读风气出了问题。绝对是便秘怪马桶。比如我，我的写作可以说是中国难得的纯文学。写我所想，并不参加任何宣传活动。也从不假惺惺叫帮人开个研讨会之类。新书也更无任何的发布会。卖得好，是因为写得好"[8]。

两相比照，可以看出两人各自认定的文学法则歧异明显：白烨坚持文坛/市场的两分，将批评界的认可视为登上文坛必不可少的标志；韩寒则认同"畅销为王"的市场法则，这种法则恰恰是对传统文学"艺术标准"法则的一种颠覆。韩寒的追随者们也许是认同韩寒的作品，也许是认同市场法则，甚至可以仅仅是认同颠覆本身。总之，白烨的观点如果在传统文学界内部提出，其逻辑本身毫无问题，当其阴差阳错地被置放在新兴的网络媒体环境中时，最大的可能本应是在海量信息中被忽略、漠视，而一旦由青少年亚文化的领军人物韩寒对之发起挑战，形成围攻和群殴便是一种必然的结局。

同样的状况出现在"梨花体"事件之中。在传统文学语境中，"废话诗"的写作和研究由来已久，这与现代诗歌本身的前卫性质、诗歌的发展路向有关，本来是一个专业性很强的话题，然而这种专业性，由于赵丽华诗歌的网络流传和大量模仿作品的涌现，被消解殆尽。与前两起事件不同的是，赵丽华本人并未尝试将诗作提交给大众来评判。众所周知，诗歌是最早与网络结合的文体类型之一，网络诗歌的蓬勃发展已经超越了传统诗歌的范围。现代诗歌本来是新兴网络媒体的受益者之一。然而"网络诗歌"这一亚文化群体同样有它自身的法则与门槛，与网络上的其他亚文化群体之间同样存在"规则壁垒"。因此，一旦赵丽华的诗歌越过边界（虽然是被动的），照样会遭遇这种壁垒的阻击。

赵丽华的"废话诗"被"恶搞"，是基于两种认识的落差：一、公众发现一向颇显神秘、先锋的当代诗歌，居然可以如此的浅白、无意义，这种现象超越了公众的"常识"；二、赵丽华的"国家一级作家"被叙述成了"国家级女诗人"，这一叙述触发了公众的国族／文化想象，公众想当然地将其与屈原、李白、艾青等一切他们心目中的国家级诗人类比。当人人都自认为"我也能写出那样的诗"时，旧的文学世界的科层体制就会在瞬间变成一个笑话；当人人都动手写作并传播类似的"诗"时，就在这个亚文化群体中引发了一种闹剧化的狂欢效果。

新兴的亚文化群体有着自己的文学法则，反过来说，既有的亚文化群体同样应用类似的"规则壁垒"来维护群体内部的秩序。诸如"80后"的写作特点在主流批评界一直被描述成幻想、自恋和私人化，某种意义上也是对这些年轻作者个体特色的遮蔽；同样，诗歌江湖一直以其相当高的门槛和争夺话语权的各自为战，令群体外的公众感到神秘、混乱。"韩白之争"与"梨花体"也可以视作新兴亚文化群体对旧有秩序、法则的反抗与颠覆。

二 媒体过滤与公众“当代文学想象”

虽然有着各式各样的“规则壁垒”，亚文化群体之间并不是泾渭分明、独立自足的。各亚文化群体之间其实有着相当大的交集，亚文化群体内部也同样众声喧哗。如果提升到“文学共同体”的高度进行审视，我们会发现，亚文化群体的文学产品要想成为社会的共同消费品，必须经由出版商的市场策划、大众传媒的过滤与聚焦。文学产品的生产与传播和其他商品一样，同样受制于“眼球经济”。

一个文学网站的驻站写手，和浏览该网站的读者之间，就已构成了一个自足的循环。然而驻站写手如果想依靠写作获利，仍然必须设法使自己的作品被各大门户网站推荐，进而吸引出版商和大众传媒的注意，才有可能在文学市场上争得自己的份额。在此种意义上，网络写作的兴起，对职业写作门槛的降低作用并不明显，而韩寒、郭敬明给全国的文学爱好者提供的自写成才榜样，在旧的文学体制中也不乏先例。文学的发表、出版与消费资源在新的世纪并没有大的增长，只是改变了一些分配的比例。

实际上，相对于旧的文学共同体，当下各类亚文化群体的分野，使得文学产品的生产与消费更加弥散、单个产品规模进一步缩小。文化市场趋利避害的本性，会使出版商和大众传媒更热衷于那些已有读者基础和文学声誉的作家，从而形成文学消费市场的“马太效应”。除了韩寒、郭敬明等少数年轻作者因其“代言人”身份而获得不俗的市场反应外，多数引起市场关注与畅销的作品，还是出自那些成名于 20 世纪八九十年代的知名作家。

事实的尴尬之处在于，许多作家凭借 20 世纪末叶的文学热潮赢得声名，但如果他们继续坚持当年的写作方式与探索姿态，就必然会遭遇纯文学群体之外的"规则壁垒"。在新的时代，读者即使对名头再响的精英作家，也不再采取仰望的姿态，而是理直气壮地要求他们提供可供消费的阅读快感。而各亚文化群体对于阅读快感的需求各不相同，作者和出版商最保险的做法，无疑是寻找一个读者阅读需求的最大公约数。这成为成名作家退归传统、重返故事等做法的最大推动力。纯粹的市场营销手段也会赢得利润的最大化，却在急剧地消耗着作家的既有声誉，这方面最典型的例子莫过于余华的《兄弟》分拆为上下两部出版，在旧的文学共同体中，这是不可想象的行为。这种做法受到了批评界的严厉指责和评奖界的忽略，但出版商却借此赚了成倍的利润。

那些不太知名的作者，必须采用一些文学之外的手段来吸引公众关注，制造争论和吹捧造势是常用的手法，而复制一种成功的市场模式也越来越成为出版商乐于采纳的生产方式。丧失了自我追求的作家与批评家都着眼于作品的畅销程度，市场的逐利法则几乎成为文学共同体的普适原则。于是文学市场形成了这样一种恶性循环：越是成功炒作的作品越是热销，热销作品则往往成为后起作者的仿效对象，而炒作是否成功，取决于出版商的投入和大众传媒的关注度。这种模式长期运作的结果，是"写得好不如卖得好"，作品的内核无人关注，而文学共同体留在公众记忆中的，只是一起起"文学事件"和其中的核心宣传概念。

在一个传媒时代，公众对任何事物的想象，都会为大众传媒和出版商所左右，他们接收的有关当代文学的信息，经过了重重设定和过滤。公众只能依据这些有限的、残缺的信息来建构自身对"当代文学"的想象。文学批评家们屡屡与外界争辩，强调当代文学贡献了多少多少优秀作品，然而这些推荐和评论，如果不能获得出版商的推动和传媒的认可，对于公众的认知并不具备有效性。原因不仅仅在于优秀的文学文本无法适应"浅阅读时代"公众被培育出的阅读趣味，也在于文学因素的优异对于媒体的猎奇需求毫无帮助。因此，当代文学的命运，是拿出一些并非代表最高水平，但不乏炒作热点的作品，去与那些早已凭借历史淘汰与传统惯性建立起巨大知名度与美誉度的经典著作"PK"（对决）。不难想象，在公众心目中的文学世界里，当代文学占有一个什么样的位置，至少公众不会选择当代文学来完善他们的文学修养，留给当代文学的，似乎只剩下消闲化、快餐化这一条道路可行了。

当代文学的创作和理论困境，不仅仅在于传媒过滤与市场选择全面制约其生产与传播，其困境的另一个来源，是当代文学界内部已经无法产生有效的问题。以往的文学机制成功地构建出文学的三大功能：教育功能、认识功能与审美功能。世俗化浪潮通过对文学的"祛魅"，成功地将文学的教育功能、审美功能转化为消费功能，在这一转化过程中，文学界丧失的是在共同体中高高在上的位置与精益求精的动力。而仅余的认识功能，又被勃兴的各类传媒与社会学科抢去了大部分地盘。2004年《那儿》《马嘶岭血案》等小说备受好评，2005年"类报告文学"《中国农民调查》引起轰动性的关注，终于为文学界提供了"底层写作"这一可供讨论的话题。但仔细分析便可发现，以上作品的"轰动"，是基于中国社会新闻管制等特定国情，仍然是"文学肩挑新闻担子"这一特殊历史情形在当下的残留。何况，"写什么"本不应成为文学成就的评判标准，任何题材都不应具有先天的道德优势。就目前来看，"底层写作"的代表作品文字大多比较粗糙，叙事结构也平直无奇，新闻性往往超过其文学性。对"底层写作"的褒扬与其说让文学能在传媒时代找到一席之地，毋宁说这种路向只会让文学迅速变成新闻的附庸和替代品。

事实表明，主动地迎合传媒意向，视利润最大化进行商业操作，作为当代文学的至尊法则，对于改善和重建公众的"当代文学想象"毫无帮助，反而会进一步降低当代文学的创作与批评在文学共同体中的位置。公共关系理论指出，知名度和美誉度完全可能不成正比。[9] 在一个市场化社会中，哪些作品会被公众接触与消费，是一盘可以精确计算和运作的生意。对于当代文学界这样一个纯文学群体而言，如何排除市场与传媒的干扰，构建与维护群体内部的科层秩序，反而是当代文学界在林立的亚文化群体中保持并凸显自身核心能力的唯一出路。纯文学群体内部形成自足的循环与再生体制，是当代文学得以在潜移默化中改变媒体与公众的"当代文学想象"的前提。

三　小众文化：精神困境与因应之道

就文化共同体内部而言，各亚文化群体虽然具有自身的独立符码与内部循环链，但它们在文化共同体中的位势显然有高低之别。在摆脱了政治化定位之后，市场的认可度无疑是亚文化群体的最大资源。相形之下，位势高的亚文化符码更容易"浮出海面"，被媒体与公众解读为文化共同体的代表性符码。目前的中国文化共同体中，各亚文化群体还就其符码的代表性进行过激烈的争夺。但显而易见，由于网络等新媒体带来的话语权的消散与重组，人多为胜的民主法则会显现出更大的力量，从而将共同体的代表符码呈现为主流社会的伦理观与审美水平，传统知识精英将丧失他们为社会代言的资格，沦为彻底的小众。

这些传统的知识精英将面临选择：对于既有的文化评判标准，是坚持还是放弃？如上文所言，放弃其实是一种弱化，一种精神上的退让与妥协；坚持，则必须忍受大众文化对于小众文化的精神压迫，忍受精英文化在大众话语体系中遭遇"规则壁垒"，接受娱乐化的产品比优秀的精神成果更受公众的欢迎与宠爱这一现状，甚至自觉放弃在大众传媒上发言的权力与机会，自囿于亚文化群体内部的整合与梳理。显然，这种处境与知识分子传统的代言地位与启蒙诉求是背道而驰的，因而也很难为许多传统知识精英们心甘情愿地接纳。

这种不甘心，也是当代文学界精神困境的源头之一。这种心态的一个典型例证，是"黄金 vs 好人"事件：刚刚得到威尼斯金狮奖认可的贾樟柯，选择将他的获奖作品《三峡好人》与张艺谋的超级大片《满城尽带黄金甲》在 2006 年 12 月 14 日同一天首映，并在之前北大见面会上说："我倒要看看在这个崇拜黄金的年代，有多少人在关心好人？"这番话激发了相当大的媒体波澜，却改变不了《三峡好人》票房惨败的现实。对于此，有评论家质问：《三峡好人》必须殉情吗？"指出《三峡好人》与《满城尽带黄金甲》适合不同的观影人群，"一个健康的电影市场，应该是商业片和艺术片并存，既欢迎声势浩大的大片又支持催人泪下的小制作。两者不是互相排斥的"[10]。贾樟柯的发言，假设并非有人猜测的"行销的妙计"，则属于精英艺术对于公众认可的强烈诉求。然而公众有自己的消费需求，中间商也有他们的利益考量，贾樟柯在选择拍摄《三峡好人》时有没有认真考虑过这些需求和考量呢？至少从影片中完全看不出来。一部不以市场为目标的影片，却要求市场的认可与同情，那不过是传统精英的自我想象在当下社会的余响，不但无法增添作品的光彩，反而会成为公众嘲笑和憎恶的对象。某种程度上，贾樟柯的困境，正是作为纯文学群体的当代文学界，在文化共同体中尴尬位置的缩影。

公众对于"当代文学"的想象，受制于文学市场循环链的两端严重的单面化。从生产层面来说，几乎所有成名的、有市场号召力的作家，都选择少数几个大城市居住。而中国目前的大城市文化，正处于一种旧传统荡然无存、新传统尚未成型的过渡阶段。居住在城市的作者不仅视野狭隘，而且生活毫无个性，这种状态导致对乡村或所谓"底层"的回忆和想象，成为唯一稳定的创作资源。其中不乏作者回归乡村（如韩少功）或坚守底层的范例，但无法成为创作主流。从消费层面看，文学作品的主要的、可能被认知的消费群，同样集中在北京、上海、广州等特大城市和大城市。其他区域的读者对于文学写作与出版的方向几乎没有影响力，销量榜和签售会都与他们无关。因为中国文学的消费体系，实质上是几大城市内部的自我循环。这种状况的长期存在，导致媒体与出版单一化、同质化现象严重，能够进入公众视野的当代文学品类非常稀少，资源也就过分地集中于少数的知名作家与那些出版商精心策划、批评家热情吹捧的概念性作者身上。当代文学常常处于被低估、被误解的境地，与这种文学市场单面化的现象，有着密不可分的联系。

其实，不应当仅仅看到技术发达与社会分裂对精英文化的消解作用，同样应当意识到，在精密分层的市场社会，小众文化仍然有它的生存空间。"长尾理论"是 2006 年最为时尚的经济学理论，其主旨是说，由于全球化市场的形成、市场的细分与技术的进步，大工业时代追求规模效应和市场最大化的商业方式已经不再是唯一选择，捕捉到消费链终端的小众需要，同样可以实现赢利与再生产。因此，即使是纯粹意义上的"当代文学"，也未见得就从此迈上消亡之路。这个问题的关键，或许是如何在产品提供者与消费者之间建立有效的联系。[11]

而针对"当代文学"的困境，笔者认为，当代文学研究的当务之急，在于重新描绘当代文学生产、传播与影响的完整图景。例如，用个案分析的方式，对于不同的作家类型、出版流程、阅读人群进行了解与整理，探讨某些亚文化群体的阅读方式与阅读趣味；对新世纪文学现象与文化思潮进行严谨的记录与整理；同时，不能放过对不断涌现的媒体热点、出版风潮的梳理与分析。总之，要通过对整个当代文学"生产—消费"循环的认识和掌握，挖掘其中反映的文化心态与社会影响，才有可能准确地认定当代文学在文化共同体中的位置，为新世纪文学的危机与困境寻找有效的因应之道。

注释：

［1］ 白烨：《分野、分流与分化——媒体时代的文学流变考察》，《文艺理论研究》2007 年第 1 期。

［2］《收获》2006 年第 6 期发表张悦然的长篇小说《誓鸟》，可以看作一个标志性的举措。

［3］ 陈冲在《〈馒头血案〉将了谁一军》中将"馒头"称为"文艺批评"，《文学自由谈》2006 年第 3 期。

［4］ 参见黄式宪：《踏歌苦吟：从百年忧患的"寻根"到水月镜花的"漂移"》，

《当代电影》2006 年第 1 期。

[5]　参见杨早、萨支山主编：《话题 2006》，北京：生活·读书·新知三联书店，2007。

[6]　不应当将这一群体笼统地称为"网民"，因为白烨一方的同情者和支持者可能大多不会参与类似论战。不过，这种网络论战方式本身也是一种本土网络文化的通行法则。

[7]　白烨：《遭遇"媒体时代"》，《文艺争鸣》2007 年第 1 期。

[8]　参见韩寒：《文坛是个屁，谁也别装逼》，韩寒新浪博客，2006 年 3 月 2 日。

[9]　由《南都周刊》邀请众多专家评出的"2006 被高估的十本书"中，当代文学作品占了四本，分别是《太平风物》《碧奴》《生死疲劳》《莲花》，由于这四本书都是 2006 年当代文学批评界大力推荐的作品，这次评选事实上反映了学界和传媒对当代文学批评的不信任。

[10]　参见周黎明：《〈三峡好人〉必须殉情吗？》，《新京报》2006 年 12 月 8 日。

[11]　在这一方面，消解精英文化的网络其实大有用武之地，Web2.0 时代的豆瓣网、维基百科（Wikipedia）、百度贴吧同样可能传播或讨论精英文化，孔夫子旧书网等文化网站对文化资源的共存共享作用也开始逐渐被知识界认知。王朔向外界公布其新作将省去出版商环节，直接通过网络提供给消费者，虽在技术上尚有可商讨之处，但其思路却是一种合理的趋向（参见《南方周末》2007 年 1 月 18 日）。

第二节

"莫言获 '诺奖'"的八个关键词

2012 年 10 月 11 日，北京时间 19 时，瑞典文学院常务秘书恩格隆德宣布，2012 年诺贝尔文学奖授予中国作家莫言。瑞典文学院现场的视频中，可以清晰地听见某中国记者喊出的"牛 ×"。

这个消息通过各种媒介传递到世界各地。对于这个世界上的大多数人，这条信息很简单：一个叫莫言的中国作家，获得了今年的诺贝尔文学奖。然而，对于关心中国当代文学的人而言，其信息量就复杂得多了。它意味着：

那个原名叫管谟业 1955 年出生在山东高密农村当过兵上过军艺编过金熊电影《红高粱》获过茅盾文学奖现任中国作协副主席今年手抄《讲话》的作家莫言，获得了中国文学界不少人多年梦寐以求从未被本土作家获得的代表国际文学最高水平认证的诺贝尔文学奖。

还没完，接下去还有一连串疑问：为什么是中国人？为什么是莫言？莫言是谁？他配吗？他不配谁配？文学奖还是政治奖？是文学实力还是国家实力？莫言获奖说明什么？谁会从中得利？中国当代文学会因此变得更好还是更糟？

针对这些疑问，从纸媒、"电媒"到"网媒"，火力全开。诺贝尔文学奖学术委员会给莫言贴上了马尔克斯与福克纳的标签。借用两位大师的作品名，在中国籍作家绝缘于诺贝尔文学奖的"百年孤独"之后，莫言的加冕，理所当然会引起一场"喧哗与骚动"。

关键词一：诺贝尔文学奖焦虑症

1895 年，瑞典文学院收到"炸药大王"诺贝尔设立文学奖的捐款请求。据说院士们本来打算拒绝这笔巨款，"在他们看来，文学是没有统一标准的。从众多文学家中选出一位'最优秀'的作家，授予他巨大的荣誉，这轻率又荒诞，让人无法接受"。但文学院常务秘书维尔森最终决定接受捐款，他的理由是"如果不接受，诺贝尔的捐款就要退回去，人们会指责文学院因为贪图安逸，而放弃在世界文坛的地位"[1]。双方都说对了，诺贝尔文学奖让并非文学大国的瑞典成为每年世界文坛定时关注的焦点，而针对这个奖的争议与诟病也从此如影随形，不曾断绝。

中国人如何看待诺贝尔文学奖？最早提及诺贝尔文学奖的，是陈独秀。他 1915 年翻译了泰戈尔的组诗《赞歌》四首，发表于《青年杂志》第一卷第二期，在末尾提及作者"达噶尔""曾受 Nobel Peace Prize"。虽然将文学奖误成了和平奖，却是中国文化界关注诺贝尔文学奖的开端。"五四"后改版的《小说月报》开始断续关注这一奖项，但它并未与中国文坛产生任何关系。

人们喜欢称引的无非是 1927 年 9 月鲁迅写给台静农的"拒奖信"：

静农兄：

　　请你转致半农先生，我感谢他的好意，为我，为中国。但我很抱歉，我不愿意如此。

　　诺贝尔赏金，梁启超自然不配，我也不配，要拿这钱，还欠努力。世界上比我好的作家何限，他们得不到。你看我译的那本《小约翰》，我哪里做得出来，然而这作者就没有得到。

　　或者我所便宜的，是我是中国人，靠着"中国"两个字罢……

　　我觉得中国实在还没有可得诺贝尔赏金的人，瑞典最好是不要理我们，谁也不给。倘因为黄色脸皮人，格外优待从宽，反足以长中国人的虚荣心，以为真可与别国大作家比肩了，结果将很坏。[2]

　　其后据说胡适、林语堂都有提名机会，赛珍珠也靠描写中国的《大地》一尝"诺奖"滋味，却很少见到关于"诺奖"的中文评论。而在漫长的抗战、内战、冷战相继的年代里，诺贝尔文学奖或许是一个禁忌，或许根本就无人记起。它真正对中国造成了震动，应该要算1982年加西亚·马尔克斯的获奖。

　　彼时中国刚刚重返"世界文坛"（这意味着重新接受并学习西方制定的游戏规则），重新睁眼看世界的中国作家面前是一座座高峰，19世纪批判现实主义依然不可逾越，20世纪各种现代派浪潮更是让人眼花缭乱。此时马尔克斯的获奖别具意义，它象征着第三世界作家凭借挖掘自己的文学资源（"文学爆炸"、魔幻现实主义）同样可以登上"世界文坛"之巅：

　　在对于西方现代文学历史和作家的状况有了较多了解之后，

迫切要求文学"走向世界"（"与世界对话"）的作家意识到，追随西方某些作家、"流派"，即使模仿得再好，也不能成为独创性的艺术创造。在他们看来，以"世界文学"的视境，从中国文化中寻找有生命力的东西，应是中国文学"重建"的更为可行之路。主张"寻根"的作家的这些想法，为美国作家福克纳和南美洲在本世纪后半期取得的文学成就（特别是哥伦比亚作家加西亚·马尔克斯被授予1982年度的诺贝尔文学奖）所启发，也获得证实。[3]

中国与拉美诸国类似，都是"世界文学"的后发国家，而诺贝尔文学奖，则像是西方文学发达国家给"发展中国家"的ISO（按国际质量体系所颁布的质量检验标准）认证。

它就好像文学的世界杯，有诸多参赛国，有世界规模的热烈关注，有胜者的光荣与名落孙山者的怅叹，有种种黑幕与政治因素的揣测与传闻，也有超越体育或文学本体之外的种种寓意。追逐者众多，而冠军只有一个，无怪博彩业对这两者皆大加青睐。只不过，世界杯毕竟是踢出来的，而诺贝尔文学奖是评出来的，评奖委员又是清一色的瑞典人。以一国之奖，衡天下之文，听上去真像是一个"轻率而又荒诞"的游戏。

而中国人的"诺奖"焦虑症，当然源于不自信，而这个不自信，又源于对本国文学评价体系的不信任。相比之有百年历史与众多大师得主的诺贝尔文学奖，"茅奖鲁奖神马的"大概只能用"弱爆了"来形容。在公众认知中，中国当代文学类似于婴儿奶粉，需要"美国认证"或"欧盟认证"才称得上可靠的食物，才可以放心食用。

关键词二：大国

据新华社消息，中共中央政治局常委李长春 10 月 11 日致电中国作协，对莫言获奖表示祝贺："李长春在贺信中说，随着我国改革开放和现代化建设的迅猛发展，中国文学迸发出巨大的创造活力，广大中国作家植根于人民生活和民族传统的深厚土壤，创作出一大批具有中国特色、中国风格、中国气派的优秀作品。莫言就是其中的杰出代表。莫言获得诺贝尔文学奖，既是中国文学繁荣进步的体现，也是我国综合国力和国际影响力不断提升的体现。"

10 月 12 日下午的媒体见面会上，莫言本人强调"自己获奖是文学的胜利，而不是政治的胜利""作家的写作不是为了哪一个党派服务的，也不是为了哪一个团体服务的"。然而，正如奥运会从来不仅仅是体育领域的内事，莫言获"诺奖"也不可能仅仅被解读为个人文学成就获得肯定，在"中国式政治话语"中，这件事必将与"中国文学繁荣进步""我国综合国力和国际影响力不断提升"相挂钩。

而事实的逻辑并非如此清晰。据莫言小说德文译者阿克曼（Michael Kahn-Ackermann）回忆，获知莫言得奖，他正在中国国家大剧院主持中德建交四十周年音乐会。当阿克曼第一时间向中国外交部部长杨洁篪表示祝贺时，他"双手向外推，做出尴尬、抗拒的动作"。阿克曼对此表示理解，这是因为"中国跟诺贝尔文学奖的关系非常复杂，他不好表态"[4]。媒体圈传言，多家媒体在开奖前曾接到不得报道诺贝尔文学奖的指令，得知莫言获奖后，这条禁令才逐渐放开。

中国政治与"西方文艺奖项"之间的紧张关系，由来已久。此次莫言获奖，有人忧虑，认为此事将被中国作协乃至更高层用以证明中国文艺体制的优越，正如借奥运金牌来为举国体制辩护一样；也有人寄望于莫言获奖，为诺贝尔文学奖在中国政治语境中"脱敏"。

"脱敏"的先例曾经出现于电影界。20 世纪 90 年代，在中国电影管理当局与"地下电影"（未经审查许可拍摄或放映的电影）、西方电影节之间，曾经存在着某种循环嵌套关系：地下电影一参赛，合法电影就退出，那边一给奖，这边就封禁，这边一封禁，那边又给奖。次数多了，看上去简直像某种合谋。这种复杂而荒诞的循环在 1999 年被打破，第五十六届威尼斯电影节上，曾经的"禁片导演"张元的《过年回家》获最佳导演奖，"全国五一劳动奖章"获得者张艺谋的《一个也不能少》获金狮大奖，象征着三方的和解与奖项的政治"脱敏"。此后中国很少再出现电影奖项方面的政治风波。

莫言的获奖，会不会成为类似的"脱敏"契机？迄今外界还在拭目以待。而将莫言获奖视为瑞典文学院"代表西方"向中国发的示好信息，恐怕也只能停留在猜测层面。文学评论家白烨曾在开奖前发表预测称中国作家十年内出不了"诺奖"得主，后来他解释说这种预测"是出于政治因素的考量"，觉得西方不会把这个奖颁给一位中国作协副主席，而"莫言获奖恰恰说明了评委会对文学标准的重视"[5]。这番话与莫言的自白，理路一致。如果前些年一直风传的"中国作家不能获'诺奖'是因为意识形态差异"是未必靠谱的政治化推论，那么，"'诺奖'给中国作家基于大国崛起"的推测，也是一种反向的政治化解读。总不能说，"诺奖"不给莫言就是政治奖，给了莫言就是文学奖吧？还是那句话，奥运也好，"诺奖"也好，从来不会只限于文学或体育，但也从来不会是一张完全彻底的政治牌。诺贝尔文学奖的评选，是一个多重博弈的复杂过程，试图将其中某个因素，放大成决定成败的关键点，恐怕都是庸人自扰、徒劳无益，而且，太没有娱乐精神。

关键词三：消费

不管获不获奖，莫言还是那个莫言，作家本人是个常数。而中国人三十年累积的对于诺贝尔文学奖的巨大热情与渴望，却是一个搅动社会的变数。"诺贝尔＋莫言"，才会催生出现象级的消费狂潮——把"莫言"这个名字换成王安忆、贾平凹、刘震云或余华，效果也一样。

莫言成为高密乃至山东的文化—经济符号，甚至成为地方政府与出版商的"莫言牌取款机"，似乎是顺理成章的事情。保护莫言旧居，重建莫言文化馆，种万亩红高粱打造莫言景区，也都是常规思路。将山东旅游口号从"一山一水一圣人"改成"一山一水一圣人一文豪"的设想[6]，虽然遭到网民讥笑，但就全球化旅游开发而言，倒无可厚非：西方人有几个知道山东有辛弃疾、李清照、王渔洋？莫言能否进入西方社会主流阅读还很难说，但诺贝尔的名气足以跟孔夫子同场竞技了。至于游客们拔光了莫言家地里的红萝卜，希望沾一点诺贝尔的"仙气"，那简直是中国社会必然的景观，更不足为奇。

真正引起争议的，是莫言本人的复杂性触发的商业／政治双重消费。比如在"诺奖"揭晓前就炒得沸沸扬扬的"手抄《讲话》"事件[7]。反对者严厉的批评，导致莫言不得不在新闻发布会上再三解释自己这一行为的动因。

正如许多论者指出的那样，"手抄《讲话》"根本上可以视为一桩商业行为，是利用"纪念《讲话》"的合法性为旗帜，以集聚多位名人实现营销的商业创意。问题是，批评者并非对这一点全无认知，恰恰相反，诸多批评者正是看到了政治旗号后面的商业身影，才发出了指责：现在不是毛泽东时代，抄《讲话》也不是政治任务，在可以拒绝的情形下不拒绝，证明对《讲话》的意识形态认同，或者，对《讲话》曾代表的权力意志的屈就，已经在这些抄写者的心灵中内化了。还有一种可能：抄写《讲话》完全不代表政治认同，这种行为只是代表抄写者对自身利益受损的顾忌，这些抄写者的利益与体制紧密相关，因此不敢拒绝邀请。

直接或间接回应指责的抄写者，大抵感到错愕与冤枉。因为这桩事本身带有中国社会特有的复杂性。它既粘连意识形态，又混杂着商业气息，既像是一种习以为常的纪念行为，也可以被解读为站队选边的政治表达，既不包含立竿见影的诱人利益，似乎也犯不着为这点小事得罪哪方。因此，它既不值得大张旗鼓地为之辩护，也很难义无反顾地表达悔悟。正如其中一位匿名的抄写者所言：要道歉也是向先人道歉，有必要向网民道歉吗？

在《毛泽东同志〈在延安文艺座谈会上的讲话〉百位文学艺术家手抄珍藏纪念册》中，莫言抄写的那页排在第五位，他前面是贺敬之、铁凝、陈忠实、王蒙。这个位置相当靠前，但由于莫言本人的谨慎与低调，他并未在质疑初期成为被特别指认的对象。然而，随着"莫言将获诺贝尔文学奖"的预测盛传，莫言被推到了风口浪尖。

"手抄《讲话》"本身是一种政治/商业双重消费，对之的批判同样包含政治/商业两个层面，但更多地凸显政治视角。将诺贝尔文学奖与之联系起来，其意味则变得更为复杂。某种意义上，诺贝尔文学奖被想象成一种政治上的国际认证。《金融时报》中文网专栏作家老愚在博客中用不无夸张的笔调写道：

　　　有人怀疑……诺贝尔颁奖委员会从普世价值观的捍卫者蜕变成一个胆怯的苟合者，这种赤裸裸的转变，让中国知识界倍感沮丧。狂欢的中国文学之夜，同时是知识界的伤心之夜。如果莫言是一个纯粹的民间文学写作者，他们会不费力地接受这个事实，而莫言……是既得利益者，其言行缺少知识分子气味，绝不属于诺贝尔文学奖应该褒奖的对象。

由此衍生一个吊诡的推论：莫言被授予诺贝尔文学奖，不仅让人对诺贝尔委员会的立场产生了怀疑，同时也加重了莫言的罪愆。他由此成为因"手抄《讲话》"而起的批判热潮的焦点对象。电话事件、法兰克福退场等往事被翻捡出来，某知名学术书店将莫言作品下架，更是一种决绝的姿态——此事之特别值得玩味，在于此前这家书店并不拒绝那些"既得利益者"的作品，莫言被下架完全缘于"获奖"这样一个并非出自他本人的行为。因此这是一种绝对的将莫言政治符号化的现象。

　　读者冲向书店成车成车地抢购莫言作品，莫言签名本在旧书网站上被标出188888元的天价，出版社之间关于《莫言文集》版权归属的争执，是对莫言的消费。书店将莫言的书下架，则构成了另一种消费方式。在这些事件中，莫言完全是一个被动的无力的角色，变成了各种政治表态或商业逐利借用的"箭垛子"。在诺贝尔文学奖的历史中，这倒并非孤例——以近年论，达里奥·福、君特·格拉斯都遭受到政治层面的非议，商业层面的利用更是题中应有之义。诺贝尔文学奖扮演的角色，在当今世界中的复杂性也可见一斑。

关键词四：当代文学

我们应当还记得，2007 年借由德国学者顾彬猛烈批评中国当代文学，中国知识界掀起了一场批判当代文学的波澜。萨支山《被诋毁的"当代文学"》记载、分析了这次风波。正如萨支山所言，顾彬并不是《皇帝的新衣》中的那个小孩，他对中国当代文学贬斥性的评断并不新鲜。媒体与公众之所以独对顾彬的言论大感兴趣，一是这种明快的整体贬低，符合大家对"当代文学"模糊的判断；二是，顾彬是外来的和尚，来自"文学第一世界"，具备所有吸引眼球的因素。而那些附和顾彬言论的中国学者，"可以明显地察觉一种为中国文学痛心疾首的焦虑，它来自中国文学和世界文学比较之后的失望乃至绝望"[8]。

现在莫言获得了诺贝尔文学奖，这种焦虑与失望是否就此可以一洗了之？此奖是否就意味着"世界文学""对百余年始终前行的中国现当代文学的承认？"中国文学是否就此迎来"光荣的一天，灿烂的一天，辉煌的一天？"[9]

在接受《德国之声》采访时，顾彬声称即使莫言获奖，他对莫言的批评仍然有效，因为"他讲的是荒诞离奇的故事，用的是 18 世纪末的写作风格。作为中共党员，他只敢进行体制内的批评，而不是体制外的批评。他讲的是整个故事，而自普鲁斯特（Proust）和乔伊斯（Joyce）以来，写现代小说就不能这么写了"。很显然，德国学者顾彬可没有那么看重那个来自瑞典的百年老奖，他早在2006年接受《德国之声》采访时就声称："诺贝尔文学奖是次要的。谁写得不好，谁才能够获得。如果谁能够写作，一辈子没有什么希望。所以这个诺贝尔文学奖也是垃圾。"顾彬的中国同行中也有人表达了类似的批评，如评论家李兆忠就表示："莫言得到诺贝尔文学奖有两个原因，一是当代中国文学的水准还不够高；二是诺贝尔文学奖这几十年来呈现一种逐渐下降的趋势。从这两个原因来看，我认为莫言获奖是当之无愧的，并不是说莫言是多么伟大的作家。"[10]

近年来，中国文学界不断有人或隐或显地回应"顾彬疑问"。2009年，前文化部部长王蒙、评论家陈晓明都曾经发表过"中国文学处在它最好的时候""中国文学达到了前所未有的高度"之类的言论[11]。作协主席铁凝也在接受访谈时表示："受政治和意识形态偏见的影响，对于当代作家作品，有些学者也容易从某种印象出发做出主观的判断。而改革开放三十多年来，世界在与中国隔绝多年后，面对中国文学的井喷和繁荣，还没来得及完全接受和认知，这对他们也是一个挑战和难题。"[12]对于顾彬的批评，莫言比较低调，但也于2009年12月30日发表了一篇博文《顾彬堪比呼雷豹》，文中将顾彬称为"老爷子"，并说"老爷子的言论，渐渐地没了新意，没了新意，也就渐渐地失去了威力"，他还借用顾彬称中国现代文学是"五粮液"、当代文学是"二锅头"的比喻，俏皮地收尾道："顾彬教授看到此文，不必动怒，应该会意一笑。老兄，我为您准备的五粮液还没得着机会送您呢。"[13]

在中国，为"当代文学"辩护是一桩吃力不讨好的事。在很多人简明的想象中，中国当代作家无非两种：一是被体制"包养"的专业作家，一是被市场包装的职业半职业写手。前者被韩寒等人反复批判，"二奶作家""体制内作家"的形象可谓深入人心。正如萨支山描述的那样："无非是认为作家都被作协养起来，只会写'主旋律'，只会歌舞升平、歌功颂德，而缺乏社会公义和承担。"那些确实不知道"莫言是谁"的后生，很容易就将这个党员、作协副主席划归到"体制内作家"的阵营中。一个体制内作家敢于直面社会、书写真实吗？听上去这个问题非常犀利，难于抵挡。因此，它那似乎不容置疑的答案，确乎在"当代文学"的公众想象中占据了很大一部分"版图"。

任何时候，直截了当的绝对评判，总是容易受到欢迎、却欠缺思考难度的做法。真正的困难在于认知事物的复杂。对于这条原则，"中国当代文学"并非一个例外。莫言获诺贝尔文学奖，对于不同的人群产生了不同的意义。于关心中国文学发展的人而言，其实有两件事可以同时进行：一是实现对多年来无时或忘的诺贝尔文学奖的祛魅——正如英国《卫报》指出的"莫言获奖，应该能帮助中国克服对诺贝尔奖的复杂情绪"；二是借助"诺奖"传递出的某些复杂的信息，以莫言为个案，重新审视与评估"当代文学"，以及"当代文学"与时代的关系。

关键词五：80 年代

20 世纪 80 年代，公正地说，是自晚清以降中国文学唯一的黄金时代。所谓"黄金时代"，并非以文学达到的高度来衡量，而是这样几种因素决定的：全民对文学的热情，稳定环境对文学发展的保障，还有文学探索的多种可能性。

莫言无疑是这个黄金时代的代表作家之一。虽然他并不是最出风头的人物。在日后的诸种当代文学史著中，莫言在那个年代大概只是站在第二排的人物。他创作出了《透明的红萝卜》《白狗秋千架》《红高粱家族》《天堂蒜薹之歌》。他没能赶上"寻根"的第一波浪潮，但他作品中对乡土的迷恋与幻想，确实有着"寻根文学"的气味；他往往被放在"现代派"潮流里加以述评，然而他并非极端的文体与叙述试验者；《红高粱家族》或许开启了20世纪90年代"新历史"的书写风尚，但这一中篇小说系列还欠缺日后习见的政治颠覆。他受到了评论家与文学史家的好评，却难以将之划归为某一流派的代表，而似乎80年代所有的潮流，都可以在他的小说里寻到投影。这种游走与多元，有些类似同时代的王安忆，但王安忆在"知青文学"与"女性文学"的序列里，绝对是领军人物。

现在回头看莫言的这一特质，你很难将之称为优点或缺点。只能说，莫言创作的复杂与未确定，可能正是他进入90年代后创作力继续迸发的基石。80年代中国文学各流派的"各领风骚几十天"（王蒙语），在几年内将所有西方现代派创作手法逐一演练，固然呈现出一派繁荣炫目的景象，而这对于文学的稳步发展，却未必有益。总是站在第二排的莫言，反而成了大潮退去后仍然站着的少数几人。

莫言肯定是80年代文学土壤的最大获益者之一。不仅是因为"文学热"带给他的一切，声名、地位、财富……重要的是，共和国文学体制的余晖，让自幼辍学的工农兵作者莫言获得了他文学事业的第一桶金：提干，上大学，清闲的本职工作（以保证创作时间），因创作而成为作协副主席。这种体制资源，在90年代之后相对弱化，莫言式的道路已难以复制。

2008年，刚凭《暗算》获得茅盾文学奖的麦家接受采访时说了一句："在2000年以前，江山其实已经定格了，现在我是要另立山头。"麦家所指的"定格"，其实就是80年代的文学遗产：从文学体制中获得奖项与声名、地位的一批作家，继续占有文学体制中的高端资源，同时在文学边缘化的市场化时代，靠阅读惯性与名人效应瓜分了"纯文学"仅剩的荣光与利润。新世纪十多年来，网络写手与青春文学"另立山头"，占据了大部分文学市场。但在纯文学或曰体制化文学这一块，"江山定格"的情况没有丝毫改变。今日之媒体会略带辛酸地提及，2009年12月莫言《蛙》上海新书发布会，请来了郭敬明为之站台。但那只是出版社的生意经，莫言面对媒体依然声称与郭敬明"并无交情"。体制化文学仍然笼罩在80年代的巨大阴影之下。那时成名的作家如王蒙、莫言、贾平凹、余华、刘震云、王安忆，仍然是现存不多的有销量保证的纯文学作家。恰恰这些人皆为中外揣测的诺贝尔文学奖可能得主，重合度之高，足以让人感慨"当代文学"的时间似乎停滞了。

而这种停滞，正可以反证：曾经有效整合中国文学界、在1980年达到巅峰的文学体制，已经走到了资源即将耗尽的地步。纵然中国作协大力引进"80后"作家，但文学生产方式的改变，令这种表面上的年轻化形同虚设。莫言本人还在坚持用笔创作，而键盘与网络象征的快速化、类型化、模块化的生产方式，已经容不下传统的路径：一名作者在体制的卵翼下，用刊物发表、圈子认可的方式即可成为全国乃至世界知名的文豪。一个时代已经谢幕，不可能因为一个诺贝尔文学奖，就能添酒回灯，重开盛宴。

关键词六：农村

跟文学体制一块儿耗尽资源的，可能还有中国现代以来的乡土/农村写作传统。

据说莫言并不太喜欢关于他不擅长描写都市的评论，然而，莫言确实还没能展现出他对中国城市的把握能力。他的高密东北乡是如此深入人心，大家都承认他是福克纳的高仿版、马尔克斯最好的中国学生。这种定位连诺贝尔文学奖评审委员会都表示认可，但是莫言的高密东北乡独特性何在？我想大家也很难接受"诺奖"只是颁给了欧美文学的一个东方模仿者吧？

在我寓目的中国当代文学史著中，洪子诚的《中国当代文学史》别具只眼地将莫言放在了"市井、乡土小说"这一节下，与贾平凹并置，称他作品中的乡村图景"来源于他童年的记忆，在那片土地上的见闻，以及他的丰沛的感觉和想象"[14]。这种判断也与是书出版于1999年有关，其时莫言已经更多地展露出了他在借鉴西方作家技法的面具之下，试图重建乡村书写传统的野心，《丰乳肥臀》就是这样一部代表性作品。

有时敌人或许也是知音。"呼雷豹"顾彬撰写的《二十世纪中国文学史》指出："莫言改头换面地继承了1949年前的现代中国文学，特别是沈从文和鲁迅。他另外还借鉴了中国传统和西方的（后）现代叙事技巧。"顾彬对莫言的"借鉴西方"评价不高，认为"即使不是剽窃，也有这部或那部作品可能不得不被看作模仿之作"，而莫言值得肯定的地方，反而在于"直截了当地表达他对于农村中社会关系的批判看法"[15]。顾彬大概是为数不多的将莫言放置在新文学的乡土书写谱系之中加以审视的文学史家之一。

乡土小说是新文学的大宗，但这一传统以《在延安文艺座谈会上的讲话》与"赵树理方向"为界，发生了巨大的变异。此前的乡土小说作家，以鲁迅为开端，或带有强烈的启蒙心态，或怀抱理想化的田园想象，将中国乡村作为"文明"的对立面加以书写；而赵树理之后，这一派作家（尤其那些直接从农村被发掘出来的作家）尽力洗刷自己的知识分子立场，转而用阶级斗争视角关注农村的权力关系变化，从《太阳照在桑干河上》到《创业史》再到《金光大道》，一条文脉贯通三十年共和国文学史。这条文脉的特征是对农村社会的政治化与符号化描写，但同时也将农村题材变成了当代文学中最为丰富成熟的创作资源。

莫言、贾平凹、阎连科等人所谓"改头换面的继承"，并不只限于鲁迅与沈从文开创的新文学乡土文学传统，共和国文学的遗产同样影响着他们的创作。在他们笔下，既有祖先骁勇血性的生命状态，也有田园生活的朴素与爱好，而乡村社会中的政治、家庭权力关系更是一个书写的重点。在文学将思想图解、新闻报道、社会学报告等诸般功能一肩承载的时代，农村题材的作品反而是以城市居民为主的文学读者了解与想象乡土中国的重要途径。由此不难理解，莫言急就章式的《天堂蒜薹之歌》与部分颠覆历史的《红高粱家族》能引发阅读与传播热潮。

然而，随着中国社会的剧变，乡村社会本身的"空心化"与城市化，使得过往的乡土经验与农村问题认知，已经难以有效地记录与呈现当下农村的崩溃与转型。虽然莫言保持着与高密老家的联系，但熟悉农村甚至生活于其中，跟将生活经验转化为文学资源，并不能画上等号。上述借助乡土写作成名的几位作家，近年的创作都不约而同地出现了想象力枯竭、叙述表面化的毛病。这不仅是年龄与地位的变化所致，而且是乡村书写的传统，正在变成将逝的绝唱。孟繁华指出：这些基本上是"50后"的作家"是有特殊经历的一代人，他们大多有上山下乡或从军经历，或有乡村出身的背景。他们从登上文坛到今天，特别是'30后'退出历史前台后，便独步天下。他们的经历和成就已经转换为资本，他们不再是文学变革的推动力量，他们对这个时代的精神困境和难题，不仅没有表达的能力，甚至丧失了愿望"[16]。是否"丧失了愿望"不好说，但是新文学以来的乡土书写传统，难以处理城市文明侵掠下的农村边缘化、空壳化问题，却是可见的事实。

关键词七：民间

创作资源的危机，聪明如莫言，不可能无所认知，无所施法。他在新闻发布会上谈到自己的创作旨在"突破《讲话》的限制"，并非虚言。当莫言在新文学—共和国文学的传统之外，引入对福克纳、马尔克斯的借鉴时，很自然地，"民间"成为他最应手可启的宝库，因为"想象力"与"历史"本来就是莫言作品的标签，这两种要素都与民间的言说传统密不可分。诺贝尔文学奖的颁奖词也精准地指出了这些元素："With hallucinatory realism merges folk tales，history and the contemporary（将幻觉现实主义与民间故事、历史与当代社会融合在一起）。"

当代文学中的"民间"概念来自学者陈思和的定义。"民间"包含以下几种特点：一、产生于国家权力控制相对薄弱的领域，形式相对自由活泼，能够比较真实地表达出民间社会生活的面貌和下层人民的情绪世界，有自己独立的历史和传统；二、自由自在是"民间"最基本的审美风格；三、"民间"拥有民间宗教、哲学、文学艺术的传统背景，形成独特的"藏污纳垢"的形态，很难对之做出简单的价值判断。[17] 从这个视角来考察莫言90年代以来的创作，会发现莫言的创作倾向与"民间"的定义基本上吻合。

　　莫言在获奖前后发表的谈话，常常提到对前辈同乡蒲松龄的敬佩。这一将自己创作与古典文学传统对接的说法，也得到了评委的首肯。评委中最熟悉中国文学的马悦然说："你读莫言会想到中国古代会讲故事的人，像写《水浒传》的，写《西游记》的，和蒲松龄。"诺贝尔文学奖评委会前主席埃斯普马克则强调莫言的"幻觉现实主义"主要来自中国古老的叙事艺术，"比如中国的神话、民间传说，例如蒲松龄的作品"，"将虚幻的与现实的结合起来是莫言自己的创造，因为将中国的传统叙事艺术与现代的现实主义结合起来，是他自己的创造"。[18]

　　关于莫言如何将传统叙事艺术与现实主义结合，是一个非常广泛的论题，涉及很多方面。比如近代中国社会对科学主义的尊奉，导致寄寓着中国式想象的艺术形式——鬼故事、社戏、各类奇闻——最后的居留地，恰恰是国家权力比较薄弱，也是现代教育难于普及的穷乡僻壤（莫言曾声称他能保留惊人的想象力得益于没受过正规教育）。而社会主义文艺体制中大量运用的"采风"工作方式又从某种意义上接替了蒲松龄式的笔记志怪传统。又如"十七年"至"文革"文学强调的"两结合"（革命现实主义与革命浪漫主义的结合），构成对民间叙事的巨大压抑，这在80年代成为新一辈作家的突破对象。"寻根"概念的提出使得诸多作家的眼光转向了自己故乡的民间传说，在 80 年代以来流行的诸种文化信念中，"越是民族的就越是世界的"也是推动作家们归返本土传统的动力之一。追根究底，所谓"小说"（novel）的概念也来自西方，在中国叙事传统里，只有"故事"。而故事承担的功能、叙述的方式，都与从西方文学实践中提炼出的"小说"大相径庭。

尽管如此，当代文学对本土文化与传统叙事的自觉吸收，为时并不太长。出于文化启蒙与文化自卑心态，自新文学作家起，就不断强调对外来文学观念、形式的借鉴，而少有提及本土传统的影响。80 年代在现代派浪潮中成名的作家，谈及自己的师承，也总是将一些洋名挂在嘴边。但正如埃斯普马克指出的，马尔克斯、福克纳、格拉斯对中国作家的影响其实并非那么直接，"他们真正的重要性在于让中国式的故事讲述方式变得合法了，他们让中国作家知道可以利用自己的传统艺术写作"。

具体到莫言的创作，可以明显看出，他初期的创作，虽然已经拥有了民间叙事的内核，但语言仍然相当欧化，长句很多。从《天堂蒜薹之歌》开始，莫言尝试将民间叙事形式融入自己的小说之中。《天堂蒜薹之歌》每一章开头都有一个传统快板歌者角色，"他以自己的政治见解代表着受苦的农民群众和头脑清醒的读者的'公众意见'"（顾彬语）。而莫言的叙事视角虽然常常使用第一人称，但这个第一人称叙事者却拥有一个全知的视角。他的语句也变得越来越短。《檀香刑》对"猫腔"的全本运用，《生死疲劳》退回了新文学评论家深恶痛绝的章回体，都是莫言回归传统叙事的大胆尝试。莫言也自称《生死疲劳》中"六道轮回"的构思，是向前辈蒲松龄的某种致敬。民间资源对莫言创作的重要性毋庸置疑，在中国所有"纯文学"作家里，他应该是最迷恋这种回归的一位。无怪他在新兴的网络文学中，独感兴趣于南派三叔等主打的"盗墓传奇"[19]。这类小说中对民间习俗的兴趣、对生死世界的中国式解读，以及想象力汪洋恣肆的散发，都与莫言自己的创作息息相通。

同时，"故事性"也在某种意义上成就了莫言的国际化。如果我们不将顾彬的批评一概视为酸葡萄心理，那么应该承认，"故事"是在翻译过程最不易流失，而且有可能被放大的部分。莫言的故事引人入胜，因为其间充满了各种迷人的元素：民俗、性、酷刑、死亡、洋人、官民之争。莫言的语言并不考究，但他的描写总是很具象，将之称为"会说故事的人"真是恰如其分。译者葛浩文与陈安娜给了莫言的获奖多少助力，难以测度。然而借助故事的威力，莫言反而比那些在语言上精琢细磨的作者，更具有"世界文坛"的通约性，正如周星驰《功夫》式的肢体喜剧，比他早期充斥无厘头语言的喜剧，更容易让非粤语地区的观众欣赏。

关键词八：软弱

莫言在凤凰卫视《名人面对面》节目中谈到了自己的软弱，并且定义说，软弱"就是怕别人不高兴，我实际是很没出息的一个人"，同时他不无骄傲地指出"就是这样的在现实生活中懦弱、无用的人，越是在文学作品里面表现得特有本事"[20]。莫言此前谈到《丰乳肥臀》时也表示，主角上官金童最大的弱点是懦弱，"这真是我的精神自传，我想这也是中国像我这样的一代人精神方面的一个弱点"。莫言说，对一个男人来说，懦弱是非常可耻的事情，会因此不敢坚持真理，不敢坚持自我，这实际上非常可怕。[21]

莫言的自述，表现出他洞察自我与中国社会的能力，以及表达这种洞察的勇气。他笔下的人物，在面对强权（不一定指政权，还可能是强者的恶）自上而下的压迫与撕裂，总是一副无可奈何的反应。从《丰乳肥臀》中的上官金童，到《蛙》里的蝌蚪，总是在弱者遭到伤害时，表现出不忍之情，同时无所作为。莫言小说被批评家盛赞的"狂欢气质"，主要表现为感觉与语言的狂欢，而非整体精神的狂放张扬。

表现小人物的懦弱与畏葸，并非文学的弱点。但莫言式软弱的特色，在于作者秉持"好死不如赖活"的底层伦理，对人物的软弱与妥协寄予宽容与同情，却仅止于此——这并不意味着莫言不曾为正义感付出过代价，他曾因为《酒国》，被禁止参加柏林的文学节，也曾被迫向出版社写信要求销毁所有的《丰乳肥臀》。然而，莫言终于无法提炼出对苦难与生活的超越性思考，他更像一个佯狂诈癫的记录者，很少在字里行间写下自己的想法。

顾彬接受《德国之声》采访时批评莫言"没有思想"，"莫言的作品批评了制度带来的一些问题，但是他不批评制度本身"[22]。如果这个评断成立，那它背后的原因也极为复杂。中国的文化现实、莫言的体制内身份，确实限制了他的批判强度与深度，但这并非唯一的限制。李兆忠指出，"现代作家、知识分子必须对我们的文化状态、文化处境有一个自我认知。文化状态和文化处境决定了文化、艺术所能达到的高度，这跟个人的努力是无关的"[23]。莫言从不回避历史情境本身，他的作品对饥饿的描写总是令人印象深刻，然而不管主人公还是作者，都很少对饥饿的成因提出质疑与解释。直到2009年的《蛙》，莫言的文字还会让读者觉得20

世纪 60 年代初的大饥荒是源于某种无法抗拒的天灾："跟我们闹了三年别扭，几乎是颗粒无收的土地，又恢复了它宽厚仁慈、慷慨奉献的本性。"[24]

为莫言辩护是轻而易举的，正如他所说，"懦弱"是中国一代人的精神特点，不可能要求每一个作家达到超越时代的高度。事实上，这些年人们阅读、评论莫言，道德苛求与思想批判的声音并不强烈。然而，诺贝尔文学奖的到来，必然会改变一些游戏规则。无论人们看重或不看重这个奖，它的得主往往被迫承担更多的社会责任，这几乎已经形成了该奖的一个传统。莫言同样不能例外，他不得不在记者会上回答有关钓鱼岛与和平奖的问题。我们可以呼吁将论域局限于文学的疆界内，但文学本身是否可能独立于政治与社会？文学与文学家将在其中扮演一个什么样的角色？

人们寄望于一个诺贝尔文学奖得主的，不仅仅是他的叙事技巧与文学才能达至某种高度，而是希望他成为人类精神生活的一根标杆。历史上很多诺贝尔文学奖得主获奖后反而远离创作，与这种巨大压力不无关系。诺贝尔文学奖其实是一柄"双刃剑"，如果你没有足够的高度与之相埒，那它的到来，未必全是喜讯。

相比于政治妥协的心照不宣，在意顾彬指出的"中国作家为了钱写作"的人并不多。较之意识形态控制，市场的力量以一种柔和的、共谋的方式，让大多数人习焉不察，甚或沉溺其中。即便这是近二十年来中国的文化现实，初闻一位熟悉的作家获得诺贝尔文学奖，随即在各大刊物上看到署莫言亲笔签名的软文《水乃酒之魂》，还是会让人有吊诡的感觉。在这篇软文中，莫言大谈某白酒企业的成就，企业的理念"气度非同一般"，"郎酒在过去的时间，一定是做对了什么，才有今天的辉煌"。这些只有县文化馆水平的文字，却出自中国一流文学家之手，不免让人想起另一位传说与诺贝尔文学奖擦身而过的作家老舍，最后一篇作品是《陈各庄上养猪多》："要增产，肥是宝，土地瘠薄，肥更不可少。肥是宝，哪儿去找？人民公社就是好：靠领导，靠群众，改良土壤，陈各庄大队齐心闹革命！"[25]

没有切实证据，不能断言两位作家写的是违心之作。然而，迷信"文艺即宣传"也好，碍于情面或诱于利益也罢，每个人的文字都代表着他的思想水平与审美界限。可以确认的是，从老舍到莫言，各自的时代特色之间，将它们串联在一起的，正是一种妥协的价值观。或者，这就是莫言所说的"软弱"吧？

注释：

[1] ［瑞］埃斯普马克著、李之义译：《诺贝尔文学奖内幕》，桂林：漓江出版社，1996，第4页。
[2] 鲁迅：《致台静农》，收入《鲁迅全集》第11卷，北京：人民文学出版社，1982，第580页。
[3] 洪子诚：《中国当代文学史》，北京：北京大学出版社，1999，第323页。
[4] 参见张伟、刘丹青：《放眼世界文学版图，莫言在这里》，《人物》2012年11月号。
[5] 参见白烨：《莫言，你怎么看？》，《文史参考》2012年11月上。
[6] 该设想出自高密旅游局局长王剑智。参见《新京报》2012年10月18日，A15版。
[7] 参见李洁非：《手抄〈讲话〉疏解》，载杨早、萨支山编《话题2012》，北京：生活·读书·新知三联书店，2013。
[8] 萨支山：《被诋毁的"当代文学"》，载杨早、萨支山编《话题2007》，北京：生活·读书·新知三联书店，2008，第156页。
[9] 中国作家协会主管的《小说选刊》于2012年第11期头条重发了莫言28

年前的成名作《透明的红萝卜》，"编者按"如是言。

［10］李兆忠：《从"莫言热"看中国文化现状》，《纳税人报》2012 年 10 月 27 日。

［11］王蒙于 2009 年 10 月 18 日在法兰克福国际书展演讲时称"中国文学处在它最好的时候"；陈晓明则在同年 11 月第二届世界汉学大会上提出"中国文学达到了前所未有的高度"，并表示不同意顾彬的观点。

［12］人民网采访：《中国作家协会主席铁凝：文学也是沟通世界的桥》，人民网，2010 年 2 月 25 日，http://www.chinawriter.com.cn/2011/2011-11-04/104224.html。

［13］莫言：《顾彬堪比呼雷豹》，莫言博客，2009 年 12 月 30 日，http://blog.sina.com.cn/s/blog_63acd9f50100gn32.html？tj=1。

［14］洪子诚：《中国当代文学史》，北京：北京大学出版社，1999，第 330 页。

［15］参见顾彬著、范劲等译：《20 世纪中国文学史》，上海：华东师范大学出版社，2008，第 348 页。

［16］孟繁华：《乡村文明的崩溃与"50 后"的终结》，《文艺研究》2012 年第 6 期。

［17］参见陈思和：《民间的浮沉：从抗战到文革文学史的一个解释》，《上海文学》1994 年第 1 期；《民间的还原——文革后文学史某种走向的解释》，《文艺争鸣》1994 年第 1 期；《中国当代文学史教程》，上海：复旦大学出版社，1999。

［18］参见《新京报》对马悦然、埃斯普马克的采访，2012 年 10 月 24 日。

［19］参见《来杭宣传新书 莫言吃惊：南派三叔居然是"80 后"》，浙江在线 – 钱江晚报，2009 年 12 月 14 日。

［20］参见凤凰卫视《名人面对面》专访：《莫言：内心深处的软弱 使我千方百计避开争论》，转引自凤凰网，2012 年 10 月 15 日，http://ent.ifeng.com/entvideo/detail_2012_10/15/18257254_0.shtml。

［21］参见参考消息网报道：《台媒：莫言称懦弱是中国一代人的弱点》，参考消息网，2012 年 10 月 12 日，http://china.cankaoxiaoxi.com/2012/1012/103892.shtml。

［22］顾彬后来还追加了对这一批评的阐释："他的文学语言还是很有效、很有力的，不过读完他的作品，我对 1900 年后的中国，1911 年后的中国，1949 年后的中国的理解，并没有比我读完那些历史学家的作品后更全面、

更深入。"他还认为"写作不应只是作家治疗伤痛的手段"。(参见《顾彬:在世界文学危机的背景下批评莫言》,《南方都市报》2014 年 9 月 22 日。)

[23] 李兆忠:《从"莫言热"看中国文化现状》,《纳税人报》2012 年 10 月 27 日。

[24] 莫言:《蛙》,上海文艺出版社,2009,第 49 页。

[25] 转引自《北京文艺》1966 年第 4 期。

逃离中的陷落：网络小说体制中的资本元素影响

前文中，笔者曾用一"缩"一"胀"来描述中国文学格局的变化以及文学在当下社会中的位置。

时隔数年，重审当下文学状况，基本的判断未有大变。传统文学体制的"缩"虽屡经刺激（如作协扩招"80 后"、茅盾文学奖评选公开化、莫言获得诺贝尔文学奖，以及一系列的影视改编等），其边缘化的角色仍然没有根本的改变；而文学因素的"胀"却日新月异。如果说《唐山大地震》《金陵十三钗》《归来》《道士下山》的改编，还是基于传统文学体制中的作品，那么 2014 年中国影视界炒得最火热的概念——IP 知识产权[1]，则基本代表了网络小说的天下：《甄嬛传》《何以笙箫默》《匆匆那年》《左耳》《花千骨》《盗墓笔记》等等。据不完全统计，2014 年共有一百一十四部网络小说被购买版权，网络小说已取代传统文学体制作品，成为中国影视剧改编的"富矿"，同时也成为中国社会文学资源的主体。

一 VIP 订阅制度

网络作家猫腻在获得 2015 腾讯书院文学奖"年度作家"之后，接受北京大学中文系副教授邵燕君采访时，谈到了"网络文学最重要的制度"：

猫腻：我感受最深的就是 VIP 订阅制度。这是立身之本和根基，是这个行业能够生存并发展到今天的最根本原因。别的国家为什么没有网络文学？为什么当文学期刊举步维艰时，网络文学还能活着？为什么当盗版这么可怕，《知音》都卖得越来越差的时候，网络文学反而能卖得越来越好？就是因为它做了这样一个订阅服务，而且单价卖得特别低，尽可能地收拢读者，保证了我们这些写字的人能够得到一定收入，不停地写下去。

VIP 电子订阅是最最重要的，比所有其他东西加起来都重要。现在虽然有作家有别的方面的很高收入，但我想没人敢放弃 VIP 订阅这块。没有人可以承受长年不挣钱的写作。光凭一腔热血和热爱去写小说，除了真正有文学梦想的人，谁能撑得住？而且梦想这个东西总是会淡的。

VIP 电子订阅直接让网络小说创作向长篇发展，定位也更加清晰——你就是商业化的东西。

2002 年，吴文辉等人创办起点中文网，同时开启 VIP 订阅制度；2004 年，起点中文网等文学网站被盛大文学网收购；2013年，吴文辉率队出走，次年任腾讯文学网 CEO。吴文辉的职场历程，基本上是网络文学的资本运作历程。

笔者曾撰文讨论过晚清小说发展与当下网络小说发展的相似性，其中很重要的一个相同因素，便是文学的充分市场化。"开谈不说《红楼梦》，读尽诗书也枉然"，并没有带给曹雪芹或其后人任何收入，晚清文学市场化形成的环境，是一整套技术与体制的保障：石印技术的传入、中文报刊的出现与迅速发展、文学娱乐化功能的强化。所有这些元素，在一个多世纪后又"原画复现"，而且是以更迅猛的态势。

"VIP 订阅制度"之所以重要，不仅仅在于它给网站和作家带来了收入。以 2008 年为例，起点中文网的一千四百万注册用户中，付费阅读率仅为百分之五，广告和版权收入的份额在加大。事实上，虽然千字七分钱的收费门槛已经很低，更多的网络小说读者根本不会注册，他们宁愿忍受大量的错别字与延迟的发布时间（为了防止盗版，网站一般对 VIP 章节采取转码再扫描的方式，盗版网站则多采用 OCR 文字识别，导致错字量剧增），也不放弃互联网的免费原则。为了应对这种阅读量上的反差，网站一方面加大了热门小说的周边开发与知名度转化率（如猫腻在腾讯文学首发的《择天记》，终篇还遥遥无期的时候，人物的卡通形象、改编话剧都已纷纷出炉）；另一方面，则深入开发与挖掘 VIP 用户的商业价值。

猫腻在谈到 VIP 订阅制度时之所以充满底气，是因为他经过这些年的发展，已经"封神"[2]，有足够的死忠粉丝追随，他们的付费阅读与购买周边足以支持与激励作家的写作。然而，对于超过二百万的注册网络小说作者来说，VIP 订阅制度的梯级次序与创读互动，是一条救赎之途，也是一面巨大的罗网。

二　网络写作：严酷的环境

普通网络小说作者在跟网站签约之前，要先免费上传数万到数十万不等的文字，这个阶段也是网站考验作者、培养人气的阶段。事实上，以现在网络文学机制的成熟度，如果没有签约之后编辑的推荐，新人的作品基本不可能获得轰动效应。而一旦获得签约，可以开设 VIP 章节，作者即进入了一个比 free（自由 / 免费）写作严酷得多的环境。

需要一名作者去追求的，一是网站的全勤奖，即每日更新一定数量的文字（这方面唐家三少是模范，十年来从未断更）；一是所谓的"月票"（有的女性文学网站或女性频道称为"粉红"或其他），只有正版订阅的读者有资格投月票，月票多少会影响作品在榜上的排名，几乎所有作者都会在更新每章或数章之后，向订阅用户发出"求月票"的吁请。

每一个正版订阅用户，对作者都有打赏、催更（催促更新）的权利，甚至还有购买"加更票"的设定，可以要求作者每天加更六千字、一万两千字，而不是保底的三千字。通过正版订阅、月票、催更、打赏、加更票等一系列商业化设定，读者获得了前所未有的权力，而作者俨然变成了文字的计件工人，他们的压力既来自编辑（是否强推、写作指导），更来自直接面对的读者，后者是从前的文学创作环境中不曾有的，它打破了编辑作为中介在作者与读者之间树立的壁垒。支持者会认为这种机制促进网络文学作者之间的直接竞争，削弱了编辑的操控权力；然而，它也取消了编辑或出版机构对创作者的保护，让作者必须直面读者的索求与苛评。

动辄长达数百万字、横跨至少一两年的写作过程中，几乎没有作者能从头到尾保持良好的状态，因此，诉苦、求情就变成了网络小说作者解释与求票的常规手段，他们不惜向读者分享自己生活中的种种艰难与变故：朋友聚会、领导问责、身体疼痛、亲友病逝，都会被写进某篇每日更新文字的底部，成为索要月票或请求原谅的理由。如果我们不考虑其中的真伪（大部分应该是真实，或许略有夸张），这种场景实际构成了读者与作者创作过程的围观与介入。作者选择什么时间创作、创作数量，都不再是自己能够控制的因素，而必须受制于读者的阅读需求与阅读期待，否则将会遭到订阅用户的抱怨、攻击甚至投诉。一位女性网络小说作者曾向笔者解释她为什么更喜欢在晋江文学网、红袖添香等女性网络文学平台上写作，虽然起点中文网或17K小说网的读者流更大，主要原因就是女性读者对于作者因身体或家庭变故导致的断更抱有更宽容的心态，她表示一些男性读者的冷言恶语让她吃不消。

不仅仅是速度与数量，网络小说的内容同样受制于读者。订阅数或点击量，月票或榜上名次，对于一部小说的生死，都有着决定性的意义。一部穿越小说的作者曾在呼吁读者订阅正版时表示，如果一本书的订阅数与追更率不高，网站编辑有"一万种方法"让这部小说"太监"（即未终篇即结束）。因此作者需要去摸索如何写作，才能提高作品的KPI（关键绩效指标），来保障作品的生存。

三　腾讯入主：更深入的产业化

根据北京大学"网络文学研究与创作"课程小组的调查报告，以腾讯旗下的创世中文网为例，腾讯文学系的规则大致可以类推：

作者创作共需要经历四个阶段：自由创作期、签约期、推荐期与上架期。而一旦与腾讯签订了合约，就会有固定的字数和更新要求，一旦达不到要求则会面临惩罚。

固定更新的话就可能被编辑推荐上榜，如果在榜单上表现出色，便会被推荐上架，此时作者开始获得酬劳。

自由酬劳由四部分构成：

一、按照字数与订阅量比乘的电子稿酬；

二、保证每日更新而获得的全勤奖；

三、更新字数多而获得的勤奋写作奖；

四、百万字以上作品完结时获得的完本奖。[3]

有意思的是，从榕树下等文学网站建立开始，网站运营者特别看重以书评、论坛为代表的创读互动。书评和论坛是读者发表意见、交流心得的园地，也是作者密切关注的读者反馈中心。与早期网络文学以创作换取网友的赞赏与追捧不同，商业化之后的网络文学书评，更多的是作者观察读者意见、调整自我写作方向的指挥棒。而据上引课程小组的调查报告，书评、论坛、投票虽然仍被创世中文网保留，但"这三项活动并没有受到重视，建设也不够完善，读者参与度也并不高"，阅读收费系统"由免费的点击、收藏，半付费的推荐和付费的订阅、打赏、月票、奇迹树组成"，"十分完善"；而且，"腾讯建立了一套艰辛的却吸引力十足的读者升级体系，随着级数的增加，读者会享受到全方位的优惠和权利，然而在升级途中，金钱的作用远远高于正常的阅读和任务"，"设立了一系列的榜单来刺激和比较各作品的受欢迎程度。其中较为重要的是人气榜、月票榜和奇迹树成长榜。而这三个榜单的高下，实质上仍是在比较哪部作品最'捞金'"。[4]

为了深入体会网络文学生产机制，北大课程小组的几位同学在腾讯文学网联合注册了笔名"哨子"，连载集体创作的小说《妖店》，并记录了从自由发表到签约的过程，其间她们最感慨的是腾讯文学网"但重数量，不重质量"的生产机制：

编辑反复强调的唯有日更 6000，绝对不能断更。腾讯文学网设定了很多措施鼓励作者快写、多写，比如说：

想要上架？可以，只要不断更；

想要推荐位？可以，只要不断更；

想要创作保障？可以，只要不断更；

想要勤奋奖？可以，只要不断更；

以及：

签约的基本前提是什么？总字数 30 万以上；

拿完本奖的基本前提是什么？总字数 100 万以上。

…………

概言之，写得多、不断更是广大底端作者获得腾讯文学网各项作者福利的唯一条件。

腾讯为网络小说引入了 QQ 式的用户机制，发力点在于将代表黏着度的"粉丝"转化为货币化的"用户"："'粉丝'变'用户'的一个至关重要的环节是 VIP 化。腾讯文学（网）有两个等级体系——用户等级和 VIP 等级，VIP 用户才会拥有 VIP 等级。所谓 VIP 化，也就是通过向腾讯文学网充值书币，从而变为 VIP 用户并不断提高 VIP 等级的过程。"[5]

四 "类型化"与"爽文"

或许观察者自己都没有想到，他们为了深入机制而进行的创作尝试，本身也成了一个新闻现象。2015 年 3 月 25 日，《中国青年报》刊登采访报道《北大学生写网文遭遇水土不服》，报道这些北大学生集体创作的《妖店》"收藏量 194"，在资深网络文学论坛上被讥为"跟什么都没收藏一样，这个成绩在网络文学界，一般的作者都不会再写了"。当"哨子"的身份曝光，问题迅速转成了"在以草根性为特质的网络文学土壤里，'北大出品'代表的精英文化，是否水土不服？"

对于这个结果，作者和指导老师都进行了反省与讨论，比如"没有找对主流受众""受传统文学影响比较大"，在这些讨论中，"传统"二字反复出现，如强调这样写"在传统小说里没有问题"。指导教师邵燕君也说，"在媒介革命来临之际，研究网络文学不是为了割裂文学传统，恰恰是为了延续文学传统，而我们的入场式研究可以是一种引导式的介入"。

如果考虑到资本因素对于网络小说的限制，或许可以说，这种先天的带有"延续""引导"色彩的思路，其失败是一种必然。

当"网络文学"在 20 世纪末 21 世纪初最早作为分类或定义被提出来时，它隐含着"自由""分享""低门槛"等一系列意指。当时很多研究者表示"没有网络文学，只是发表在网络上的文学"。对于第一代网络文学作者如宁财神、安妮宝贝、李寻欢等人来说，这种判断是有效的。然而时至今日，经历几重资本运作与机制建立的洗礼之后，"网络小说"的概念至少已经成立，它的明显特征至少有二：一是"类型化"，二是"爽文"。而这两个特征，是相辅相成、密不可分的。

邵燕君说："要知道，很多大神的最初作品都是'仆街'（失败），跟是否精英没有必然关系。"不只是"最初作品"，类型的改变往往会带来"仆街"的后果，历史类的大神级作家贼道三痴，以《上品寒士》《雅骚》闻名，中途改写玄幻小说《丹朱》，虽然被誉为"玄幻类小说的清新之风"，仍然只收获了惨淡的订阅与收藏量，贼道三痴也重新回归历史类小说创作。类型化发展的结果，不仅规范作者，同时也在形塑读者。这在西方通俗小说与好莱坞电影中早有成规。中国文艺的类型化之路时间不长，但小说远远走在影视的前面，这也是"IP"在2014年如此红火的成因之一。

"类型化＋爽文"，意味着作者与读者之间形成了一套已成规范的契约，作品如何开端、发展、转折及收尾，其实万变不离其宗。军事必须热血、"穿越"必然王霸、坏人嚣张必须"打脸"、"种田"必须穿插宅斗，主流读者的阅读期待必须满足，其后才是作者个人的特色发挥。由于连载的特点，每日的更新中，要给读者几个"爽点"，结尾要设下"钩子"（hook），这都在写作的技术考量范围内。腾讯书院文学奖给猫腻的颁奖词中有"以爽文写情怀"一语，即是嘉奖他在满足了读者的爽点之后，仍能呈现出与其他写手不太一样的情怀与价值观。

从传统小说的角度来审视网络小说，会觉得这种文类看上去缤纷多彩，千变万化，但叙事方式的多元化完全欠奉。几乎没有网络小说敢于使用大规模的倒叙、插叙、蒙太奇，作者们也不敢将限制视角贯彻到底，更谈不上语言操练、文体试验与诗性叙事。整体观之，商业化的网络小说，是在向中国"说部传统"的一次大规模回归——一切服从于"故事"，情节不惧重复，调动所有元素，只求抓住读者。

猫腻面对这样的问题，可以看得出某种纠结："（网络文学生产机制）当然有一定的副作用，但是和它正面、积极的部分没办法相提并论。它让网络文学活下来了，这是最重要的。这就是一个皮与毛的关系。"他总是强调网络小说应该先完成商业的部分，然后再夹带作者的"私货"。因此猫腻劝新人不要着急，用自己的例子来说明这个行当看重的是"新人的坚持"。可是规范日益明晰的网络小说，未必还能等到下一个猫腻，它的常规培养体制，是在为下游行业——影视、游戏输送人才与内容。正如有的研究者指出的那样："作为一种新媒介文学，网络文学尚未在传统媒介主导的文学秩序内获得真正认可，便又将在新媒介文化格局中处于弱势——网络时代是'全媒体'（Omnimedia）时代，在这样一个人类各种感观被全方位调动起来的媒介环境中，作为以文字为载体的艺术样式，网络文学注定不是占据主导的艺术形式，注定要成为给更'受宠'的文艺形式提供内容和人才资源的'母体'。"[6]连腾讯文学网的内部人员也承认"我们不是做文学的，我们就是一个游戏公司"。

网络文学在中国的兴起，曾经被视为对传统文学体制的"逃离"：没有办法在传统文学体制中依序上升的文学青年，借助网络的力量展现自己的才华，赢得关注、支持与资源。然而资本力量足以将逃离变成另一种陷落，文学的独立性并不因为离开传统文学体制就变得更强；相反，资本力量压迫下的职业写作，可能会受到更全面、更细微的控制。商业体制会惩罚大多数的叛徒（像出身北大的"哨子"），而将资源集中于最金字塔尖的一些宠儿。

在资本力量的驱使下，网络文学会在类型化、单一化的道路上走得更远。

这样的趋向，并非评论所能改变。但是，文学批评能做的，是尽可能寻找有效的批评话语，来发掘与分析海量网络小说中呈现的新意与可能性，让它为日渐枯涸的文学界引入新的源泉与元素。如果批评界与研究者只是盯着那些热门的IP，用商业的逻辑来选择批评对象，那么，对网络文学的批评只会加入资本力量的合唱队，对网络文学的研究只会成为商业案例的分析师。在新媒体时代，文学的力量何在，边界何在，仍然是横亘在从业者面前的巨大问题。

注释：
————

[1] IP，全称 Intellectual Property，即是将一部具备知识产权的作品进行多平台全方位的改编，如影视、游戏、动画等。

[2] 2015 年 2 月的"网文之王"评选，猫腻跟唐家三少、梦入神机、辰东、我吃西红柿同被选为网络文学"五大至尊"。

[3] "哨子"团队：《创世中文网生产机制研究》，微信公众号"媒后台"，2014 年 12 月 19 日。

[4] 参见同上。

[5] "哨子"团队：《腾讯无大神！"粉丝"变"用户"》，微信公众号"媒后台"，2015 年 1 月 22 日。

[6] 邵燕君、庄庸：《网络文学 2014：多重博弈下的变局》，《文艺报》2015 年 2 月 4 日。

第四节

回响：晚清小说与网络小说异同辨

一　晚清与当下文学环境比较

晚清的文学环境，与当下最大的相似之处是都处于一种"二重主流"的状态。从文学价值序列来说，当下的"主流文坛"仍然由作协、期刊、评奖、学会等构成，网络文学相对仍处于边缘位置，但如果从文学生产的角度考察，拥有海量作者、作品与受众的网络文学无疑更像是这个时代文学生产的主流。

反观晚清，自从梁启超引"英名士"言称"小说为国民之魂"，声称"往往每一书出，而全国之议论为之一变，彼美英德法奥意日本各国政界之日进，则政治小说，为功最高焉"（1898）[1]，后来又在《论小说与群治之关系》里提出"小说界革命"，把小说的地位提高到史无前例的高度：

欲新一国之民，不可不先新一国之小说。故欲新道德，必新小说；欲新宗教，必新小说；欲新政治，必新小说；欲新风俗，必新小说；欲新学艺，必新小说；乃至欲新人心、欲新人格，必新小说。何以故？小说有不可思议之力支配人道故……故今日欲改良群治，必自小说界革命始；欲新民，必自新小说始。[2]

小说被提到了文学价值序列的最高级别，承担起了"改良群治""新民"的大任。有意思的是，梁启超等启蒙知识分子之所以愿意赋予小说这样的重视与赞美，正是建立在康有为所谓"经史不如八股盛，八股无如小说何"（《闻菽园居士欲为政变说部诗以速之》）的市场基础之上。这为当时大量科举路绝而投身小说著译的失意文人提供了某种合法性解释。

不过，十年之后，连"小说界革命"的始倡者梁启超，面对日益红火的小说市场，都感到了深深的失望："今日小说之势力，视十年前增加倍蓰什百……而还观今之所谓小说文学者何如？呜呼！吾安忍言！吾安忍言！其什九则海盗与海淫而已，或则尖酸轻薄毫无取义之游戏文也……近十年内，社会风习，一落千丈，何一非所谓新小说者阶之厉？循此横流，更阅数年，中国殆不陆沉焉不止也。"[3] 这种"成也小说，败也小说"的文学观念，是否过度阐释姑且不论，在这一百年中，确实横亘在中国社会的主流文学观之中，未曾消歇。

从文学生产与消费的角度考察，清末小说的兴盛与流行，并非缘于梁启超、黄小配等人努力拔高小说的地位。今之论者，多强调电脑、手机、平板（阅读器）等文本载体对印刷文化的冲击，是网络小说发达的重要基础。其实百年前报刊书籍等印刷文化在中国的兴起与推广，对文学机制的冲击与改变，丝毫不亚于今日从纸质阅读向电子阅读的转换。

这两次的文学转型，共同之处，在于从生产到传播、消费各个环节，进入门槛的急速降低，以及随之而来的话语权的扩散与平面化：报章相对于近代之前私家著述、传抄、刻板的传播体制，是一种话语权的扩散与平面化；网络相对于已成固定体制的传统媒体，是进一步的话语权扩散与平面化，它的门槛更低，受众更广，同时，焦点也更分散。

从体量来说，今之网络文学，自然不知道是当年新小说的多少倍。但这一点并没有改变问题的实质，即一种新的文学体系正在冲击旧的文学体系。由于新兴的文学体系里缺乏权威，也未能建立起清晰的价值序列，其评价与研究都处于混乱状态，但这种状态同时带来了自由的写作风气。商业化的写作与传播虽然有趋俗的一面，但商业化天然拒绝硬性的管理与引导，更鼓励竞争与创新，有助于发挥创作者本身的才华与创造欲。

新文学体系的另一层面，在于作品的分众化。"分众化"有两层含义，一是作为消费品的小说，迅速地类型化。晚清小说相对完整的分类，后世论者比较肯定1906年陆绍明的十一类分法：历史小说、哲理小说、理想小说、社会小说、侦探小说、侠情小说、国民小说、写情小说、滑稽小说、军事小说、传奇小说。[4]相比之下，《新小说》1902年的十类划分略嫌简单，而且并非针对中文小说，[5]而到了1914年《礼拜六》杂志创刊后，光是言情（写情）小说就分出了侠情、哀情、怨情、苦情、写情、艳情、忏情、惨情、爱情、痴情、奇情、幻情、丑情、喜情等，虽然几乎明显是商业噱头，却有着市场细分的自觉意识。

今之网络文学的类型，则可以影响力最大的起点中文网的九大分类为例：玄幻、仙侠、历史、都市、网游、武侠、悬疑、科幻、言情。而网站对作者的指引与导向，除了考虑作者的天赋与积累外，也有非常明显的类型化消费定位。

晚清之前，中国的文学体系相当成熟而固化，诗文崇高而小说微贱，每一代文人的追求，无不在于宗唐祖宋，绍继前贤，小说虽代有其作，在旧文学体系中无疑处于边缘位置。梁启超等人发动"小说界革命"，走的仍然是"文以载道"的路子，这种利用大众喜好以推动"爱国之思"的功利化做法，虽然为日后的文学政治化、一体化埋下了伏笔，但于其时，正如陈平原所描述的，"在一个高度政治化的年代，它却有利于提高小说的地位，吸引大批有才华的文人来从事创作，进而迅速改变小说界不尽如人意的现状"，"为各种类型小说的充分发展提供了可能性"。[6]

今之网络文学，几乎完全是从旧的文学体系之外生长出来的。我们熟知的"当代文学"是依据国家意志建立的文学体制，其基本追求是深度化、高尚化与一体化。它要求文学作品在一个统一的价值体系中加以评判，并通过文学梯级的建立，引导写作者追寻更高层次的成就。而网络文学，则呈现出类型化、消费化、多元化的特质。综而观之，无论晚清或当下，新的文学体系对于旧文学体系，既是冲击也是消解，而新文学体系本身从混乱走向相对稳固，也会经历一个相当长的过程。

"分众化"的另一层含义，是新文学体系内部的竞争与创新。类型化、产业化的文学生产，可以在短期内创作出巨量的同质产品，但是读者不会满足于持续的机械复制，后发的优秀作者也不会甘于机械复制。竞争必然促成创新，类型小说的创新，自晚清以后已屡见不鲜，[7]而网络小说的渐进式创新，通过梳理也可以清楚地呈现。

在这一进程中，大众阅读体量的巨大（尤其是在网络时代）就体现出了它的好处。由于体量巨大，即使其中一小部分人的阅读选择，也足以让寻找更有创新性、更富文学性的作品有足够的阅读量与收入。也就是说，作者无须让自己的作品成为人见人爱的超级畅销小说，而只需要在亚文化阅读的层面上得到认同与支持，即可以获得足够的发展资源。在近代通俗小说的发展过程中，曾经出现过这种"由俗入雅"的现象：内容方面，以政论为小说的《新中国未来记》等政治小说，技巧方面，使用骈体书信构筑全书的《玉梨魂》《孽冤镜》等言情小说，都与"越通俗越浅白越有读者"的固化观念构成逆反。而民国通俗小说中张恨水、周瘦鹃、王度庐、宫白羽等人的努力，实际造成了通俗小说比新文学"慢半拍"的节奏，相比大众社会文化素质与阅读水准的提高，反而是后拍的。因此，基于消闲、消费的大众阅读的发展曲线，并不见得就只是平行或下滑的低位前行，它同样有可能出现曲折上行的趋势，更大可能是形成高中低不同层面多元化的图景。

限于篇幅与能力，本文无法全面观照晚清与当下各类型小说的发展状况，即以"穿越/乌托邦小说"为例，来分析这两个阶段新兴文学类型的异同，旨在描述这一种"由混乱步向丰富"的趋势。

二 穿越小说如何改写历史

穿越小说，并不是一种被认定的网络文学类型，在起点中文网等文学网站的分类中，很少出现"穿越"这个类型。所谓"男穿"通常被放进"历史军事"这一栏，"女穿"则常常置于"言情"类。

按百度百科的定义，穿越小说"是穿越时空小说的简称，其基本要点是，主人公由于某种原因从其原本生活的年代离开，穿越时空，到了另一个时代，在这个时空展开了一系列的活动，情爱多为主线。穿越小说集成了玄幻、历史和言情三大小说类别的要素，自成一派"。也就是说，穿越小说本身就是一种混合类型，而玄幻、历史与言情，都是网络小说的大宗，因之，穿越小说可以称为"超类型小说"，以此为例，便于我们观察网络文学的流变趋势。

穿越小说并非当下网络文学首创，评论者一般会追溯到马克·吐温的《康州美国佬在亚瑟王朝》或日本漫画《尼罗河的女儿》。被认为对中国网络文学直接产生影响的是台湾作家席绢的《交错时光的爱恋》和香港作家黄易的《寻秦记》。笔者则认为，在晚清新小说大潮中，有着穿越小说清晰的先声。

王德威指出，在晚清小说中存在一类"乌托邦小说"，他将之归结到科幻小说名下，定义乌托邦小说是"借着一幻想国度的建立或消失，科幻小说作家寄托他们逃避、改造或批判现实世界的块垒，实验各种科学及政教措施"。王德威称："晚清乌托邦小说写得最完整，也最耐人深思的，我认为首推吴趼人的《新石头记》。"[8] 而吴趼人并不认为《新石头记》只是科幻小说，他于1910年回顾自己创作历程，将《电术奇谈》《恨海》《劫余灰》等归为"写情小说"，将《九命奇冤》《发财秘诀》《上海游骖录》称为"社会小说"，唯独将《新石头记》称为"兼理想、科学、社会、政治而有之者"。[9]

用现在的文类衡量，晚清的乌托邦小说大多数更类似穿越小说中的"架空小说"，主人公进入的不是真实的历史而是一个架空的世界，一个幻想的国度。而《新石头记》前二十回写贾宝玉来到清末的"野蛮世界"，以《红楼梦》的写作年代而言，贾宝玉算是"向后穿越"（当然《红楼梦》本身也是架空的，所以贾宝玉

"不知过了几世，历了几劫"才来到 1901 年的石头城），而后二十回进入"文明境界"，则是一种"架空式穿越"。我们或许还可以将《新石头记》划入"同人小说"（Fan Fiction），因为它借用了家喻户晓的《红楼梦》的主人公作为小说的主角。

《新石头记》前二十回针砭现实，"贯注了感时忧国的历史意识"，主打"社会、政治"，后二十回则重在"理想、科学"，文明境界里，从高度发达的物质文明，司时器、千里镜、助听器、机器人，以及"地火"、飞车、隧车、潜水艇，到尽善尽美的典章制度，促使贾宝玉在梦里回望故国，幻想中国立宪成功，一举成为世界强国，还主办"万国和平会"，让人忍不住感慨"中国也有今日吗？"

《新石头记》实质上已经涵括了穿越小说的基本特质：穿越时空与改写历史。由于吴趼人给主人公设定的观察者视角，贾宝玉并没有参与到改写历史的进程中去。但晚清其他的"乌托邦/科幻小说"则毫不客气，如《月球殖民地小说》（荒江钓叟，1904）与《新法螺先生谭》（徐念慈，1905）对未来中国外太空技术与战争的恣肆想象，《新中国未来记》（梁启超，1902）与《新纪元》（碧荷馆主人，1908）对未来中国新政治制度与国际战争的盛大描绘，体现出晚清小说作者丰富的想象力，同时也传递出这些作者及其受众的价值观。[10]

从文本的历史意义来说，穿越/乌托邦小说因其畅销书的身份，除了彰显一个文学时代的想象力极限何在，更能反映出这一时代大部分读者的价值取向。正如苏珊·格林所言："这些畅销书是一种有用的工具，我们能够透过它们，看到任何特定时间人们普遍关心的事情和某段时间内人们的思想变化。"[11]

或许与舆论环境有关，当下穿越小说很少有"回到未来"的设定——无论"男穿""女穿"，都是往前穿，这已经被看作中国穿越小说区别于西方或日本同类型的一大特性。穿越者带给历史的改变主要集中于三项：未卜先知、后世科技与新的价值观。即使是"女穿"（代表作如《梦回大清》《步步惊心》），主旨基本是为了满足女主角对众多权力型男性的征服欲望，而不追求于改变历史轨迹，同时，会在男女关系的模式里带入后世的新价值观，如寻求女性自尊、两性平等、精神契合等。

　　一般来说，男性穿越小说会选择历史的转折节点，大多是各个王朝的末世，如三国、两宋末期、明末、清末，甚至五代十国都是穿越的热点区域，如果选择在王朝中段，小说作者也会有意无意地偏向较为混乱的时代，如明朝的正德年间——乱世中的个人才更容易对抗历史，以一己之努力快速获得王霸之业的资源，从而满足作者与读者共同的 YY（意淫）情结。

　　科技方面，当下穿越小说与晚清乌托邦小说相比，专注于军事上的发展可谓如出一辙，只不过穿越小说更多利用的是后世初步的现代军事工业（基本局限于"小米加步枪"的自制水平，以与古代的资源、工业水平相匹配）。为了快速聚集财富，大到影响全国民生的番薯、玉米的引进，小到味精、罐头的生产，都是穿越者常用的民生技能。

　　而在价值观方面，当下穿越小说，比之晚清乌托邦小说，需要考虑的东西就多得多了。没有一个当下读者能接受仅仅是宣称"立宪"就能为中国赢得世界强国地位。如何富国强兵，如何处理士农工商等阶层的关系，如何与占主流地位的儒家学说做斗争，如何挑战皇权与绅权的地位，穿越者获得巨大成功后如何解决"功高震主"的危机，如何处理中国与东亚邻国、西方国家的关系，终极目标是一统天下还是建立一个长治久安的民主／准民主制度……这些都是有想法的穿越小说作者绕不过去的问题，其思想、政治与伦理等方面的复杂性不是晚清的小说作者可以想象的。

至于写作技巧方面，当下穿越小说作者与晚清前辈们面临的问题是一样的：如何抓住读者并让他们保持阅读的热情。虽然报章换成了网络，"日阅一页"换成了每日两更或三更，但作者都必须做到"虽一回不能苟简，稍有弱点，即全书皆为减色"，陈平原解释说，所谓"虽一回不能苟简"，"并非指每回都必须认真构思，而是要求每回都能吸引读者"，《红楼梦》那样的章回写法就不适合连载。因之在晚清小说中，"集锦式"结构大行其时，长篇小说很容易变成近乎短篇故事的连缀。[12] 而基于当下读者的要求更高，以及网络小说需要跟众多的影视、游戏争夺受众注意力，几乎每个走红的网络文学作者都懂得要在一两日的更新（最多不能超过两万字）中给读者一点"奖赏"，让他们能"爽到"，还需要安排下一节的"hook"。这种消费化、产业化的要求，当然会影响到作者的构思与写作，成为网络文学的一种特色，或者也是一种障碍。

三　混乱中的生机与出路

晚清小说在很长时段里被认为"无大师，无经典"，甚至被视为"五四"新文学的对立面。近年王德威等学者提出"没有晚清，何来五四"，认为晚清小说充满"被压抑的现代性"，强调晚清小说在混乱中呈现出的"生生不息的创造力"，"有心作者无不冀求在文字、叙述、题材上挥别以往。诚然，刻意求新者往往只落得换汤不换药，貌似固步自封者未必不能出奇制胜。重要的是，无论意识形态的守旧或维新，各路人马都已惊觉变局将至，而必须采取有别过去的叙写姿态"。[13]

周作人1930年给沈启无《近代散文抄》作序时，"卤莽地说一句"："小品文是文学发达的极致，他的兴盛必须在王纲解纽的时代"，他认为在朝廷强盛、政教统一的时代，载道主义一定占势力，此时期所产生的集团主义文学只能是"大的高的正的"，"差不多总是堆垃圾，读之昏昏欲睡"，只有到了"颓废时代"，"皇帝祖师等等要人没有多大力量了，处士横议，百家争鸣，正统家大叹其人心不古"，言志的新思想、好文章才会发生。[14]

周作人的观点，用来衡量晚清文学环境，庶几近之。以今视古，晚清小说可能经典欠奉，但这个文学时代展现出的创造力与可能性，不可小视。这一时期秩序缺乏，泥沙俱下，但门槛的降低，发表的自由，乃至商业的支持，造就了晚清小说"处士横议，百家争鸣"的局面。

与晚清相比，当下的网络小说，特色有同有异。相同点在于，晚清与当下都面临"文学重建"，即旧体制对文学的宰制与秩序化基本失效，新兴文学从最基础的讲述故事重新进化，因之晚清小说与当下网络小说都呈现出一种"元小说"的状态，不讲求理论指导，不追慕叙事试验，基本上是平直的单线叙述，某种意义上这样可以降低文学写作、阅读与传播的门槛，让文学元素进入更多的领域，满足更多人的需求。当然这种文本的保守性也是一柄"双刃剑"。

转型期的新兴文学，有一个很有趣的悖论，即文本内容的先锋性与文本形式的保守性、文本传播的大众性往往是统合在一起的。虽然这三个要素并不见得每部小说都同时具备，但有代表性的小说，基本上都具备其中的两到三个要素。晚清销量最高的小说如《玉梨魂》，从实质上肯定了寡妇与家庭教师的不伦之恋，思想上有其先锋性，文本形式采用书信体，其实借鉴了域外小说的手法，而形式上采用骈四俪六的浅近赋体，正好符合了商人、市民阶层的阅读趣味。因此风行一时，再版数十次，销数达几十万部（有说过百万部），1924 年拍成电影，1926 年改成话剧，是清末民初十足的强 IP。

阅读门槛极低的网络小说，被称为"小白文"[15]，在新兴文学的发展初期，小白文是受众最多、传播最广、获利最丰的类型。小白文较低的文学价值，也会被看成新兴文学的某种原罪。然而，随着文学重建的进程深入，文学阅读与文学消费会出现"分众化"的趋势。就穿越小说而论，早期那些仅仅靠"虎躯一震，王霸之气侧漏"和"金手指"（后世科技）就迅速成功的小白文，渐渐会让稍有素质的读者产生审美疲劳，也会变成后来的作者嘲笑的对象。新的写作者会想方设法突破类型小说的窠臼，尝试新的风格、新的写法、新的形式。

所谓创新，一种是简单的量级扩大，如穿越者的数量，从单穿到双穿、群穿，一个宿舍一起穿越，几百人一起穿越，整座城市同时穿越，有的小说将 21 世纪初的军事、工业体系都搬到了1949（堂皇的荒唐《1949 我来自未来》），带着几十上百万军队一起穿越不是最夸张的，据说还有让苏联两亿多人全部穿越的……还有一种是地域的转换，让主人公穿越到大革命之后的法兰西（匄宫出梦《花与剑与法兰西》），或幕府时代的日本（东方胜《家督的野望》、周元祀《土佐之梦》）。这类创新比较浅层，万变不离其宗，也无法留下过多痕迹。

另外一些作者从结构、形式、价值观等方面进行了新的尝试。

如研究者普遍看好的猫腻，在《庆余年》和《间客》中书写政治制度的详细设计与复杂博弈，主人公对"个人"价值观执着的坚持，以及场景、描述语言的讲究（这在动辄几百万字的网络小说里尤为难得），让他的小说不再是快速的文化消费品，而是可以反复阅读的文学作品。这两部小说虽然被归入"玄幻"的类别，但作者坚持在小说里留下一个穿越的孔道，或许是为了表明小说中的架空世界也像贾宝玉进入的"文明境界"一样，是现实社会的一个投影。

另一个例子是楼笙笙 2011 年完篇并出版的《别拿穿越不当工作》。这部小说堪称强调改写历史的"男穿"与言情为主的"女穿"的跨类型之作。小说最出色之处不在于书中穿越管理局众职员的惊人历史身份或传奇经历，而是他们"回穿"到现代社会后的艰难融入，以及发现自己原始身份后的纠结与挣扎。女作者文笔一般更为细腻，一旦涉足"男穿"领域，往往会带来更深沉的内心书写与人物刻画。

对穿越小说的既定模式构成比较根本性的颠覆的，笔者认为，还数《临高启明》。百度百科是这样介绍《临高启明》的：

《临高启明》是起点群体历史穿越小说的一件精品。本书原来是音速论坛（后改名为上班族论坛）的一场讨论——如果群体穿越，哪里最适合作为穿越者的基地？……《临高启明》的特点用一位书友的评价可以窥得一斑：起点的历史穿越小说千千万，但是起点的穿越说明书却只有《临高启明》……在技术方面，当今的网络穿越小说无人能出其右。这本书没有一些三流"种田"小说那样"主角嘴皮子一碰，工厂就出现了，马克沁机枪就到军队了，汽车就满街跑了"对工业建设的天真看法。《临高启明》背后是整整一个论坛的、来自全国各行各业坛友的技术支持。通过观赏《临高启明》，读者可以认识到白手建立起大工业生产的艰辛和困难。即使是被称为"穿越神器"的玻璃、纸张、白糖。在《临高启明》之中也提出了许多作者以前都没有发现的在手工作坊条件下难以克服的技术困难。对这些困难的描写和克服，大大地提高了《临高启明》中工业建设的真实性和可靠性。

《临高启明》文本的复杂性其实远远超过百度百科中的介绍，它不仅仅是"群体穿越小说"，更奇特的是它是由群体创作，再由"吹牛者"执笔完成。群体性创作在过往的文学生产中不是没有，但由数百人一起合作创作一部数百万字的小说，在世界文学史上恐怕也是一件新鲜事。数百人拥有的不同价值观、知识、创意如何整合成一部小说，小说利用"网聚人的力量"可以走到怎样的地步，群体创作有没有可能变成新的创作模式，这些问题，都要由今后的发展来回答。[16]

依照周作人的看法，文学的发达"有两重的因缘，一是外援，一是内应"[17]。与晚清小说不同，当下穿越小说并非基于域外文学爆炸性的翻译引进，它也打破了来自西方的旧文学体制中"短篇、中篇、长篇"的秩序分层（穿越小说几乎全是长篇）。网络小说的更新频率，读者的阅读习惯，消费市场的求稳惯性，都让绝大部分网络小说带有形式保守性的特点。然而，天赋作者的自我期许，分众读者的阅读期待，也让优秀的网络小说一直在寻找创新的可能。从晚清至"五四"的文学发展脉络来看，虽然限于大的环境，诸多可能性遭到压抑，但应和时代的需求，新文学走出了一条自我生长之途，而且带动了大众文学的整体发展，基本完成了文学体系的重建。我们很难说，网络文学不会在经历泥沙俱下的混乱之后，觅得自我更新、自我整合的推动力。在新一轮文学重建的过程中，传统文学体系中积累的经验、探索与翻译资源，或可成为新兴文学的"外援"，而它的"内应"，正是这个体系内部生生不息的创造力。

注释：
————————

[1]　任公：《译印政治小说序》，《清议报》第 1 册，1898。

[2]　饮冰：《论小说与群治之关系》，《新小说》第 1 号，1902。

[3]　梁启超：《告小说家》，《中华小说界》第 2 卷第 1 期，1915，转引自陈平原、夏晓虹编《二十世纪中国小说理论资料·第一卷（1897—1916）》，北京大学出版社，1989，第 484 页。

[4]　参见陆绍明：《〈月月小说〉发刊词》，《月月小说》第 1 年第 3 号，1906。

[5]　《新小说》1902 年将杂志中的小说分为历史小说、政治小说、哲理科学小说、军事小说、冒险小说、探侦小说、写情小说、语怪小说、劄记体小说、传奇体小说。（参见新小说报社：《中国唯一之文学报〈新小说〉》，《新民丛报》14 号，1902。）但这些分类是基于西方小说文本的基础上，不能作为中文原创小说类型化的表征，是故《新小说》到 1905 年还在哀叹"西洋小说分类甚精，中国则不然，仅可约举为英雄、儿女、鬼神三大派，然而一书中仍相混杂"。（参见侠人：《小说丛话》，《新小说》13 号，1905。）

[6]　参见陈平原：《二十世纪中国小说史·第一卷（1897—1916）》，北京大学出版社，1989，第 8 页。

[7]　以大家熟悉的武侠小说为例，旧派武侠小说中虽然滥竽充数者众，但也出现了深受新文学影响的王度庐、宫白羽、朱贞木等作者；新派武侠小说始自梁羽生，金庸凭借一己之力将武侠小说打破了类型化窠臼，达至相当的文学高度，古龙、温瑞安对武侠小说形式上的改造，以及对现代小说的借鉴，都取得了令人瞩目的成就。今之网络小说，大部分作者避开了比较成熟的武侠小说类型，某些小说网站甚至专门提示新手"不要随便碰武侠小说"。

[8] 参见［美］王德威:《想像中国的方法:历史·小说·叙事》,北京:生活·读书·新知三联书店,1998,第50页、第51页。

[9] 参见我佛山人:《〈最近社会龌龊史〉序》,陈平原、夏晓虹编《二十世纪中国小说理论资料·第一卷(1897—1916)》,北京大学出版社,1989,第359页。

[10] 关于这些小说的讨论,参见王德威《想像中国的方法:历史·小说·叙事》(生活·读书·新知三联书店,1998)与王德威著、宋伟杰译《被压抑的现代性》(台北:麦田出版社,2003)相关章节。

[11] 转引自［美］托马斯·英奇编、董乐山等译:《美国通俗文化简史》,桂林:漓江出版社,1988,第10页。

[12] 引文见《新小说》第1号,1902。参见陈平原:《二十世纪中国小说史·第一卷(1897—1916)》,北京大学出版社,1989,第167—170页。

[13] 参见［美］王德威著、宋伟杰译:《没有晚清,何来五四?》,载《被压抑的现代性》,台北:麦田出版社,2003,第20页。

[14] 参见周作人:《现代散文导论(上)》,载蔡元培等著《中国新文学大系导论集》,上海:良友复兴图书公司,1940,第187页、第188页。

[15] 小白文来源于"小白"这个词,一般用于形容小说。被称为"小白文"的文章通常没有什么深度,内容较简单,读起来令人容易放松,符合当今年轻人的口味。(参见百度百科)

[16] 笔者参与创办的"阅读邻居读书会"将《临高启明》选为"2014年度五书"之一,推荐词是:"最吸引我们的是这本书的写作方式。这本书其实是众筹协同的写作方式,网上很多人参与,因此跟我们传统个人的写作体验是完全不同的。同时这本书是一个虚拟人生的写作游戏,我们在网上打游戏每个人有一个身份角色,这本书以写作的方式在上面模拟自己的某种角色,共同完成这本著作。这本书有着天马行空的想象力,也可以当作百科全书看待,每个写作的人对当时要穿回去的生存的环境和行业有仔细的认证和了解,想象力和真实性这两者之间进行了非常有效的结合,创造了一种非常独特的穿越形态。"

[17] 周作人:《现代散文导论(上)》,载蔡元培等著《中国新文学大系导论集》,上海:良友复兴图书公司,1940,第192页。

第四章

寓文于乐：文学元素的外扩与渗透

第 一 节

评价于丹：学术规范还是传播法则？

当于丹在中央电视台《百家讲坛》连续七天讲她的"《论语》心得"时，有没有人会想到，这样一个节目会在中国，乃至海内外华语圈中引发那么大的轰动？

从传媒的角度出发，很容易将于丹与之前凭借《百家讲坛》走红的学者如阎崇年、易中天相提并论。其实两者之间有着巨大的差异。

阎崇年、易中天从事的主要还是"讲史"，而"讲史"原本就是中国说书传统中源远流长的一支。对于他们，争论的焦点主要集中于"真实"层面，即使用材料是否严谨，表述方式是否恰当，所下结论是否公允，等等。

于丹不同，她讲的是"经"。《论语》在中国思想史、政治史上的地位毋庸多言，关于"读经"的争论自近代以来此起彼伏，声势浩大。1949 年之后，在社会主义意识形态之下，"读经"的问题表面上烟消云散、荡然无存。但崇经重道的民间记忆、"整理国故"的"五四"精英话语都在地表下默默存留、薪传。

一旦"于丹讲经"成为一个触点，整个社会面对《论语》、面对儒学、面对传统的各种情绪与记忆被突然引爆，讨论便上升至前所未有的热度；而于丹特殊的讲述立场、分享方式、传播渠道也引发了诸多的争议，爱之者顶礼膜拜，"快谢谢于丹老师"，恨之者咬牙切齿，喻之为"将厕所当客厅"……种种意见、观点背后，其实展示着中国社会精神生活混乱、无序的一面，于丹挑破了看似相安无事的"大传统"与"小传统"[1]的隔阂，也为各种层面的讨论如大众传播、文化场域、演说传统、启蒙与反启蒙、学术与娱乐等话题提供了空间。

检讨"于丹现象"，可以从多种角度切入。本文的角度，是从学界如何接受与想象于丹讲《论语》取得的世俗成功入手，分析"于丹现象"的背后，"教化权"的归属与"教化者"的形成，及大众对此种娱乐化的"教化"的合法性的质疑。

一 为什么"挺"和为什么"骂"

2006年"十一"长假期间，北京师范大学影视传媒系副教授于丹在中央电视台十套《百家讲坛》连续讲了七天"《论语》心得"，获得了很高的收视率，于丹被称为"学术超女"。

紧接着，于丹将其讲稿整理，由中华书局出版，命名为《于丹〈论语〉心得》，在图书市场上一炮而红，据说迄今销量超过四百万册，于丹在各地书店的签售也屡屡创造新的纪录；2007年5月，于丹去台湾演讲，《联合报》的报道以"台湾读者有福了"开篇；于丹去日本演讲，被粉丝们称为"女孔子"……

从媒体这些真真假假的报道中，不难看出，"于丹现象"从出现到火爆，与娱乐圈所谓天王、天后的走红轨迹几无二致。于丹得到的欢呼，主要来自媒体与粉丝（fans），而媒体一向遵从所谓"公众意志"，因此，于丹之所以成为现象，是因为她得到了成千上万的观众和读者的认同与拥护。

学术界对"于丹现象"的态度分歧比较大，大多数人的观点暧昧不清，即使是被大众传媒指认为"挺于"或"反于"的学者，其出发点与依据也是共识与差异并存。

虽然电视台和出版商大力宣传于丹"谙熟经典""家学渊源"，粉丝们也大唱于丹学问的赞歌，但就学术界而言，即使在那些"挺于"的声音中，也几乎没有人肯定于丹的学术成就与研究资格。

比如任继愈表示："解读《论语》的著作能成为超级畅销书，这是好事，说明了社会上对传统文化有饥渴感。研究和普及《论语》需要各种角色，有人打前站造声势，有人跟进做深入研究，挺好的。于丹的解读是一家之言，如果有错误，可以讨论批评，百家争鸣总是好的。"[2]

李泽厚虽然直言"我支持于丹"，但也承认"她是做普及化平民化的工作，她并不是专门研究孔子的专家学者，她只是在宣传孔子的思想，有点相当于西方的布道士。她自己也承认是布道嘛……不要用专家学者的标准来要求她。要那么多学者干吗，什么人都要做专家学者干吗？"[3] 类似的夸赞还有叶嘉莹等人[4]，总之不过是称赞于丹在"普及儒学"方面做出了贡献，依据的仍是《于丹〈论语〉心得》取得的收视率与销售量。

与之相比，"反于"的观点之间有着相当的分歧。一部分批评者质疑的是于丹的学术水准，如朱维铮指出"于丹不知道《论语》文本为何物"：

她讲的那个《论语》，用的一些基本概念，都说明她不懂《论语》。譬如，她说这个人那个人的名字，我们知道，古人的名和字完全是不同的，名什么、字什么；对孔子弟子的一些东西，基本属于无知；还有《论语》的分章，朱熹的《论语集注》是分514章，清朝考据孔子的有172家，他们又重新分了，我们现在基本上可以分清每一章是什么时候的，哪些可能是后人加进去的。我看了于丹（的书），唉，她连传统的分章也没有搞清，把两个不同时期的章节混作一章，我就知道，这个人连常识也没有，从来没有人这样分过章。

对此朱维铮借用朋友的话评论："她书里讲别的话我都同意，就是讲《论语》的部分我不同意。"[5]

　　另外一些学者不像朱维铮那么激动，他们选择了将于丹"另案处理"，不放在学术领域里进行讨论，如杨念群认为"'于丹现象'是被主流媒体进行甄别选择后，又迎合了大众极度需要精神慰藉的心理而诞生的现象，其实从本质上而言与解读《论语》本身是否准确的学理性讨论已经没有多少关系"[6]。周国平一方面承认于丹"十分了解外部生存给人们造成的心灵压力，能够有的放矢，充分发挥了缓解压力和疏导心灵的效果"，另一方面也坚持"于丹的讲座与传播国学无关，她讲的不是国学，而是心得，并且不是她对国学的心得，而是她对人生的心得，《论语》《庄子》中的句子只是她讲述心得时使用的资料"[7]。陶东风将这种情况总结为一种"赢者输"的现象：

　　易中天、于丹在市场上赢了，但是他们的代价是在学术圈内输了；在大众那里赢了，在同行中输了。这就是所谓的"赢者输"。当然，说于丹、易中天在学术同行中"输"了，只是从专业学术标准看的，也有不少学者对于丹、易中天的个人化和心得式解读方式进行了肯定，但是这种肯定都是集中在把经典大众化、普及化方面，至今没有见到有人认为于丹、易中天的解读是创造性的学术研究。[8]

二 "十博士"究竟在抵制什么？

2007年3月2日，一篇题为《吁请媒体立即停止对于丹之流的吹捧》的帖子[9]，出现在"天涯论坛"上，起草者为中山大学在读博士生徐晋如，签名支持的有来自清华大学、北京大学、中山大学、香港科技大学等高校的两名博士、四名博士生、一名硕士生和一名学士，共计八人。由于此前"十博士抵制圣诞"的余波效应，许多媒体将这一事件称为"十博士抵制于丹""十博士联名倒于"。

这篇宣言被解读为"抵制于丹"，实则徐晋如等虽然在行文中对于丹表示了极大的反感与不屑，称之为"一个凭借强势媒体的巨大影响力，以阉割中国传统优秀文化为乐事的高学历文盲"和"一个古汉语知识连初中文化水平都达不到的'影视学博士'"，但是细究文意，宣言的批判对象并非仅仅是"于丹之流"，主要针对的是那些"无良媒体"，尤其是"主流媒体"。

宣言开篇针对"某报"在2007年2月7日对于丹的系列报道（即《人民日报》（海外版）系列报道《于丹现象启示录》）。徐晋如等不能容忍的，是该报道对于丹这样的评价：

在"于丹现象"的背后，我们隐约看到了中国传统文化的巨大力量，看到了当今中国百姓心灵深处对于通俗易懂的人文理论的强烈渴求。我们也分明感到，"以白话诠释经典，以经典诠释智慧，以智慧诠释人生，以人生诠释人性"的文化普及工作，在中国有着多么广阔的前景。

在21世纪的当今中国，在人类面临越来越多物质挑战和精神困惑的当今世界，开掘中国传统文化这座"富矿"，让其发挥出特有的启迪心智、砥砺精神的力量，既非常必要，又迫在眉睫。

宣言认为，给予于丹如此"不恰当的关注"，"其结果只能导致中国传统文化的进一步走向衰亡。妄图通过对于丹的关注，来针砭面临越来越多物质挑战和精神困惑的当今世界，无异于缘木求鱼。作为主流媒体的代表，该报此举殊欠妥当，某些编辑记者缺乏起码的文化良知和基本的人文素养，于此更是表露无遗。如果主流媒体都对意淫、猥亵中国文化的行为唱起赞歌，那么，不待外来文化的侵略，中国文化注定了必将覆亡"。宣言还要求"《百家讲坛》应立即让于丹下课，并向全国人民公开道歉"，因为这个节目推出于丹是"把厕所当客厅的笑话"。

应当指出，徐晋如等"十博士"（姑且这么称呼）除了用词更夸张、态度更激烈之外，他们的基本观点并没有脱离前面所列诸学者的意见范围，即于丹所做的工作不属于学术性、创造性的研究，她的优势在于经典的普及化、大众化。

换句话说，整个学术共同体对于丹的工作是有共识的，可以归纳为：一、"于丹讲《论语》"基本不是一个学术性的现象，她也没有对《论语》有开拓性的研究；二、"于丹讲《论语》"获得了公众的认可；三、于丹的成功，跟她得到了强势媒体的支持密切相关。不论是"挺于"还是"反于"，对上述诸点都没有异议。

争论的关键在于"如何看待于丹的成功"：是好事，还是坏事？是开掘、传播了传统文化的精髓，还是歪曲、糟蹋了民族文化的经典？对于"于丹讲《论语》"，是应该运用严格学术规范对其内容评骘商榷，还是为其传播意义上的巨大成功评功摆好？

与此相关的另一个层面是：不论于丹的成功是好事还是坏事，谁是这种现象的最大推动者？这种现象对于学界的生态环境有何影响？

争论的初期，媒体和被媒体选择的公众的意见，大都集中前一层面；大多数成名学者则更愿意讨论后一层面。而"十博士"的宣言将两个层面捏合在一起，既旗帜鲜明地反对"于丹之流"，又将矛头直指他们心目中"于丹现象"的操盘手——无良媒体。

这里不能不提到陶东风的一个观点。他指出学界对于丹的评价中，"在对于丹表示支持或者宽容的人中，有不少是学术界地位高的前辈或者著名学者，而且即使是在明知于丹所犯诸多知识性错误的情况下仍然支持于丹"，陶东风认为，"这或许是因为这些学者已经在同行中获得了较高的声誉，在有限的文化生产场中取得了成就，而且对于两个文化生产场有比较自觉的区分，因此也就没有强烈地感受到于丹对于自己的学术地位的威胁吧"[10]。

说批评者们"感受到于丹对于自己的学术地位的威胁"可能是太过分了，但是，陶东风指出的"区分两个文化生产场"的问题确实存在。学术研究与大众传媒文化，大多数时候确乎是各不相干的两块文化场域，但是，一旦大众传媒借用了"经典""教授"之类的名衔，两个文化生产场的机制运作就产生了交集。而在这一交集之中，"于丹之流"确实造成了不少学者的危机意识；否则，为何有诸多学术圈中人对这样的媒体事件与媒体人物（当于丹讲《论语》，她实际是一位媒体从业者）大加挞伐？近几年，由一本畅销书引申出了一个名句"谁动了我的奶酪"，用以形容社会各利益群体对资源的争夺。很明显，于丹动了某块奶酪，而这块奶酪，某些人认为不该由她去动。问题是，于丹动了哪一块奶酪？这块奶酪本来该由谁来动？

三　于丹动了哪块奶酪？

"十博士"宣言的要害，其实是这样一段话：

学者虽然没有钱，但是学问自身的愉悦足以补偿一切；如果在社会生活比较有标准的地方，于丹之流会很富有，但没有社会地位。因为主流的声音会告诉世人，他们有钱但并不值得尊重。然而，这一次，无良媒体人加入到为于丹之流推波助澜的行列中，社会生活的标准遭到前所未有的挑战。想想看，像于丹这样一个古汉语知识连初中文化水平都达不到的"影视学博士"，仅仅靠耍嘴皮子就可以获得社会荣誉，谁还会关心那些引导我们灵魂向上的力量？谁还愿意从事那些艰辛的然而却是真正有益于中华民族的科学文化研究呢？

这就明白地告诉我们，反对者不在乎（至少表面上不在乎）于丹之流获得了多少经济利益。在市场社会里，有多少粉丝和拥护者，就有多少利益与回报，这是不言自明的铁律，很少有人会公开质疑这一点。

于丹的"心得"伤害了儒学的"原教旨"吗？她对《论语》

的独特诠释方式，是许多人不喜欢她的理由。然而，每个人都有阐释经典的权利，于丹也确实不曾说过，她的阐释是唯一的、最接近本质的。正如周国平指出的那样："她的讲述会不会使受众对原著产生误解呢？如果这些热心受众不读原著，当然会的，他们会以为《论语》《庄子》就是这个样子。凡是只凭道听途说去了解大师思想的人，误解是必然的。不过，只要他们从于丹那里接受的心灵影响是积极的，产生这一点误解没有什么关系，对他们无害，更害不到他们并无兴趣的国学头上。"[11]

徐晋如强调"大众接受的必须要是正确的知识"[12]，这话放在易中天、阎崇年讲史上面，还说得通，因为历史必须"较真"的时候还是很多的。说到"讲经"，何谓"正确"？谁来判定是否"正确"？这些都会成为问题。

我们不妨做一个假设：如果将于丹换作周杰伦，唱片销量亚洲第一，几乎等同于青少年心目中的神，她会遭到现在这样的质疑和指责吗？我认为不会。

再做一个假设：如果于丹不上电视，只是将《于丹〈论语〉心得》改写成一本学术论著，并借此获得博导、教授、学科带头人、国务院津贴获得者等好处，她会被这样质疑和指责吗？我想也不会。

因为这些现象都是符合规则的不同领域内部的东西，前者符合商业社会利益回报原则，后者符合学术界的某种潜规则，都是大家已经可以心平气和地接受的。

那么，于丹究竟动了哪块奶酪？

笔者曾与社科院文学所同事施爱东、萨支山一起讨论过"于丹现象"。施爱东为了说明"'善'比'真'"重要的命题（他认为于丹的"心得"是善的，符合民众心理需要），讲起了一件旧事：

我记得前年我们一起去西安考察时，我在大雁塔下问导游：大雁塔为什么以"大雁"命名？于是导游给出了一个有趣的民间传说。大家"哦"的一声，都满意了。可是这时，杨早很博学地指出了导游的历史知识上的错误，并给出了更为"正确"的答案。大家又"哦"的一声，更加满意了。但是，我们还可以再问，杨早给出的答案就是"真理"了吗？我们并没有一个所谓"客观"的标准。我们继续思考这个问题：哪个答案是"正确答案"对于游客来说很重要吗？好像并不重要。关键是我们需要有一个令人满意的答案来满足我们。如果没有杨早的掺和，导游的答案已经让我很满意了。但我们为什么最终相信了杨早而没有相信导游呢？是因为我们更认同杨早的"学者"身份，以及后一答案的合理化程度。假设有一批唐代的当事人能活转过来，他们也许还会给出一批很不相同的答案，驳斥杨早的错误。但是，我们真的需要当事人活过来吗？就算我们拥有了一个更正确的答案又如何？

笔者当时的回答是：

用《论语》来给"心灵鸡汤"加料，只有一种可能，就是把《论语》转化为一种消费符号，让听众在误解与妄想中将浅显、庸俗的人生励志故事与古人经典简单对接，从而产生一种虚妄的"高贵"或"高雅"的感觉。如果爱东愿意把这种感觉解释为"善"，我也没什么意见。

但是听众能保持这种"善"吗？比如说，大雁塔的每种传说都能满足游客，为什么爱东会倾向于某种"更权威"的说法？因为你对这种说法的言说者的学术规范感与自律性有更大的信任度。而一旦你接受了后一种说法，前面导游讲的，就无法让你感到"满足"了——因为人有"求真"的本能，这种本能某种程度上会压抑"求善"的欲望。

于丹就很像那位导游。只有完全不关注真实性的游客才会在有更权威的选择时，仍然接受导游的说法。于丹想如何解读《论语》，是她的权利。而专业学界以严肃的态度，指出其谬误与"反动"之处，维护知识的权威性，从而为有兴趣"求真"的民众提供另一种选择，则是学术界的义务。[13]

对于每一个谛听他讲解的游客，导游已经提供了全部的知识，而这些知识也足够满足游客"求知"的需要。但是，大多数游客很明白，导游的话未可全信，一旦有人（比如当地的博物馆研究员）出来澄清，大家立即会无保留地相信后者。因为导游的解说其实与历史上、典籍中的"真"无关，不管她如何舌灿莲花，在整个知识体系中是无法与学者的权威性对抗的。

然而，事实上游客很少有机会听到研究人员的讲述，社会不可能批量提供沈从文那样的解说员。因此，在导游向游客宣讲"文化"或"历史"时，我们似乎不得不付出传播错谬的代价。更何况，如果这位导游本身佩戴着"研究员"的名牌，那么游客连最后一丝怀疑都会被打消。

我们知道，文化传统有"大传统""小传统"之分。学术界一般把占据社会主流位置的文化形态及其传衍，叫作"大传统"；把民间文化和民间信仰的世代相传，叫作"小传统"。大传统与小传统，有着各自的生成、演变、发展的轨迹，同时也互相交流、沟通、融合。一般来说，大传统向小传统的转移，要更为主动、显性。这也就是中国从孔夫子以来就讲个不停的"教化"。

笔者认为，"挺于"和"反于"的两派学者，基本共识一致，他们的分歧在于"要否让渡教化权给于丹及她背后的媒体"。以李泽厚、任继愈为代表的赞成派认为，不妨让有能力的人去做这个事，有错误也没关系，文化普及最重要；以朱维铮、徐晋如为代表的反对派认为，要保持知识传播的纯洁性，教化权的获得必须以教化者的资格获得为前提。

于丹动的那块奶酪，就是"大传统"与"小传统"之间勾连的"教化权"。

四　于丹凭什么有教化权

传统中国的"教化"传统源远流长。发展到明清以降，教化权主要掌握在各地的县官或学官手里，但是县官政事繁多，学官主要管理儒士。对于民众的宣讲，明太祖曾设"里老人"制，并颁布《教民榜文》，由乡里选拔老人，依照榜文，每月六次敲着木头，在本乡中游走宣讲。后世将这一制度固化为"乡约"制度，颁布"圣谕"，并出版各种圣谕的通俗、白话版本，以供宣讲人员使用。到了19世纪末20世纪初，知识阶级宰制的"教化"渐渐向"启蒙"转变，内容大不相同，本质却一以贯之。正如李孝悌指出的："教化的目的在灌输伦常观念，造就驯良的帝国子民；启蒙的目的则在培育新时代的人民，以保种强国。但两者的基本精神都是要把上层的思想、信念转化为一般人生活中的'常识'，建立上下一体的共识。"[14]

庚子事变之后，知识阶级吸取下层民众发起义和团的教训，极为注重下层启蒙。基于下层民众大都不识字，"演讲"这一启蒙形式大行其道。演讲的内容，包括旧时"宣讲"用的材料，如《圣谕广训》《朱子格言》《圣武记》等，主要还是"讲报"，具体形式是"立几处演报所，仿照宣讲圣谕似的，天天地演说各报上的时事，工艺，商务，洋务，都编成白话，送到京话日报馆，请他登上报，我们就照着报上说"[15]。有些热心民众，将家里的门面房捐出来，改成讲报处，免费提供茶水，请"热心爱国，并且口齿清楚"的朋友，天天讲报。当时还有志愿者沿街讲报。

当时北京有个人，姓郭，原本是个教书先生，庚子之后伤怀国事，天天酗酒，在大街上宣讲圣谕，人称"醉郭"。后来他义务讲报，还成了《京话日报》的讲报员，名气很大，北京城的老百姓都爱听他讲，很像如今的易中天、于丹。

但是讲报所一多，讲报员奇缺，难免就有讲错、讲偏的情况出现，甚至发生过多起讲报员与观众抬杠的情形。对此主导启蒙的知识阶级也莫可奈何。政府也曾经试图将讲报所制度化，对讲报员加以培训，但由于晚清政府与知识阶级的矛盾迅速激化，这一举动收效甚微。[16]

现在的社会与晚清有一点相似：民众开始尝试自主地选择教化的主体及教化的内容，而不是像过往那样被动接受。这正是《百家讲坛》能够火爆一时的最大原因。而于丹，正是《百家讲坛》推出的这批"教化者"中的佼佼者。

由于习惯了过往的国家意识形态体制，许多知识分子会下意识地将中央电视台看作国家机构的一个分支，认为它理应与"学术高端"有同步的联系，要讲学嘛，当然要挑各专业公认的一流学者。事实上，在《百家讲坛》的初期，他们也试图这样做，但很快他们就发现：学问好的人不一定会讲；受大学生、研究生欢迎的学者，不见得受广大电视观众欢迎。于是《百家讲坛》调整了策略，以前是从"生产面"出发，选择"最好的"给观众；而今是从"接受面"出发，选择"最好听的"给观众。明乎此，就不难理解《百家讲坛》制作人万卫提出的三个选人标准："学术水平、适合电视传播的表述能力和人格魅力"，也就明白为什么《百家讲坛》后期选人不再依据学术业绩与行内口碑，而要采取娱乐节目常用的"全国海选、层层选拔"的方式。[17]曾与早期《百家讲坛》合作密切的中国现代文学馆研究员傅光明称这种变革为"电视的庸俗化"："现在的《百家讲坛》哪里还有什么'百家'，变成了学者明星的加工厂，电视剧的附庸，却还自得于这正是做电视的成功，实际上就是打着文化旗号的娱乐节目。"[18]殊不知"庸俗化"正是《百家讲坛》收视长红的保证。

因此，当有论者强调"诠释经典必须要有'学识才'三长"，否则只会将"中华文化推向全面低俗化发展"的时候，脑子里盘旋的还是"经学""良史"一类的传统概念。[19]这种在"小传统"里几乎不言自明的正面价值，在"大传统"里却可能是无足轻重的附加物。这个矛盾，在晚清的启蒙运动中就已普遍出现：启蒙者发现，单纯地宣讲爱国、强国，容易引起民众的共鸣，但普及科学、实业等"高等常识"，却少人问津。少数启蒙者"与下层社会的融合是以启蒙知识分子放弃思想和知识的启蒙，采取简单易行的感情呼吁为代价的"。[20]

如果以一名学者的标准要求于丹，她不可能得到很高的分数；但就"教化"的效果而言，于丹无疑是相当成功的个案。于丹的出类拔萃之处，不在于她的思想穿透力，而在于她全面的表达能力。据说，几乎所有跟于丹有过接触的人，都会有这样的印象："超凡的语速，清晰的吐字，一阵阵的排比句，无数段的古诗文，几十分钟，她不需要停顿。"[21] 对于学术体系内部来说，这不构成真正的"核心能力"，但这种本事让中学生程度的听众接受并激动已绰绰有余。

就内容而言，对《论语》这本已被言说了无数次的文化经典，于丹选择的切入口也非常有意思。她将《论语》简化（如果不是歪曲的话）成了一本讲述"如何在现代生活中获取心灵快乐，适应日常秩序，找到个人坐标"的书，其中的道理"对我们每个人都有用"。这种饱受诟病的讲法，确实可算于丹的聪明之处——她找到了观众最渴望的欲求，然后带领他们一起"改写经典"。由于中央电视台的意识形态权威性和她自己头上的"北京师范大学教授"的头衔，观众当然乐于相信他们在愉悦中聆听"真正的经典"。

李泽厚对这一点看得非常清楚。他指出："为什么中国那么多人从老人到小孩都愿意接受于丹？现代社会物质生活是进步了，比较富裕了，也许更加彷徨、苦闷和心理不平衡。于丹适应了这种需要。我刚才说了，虽然现在物质生活丰富了，但是心灵上的苦恼不但没有减少，反而增多了，真情难得，人际关系淡漠，每天都在计算金钱，这些都会使人的精神生活感觉更加贫乏。没有宗教，没有寄托，为人处世没有准则，生活意义没处寻觅，等等。所以讲一些孔夫子的东西，能够安慰他们，启发、引导他们。"他还指出，是否涉及"道"（"一些宇宙、人生的根本问题"），是易中天与于丹的分野。他将于丹比喻成基督教牧师般的"布道士"，已经潜在地表明了他的态度：如果一个牧师不能借助《圣经》引领子民亲近主，那么保持《圣经》的学理纯洁又有何用？

可是，在回答"您有没有想过做一个布道者？"的问题时，李泽厚明确地表示了拒绝："我从来没想过。我没有这个能力，也没有这个兴趣。如果我的书一下子销250万，那我就彻底失败了。……以前有人问我对学者从政从商怎么看，我说那很好啊，为什么要所有人都挤着做学者呢？每个人的才能、性情、境遇都不一样，人应该按自己的主客观条件来做自己能做和愿做的事情。"[22] 在这里，李泽厚将"传播法则"和"学术规范"明确地分离开来。传播法则只在乎最大多数人的接受，而学术规范则又有自己的判定标准。

五 要不要反对于丹？

学术圈与传媒界，正如前述，并非能做到泾渭分明，互不相干，在它们的交集之处，是奉行传播法则，还是坚持学术规范？两套价值系统之间的矛盾无可避免。面对"到底应该给公众怎样的知识"这个问题，西方学者同样有着长期的争议与讨论。

美国学者尼尔·波兹曼（Neil Postman）在《娱乐至死》一书中指出，电视已经形成了自己的"教育的哲学"，其中包括三条戒律：

一、你不能有前提条件。每一个电视节目都应该是完整独立的，观众在观看节目的时候不需要具备其他知识。我们不能说学习是循序渐进的，也不能强调知识的积累需要一定的基础。电视是不分等级的课程，它不会在任何时候因为任何原因拒绝观众。换句话说，电视通过摒弃教育中的顺序和连贯性而彻底否定了它们和思想之间存在任何关系。

二、你不能令人困惑。在电视教学中，让观众心生困惑就意味着低收视率。这就要求电视节目中不能有任何需要记忆、学习、运用甚至忍受的东西……对于电视来说，最重要的是学习者的满意程度，而不是学习者的成长。

三、你应像躲避瘟神一样避开阐述。在电视教学的所有敌人中，包括连续性和让人困惑的难题，没有哪一个比阐述更可怕。（阐述，包括争论、假设、讨论、说理、辩驳或其他任何用于演说的传统方法。）所以，电视教学常常采用讲故事的形式，通过动感的图像伴以音乐来进行。

对此，波兹曼总结说："如果要给这样一种没有前提条件、没有难题、没有阐述的教育取一个合适的名字，那么这个名字只能是'娱乐'。"他进一步宣称："有两种方法可以让文化精神枯萎，一种是奥威尔式的——文化成为一个监狱，另一种是赫胥黎式的——文化成为一场滑稽戏。"[23] 波兹曼对电视文化的质疑在于，如果整个社会都被目标仅仅在于娱乐的电视文化蛊惑，一步步走向童稚化，严肃、多元的文化精神是否能依靠少数精英的工作得以延续？

是让大众接受一些坏的知识，还是干脆任由他们放弃对知识的追求？在许多人看来，前者总还是强似后者的。

另一位美国学者约翰·费斯克（John Fiske）曾经以莎士比亚

为例，说明文本的雅或俗，只取决于"它们在社会中的运用方式的不同，而非文本本身的差别"。曾经是大众文化一部分的莎士比亚如今成了远离大众的雅文化，"这并非意味着20世纪的大众趣味比17世纪的低俗许多，而是文学的体制化使莎士比亚成为高雅艺术，赋予他正确的意义……更有甚者，把他变成研究的主题，其结果是，那些对莎士比亚解读得好的人可以得到高分，因而被认为是比那些解读得不够'深刻'的人更聪明、更优秀的个人。当一个文本被用来辨别不同的个人，并训练人们接受另一个阶级的思维与感受的习惯时，它怎么可能成为大众文本呢？"按照费斯克的观点，我们可以说，《论语》在过去不断被经典化、高雅化，实际上就断绝了大众与之亲切的可能性。

费斯克还说，大众文化对"美学霸权"的拒绝，表现在它只以"相关性"作为核心的批判标准，"如果一个文化资源不能提供切入点，使日常生活的体验得以与之共鸣，那么，它就不会是大众的"[24]。如是，则于丹的《于丹〈论语〉心得》就是费斯克理论在中国的绝妙例证——她正是借助发掘、编织《论语》与大众日常生活的相关性赢得了观众与市场。

基本上，波兹曼谈论的是文化发展"应然"的问题，费斯克则描述了文化市场"实然"的状态。工业社会带来的巨大变动之一，就是彻底颠覆了精英阶层对民众的话语领导权。因此，知识分子再讨论"是否将教化权交给媒体及于丹"已没有太大意义，大众传媒早已全面接管了对大众文化宰制与塑造的权柄。知识分子剩下的话题只是：要不要反对于丹，以及她背后的娱乐文化？

再次借用之前我们讨论过的导游故事：有学问的人没有机会，或许也没有能力站在导游的位置上，向游客讲述"真实"的知识，即使他讲，也未必有人肯听。避难趋易是人的本性，因此大众文化总的向度是往下走的。正如卡普兰（E.Aim Kaplan）指出的那样："观众追求完满、追求完整知识的愿望永远不可能达到。"[25]

这种选择背后还隐藏着一个大的命题。加拿大学者贝淡宁（Daniel A.Bell）指出，于丹对《论语》的阐释"并非像表面上那样与政治毫无干系。通过告诉人们他们不应该抱怨太多，首先和最重要的是关注内心幸福，弱化社会和政治承诺的重要性，忽略儒家思想的批评性传统，于丹实际上转移了造成人们痛苦的经济和政治条件……实际上，她倡导安于现状，其观点是保守的，支持保持现状的"[26]。大众文化从来都是犬儒主义的温床，尤其当强势媒体与意识形态宰制在一定意义上形成合谋，知识分子倡导的对于社会现状的变革欲求，大有可能被儒道互补的传统道行与尽皆癫狂的娱乐排场化解殆尽。

这确实是一个难题。在没有找到这种文化的替代物之前，一切反对的言论都只能是坐而论道，或与虎谋皮。反对于丹的诸学者的焦虑，更多地来自他们所肯定的那些合乎规矩的"经典普及"的无效，来自他们面对广告的专制、媒体的暴力时的无能为力。

然而，教化权的丧失，并非意味着文化的末日。其实，"大众传媒"也好，"中华文化"也罢，从来不是某些人想象的那样铁板一块。知识分子虽不可能再奢望启蒙时代的偶像地位，但面对于丹这样必然且已然受到大众热捧与追随的现象，他们也实在无须大嚷大骂，用娱乐的武器对抗娱乐文化。保持适当的缄默与冷静的思考，尽可能地发表严谨的知识表述与价值判断，或许仍是知识分子群体作为社会"文化平衡器"的存在意义。

注释：

[1] 这两个概念是美国人类学家罗伯特·雷德菲尔德（Robert Redfield）在 1956 年出版的《农民社会与文化》中提出的一种二元分析的框架，用来说明在复杂社会中存在的两个不同文化层次的传统。

[2] 众学者访谈：《问题的思考比批评于丹更重要》，《中华读书报》2007 年 3 月 14 日。

[3] 李泽厚访谈：《他们是精英和平民之间的桥梁》，《南方周末》2007 年 3 月 22 日。

[4] 叶嘉莹夸于丹"你现在讲的真是很有用处，尤其是对年轻人"等语，见《用人生感悟古典——叶嘉莹于丹对话录》，《中华读书报》2007 年 1 月 24 日。

[5] 李宗陶：《历史学家朱维铮：于丹不知〈论语〉为何物》，《南方人物周刊》2007 年 3 月 30 日。

[6] 参见众学者访谈：《问题的思考比批评于丹更重要》，《中华读书报》2007 年 3 月 14 日。

[7] 参见周国平：《心平气和看于丹现象》，《新京报》2007 年 4 月 28 日。

[8] 陶东风：《于丹们的"赢"和"输"》，《中华读书报》2007 年 4 月 11 日。

[9] 此文后来在媒体和网络转载时，曾被更名为《呼吁媒体应有良知不该炒作于丹》或《我们为什么要将反对于丹之流进行到底》。

[10] 陶东风：《食利者的快乐哲学》，载张法、肖鹰、陶东风等著《会诊〈百家讲坛〉》，合肥：安徽教育出版社，2007，第 48 页。

[11] 周国平：《心平气和看于丹现象》，《新京报》2007 年 4 月 28 日。

[12] 徐晋如：《博士很生气 于丹很淡然》，《北京青年报》2007 年 3 月 18 日。

[13] 以上对话见杨早、施爱东、萨支山：《从易中天到于丹：我们究竟在争什么？》，载张法、肖鹰、陶东风等著《会诊〈百家讲坛〉》，合肥：安徽教育出版社，2007，第 137 页、第 140 页。

[14] 李孝悌：《清末下层社会启蒙运动》，石家庄：河北教育出版社，2001，第 66 页、第 67 页。

[15] 朱景龢：《要叫不识字的朋友明白》，《京话日报》263 号，1905 年 5 月 13 日。

[16] 参见杨早：《启蒙的新形态——晚清启蒙运动中的〈京话日报〉》，《中国文学研究》2003 年第 3 期。

［17］参见《〈百家讲坛〉"海选"故事》，《新京报》2007 年 4 月 6 日。

［18］傅光明：《〈百家讲坛〉的台前幕后与电视庸俗化》，傅光明博客，2007 年 2 月 2 日，http://blog.sina.com.cn/s/blog_4adc338c0100088u.html。

［19］参见肖鹰：《从"求真悦学"到"视学为术"》，《当代文坛》2007 年第 4 期。

［20］参见杨早：《京沪白话报：启蒙的两种路向》，《北京社会科学》2003 年第 3 期。

［21］《以于丹为例 思想者或布道者》，《南方周末》2007 年 3 月 22 日。

［22］李泽厚访谈：《他们是精英和平民之间的桥梁》，《南方周末》2007 年 3 月 22 日。

［23］［美］尼尔·波兹曼著、章艳译：《娱乐至死》，桂林：广西师范大学出版社，2004，第 191 页、第 192 页、第 201 页。

［24］参见［美］约翰·费斯克著，王晓珏、宋伟杰译：《理解大众文化》，北京：中央编译出版社，2001，第 147 页、第 154 页。

［25］［美］E. 安·卡普兰：《女权主义批评和电视》，译者不详，《世界电影》1995 年第 6 期。

［26］［加］贝淡宁著、吴万纬译：《〈论语〉的去政治化》，《读书》2007 年第 8 期。

第二节

《色，戒》引发的文化震荡

2007 年 9 月 8 日，李安执导的华语电影《色，戒》夺得威尼斯电影节金狮奖。

9 月 27 日，《色，戒》在台湾地区首映，首日票房近台币千万（人民币约二百五十万元），同日香港特别行政区首映，单日票房一百二十五万港币。

11 月 1 日，经过删节的《色，戒》版本在大陆登场，十天内轻松取得九千万元的票房佳绩，此时，这部电影在台湾地区的票房已经突破两亿五千万新台币（人民币六千多万元）。

12 月 8 日，《色，戒》在第四十四届台湾电影金马奖上夺得八个奖项，包括最佳影片、最佳导演、最佳男主角。截至 12 月底，全亚洲票房三亿多元人民币。

三个月时间，《色，戒》完成了它的"表演"时间。虽然北美票房与风评均不甚佳（北美四百四十多万美元，合人民币三千四百多万元），但至少在华语文化圈，一部被定为"三级片"的电影，既获国际、国内艺术奖项肯定，又能取得数额惊人的票房佳绩，在华语电影史上，还没有过这样的奇迹。

巨大的利益与荣誉背后，是同样巨大的争议浪潮。一方说是"华人之光"，一方说是"华人之耻"。《色，戒》的身上，聚集了太多的目光与口水，几乎关涉电影的每一个层面，都有不同意见者为之呐喊、交锋。在这场《色，戒》制造的话语狂欢中，这部成分复杂的电影，已经变身为一个"超级文本"，透过它，不仅可以看见艺术，看见商业，看见历史，也能够看见当下中国的种种精神症候。

戴锦华将《色，戒》称为"时尚与文化政治的'俄罗斯套盒'"[1]，这种原爆式的圈型结构，正是一切文化超级文本的表征，一层又一层，一圈又一圈，从内到外，在各个层面都引发骚动与争议。因此，讨论《色，戒》式的超级文本，必须一层层地剥离这个套盒，每一层，都喻示着一次精神生活的震荡。

第一层盒：到香港去看三级片

"第一次在大银幕上看 A 片的感觉真爽！"

一位网民在 BBS 上这样描述他去香港看《色，戒》的感受。难以统计多少人有此"幸运"在港台地区的影院观看《色，戒》，但至少我认识的人之中，有机会在 2007 年 9 月底至 12 月赴港台地区的出差者，鲜有不为《色，戒》票房做贡献的，珠三角专程赴港追此片者，也大有人在。有媒体报道说："不少广州、深圳的影迷已经在订票、办理通行证，就等着结队去香港看片。"[2]

我们可以从经历者的叙述中窥见点滴："前排后座，满院都是讲普通话的"，"国庆去香港看《色，戒》，应该是不少在珠三角的人的计划吧"，[3] 甚至有人戏称，今年香港 GDP 的很大一部分，来自《色，戒》引发的自由行热潮。

在来往更为不便的台湾地区，邀请看《色，戒》往往带有招待大陆来客的意味，如学者古远清称他 9 月底应台北教育大学之邀访台，抵达当晚就由主人陪同前往"台湾最豪华的电影院"去看《色，戒》。[4]

到香港去看"三级片"，本不容易做到。随着盗版影碟与网络下载的风行，这种行为几乎消失。而2007年，不仅有那么多人大张旗鼓地越境追捧一部"三级片"，并在观影归来后堂而皇之地将之作为吹嘘的资本，在性禁忌传统深厚的华语文化圈，这实在是一道耐人寻味的风景。

《色，戒》在全世界各种电影分级制中都被定为儿童不宜的"三级片"或NC-17（X级）电影，这就意味着它不可能在尚未有电影分级制的中国内地全本上映。而《色，戒》又因为有国际级导演李安与威尼斯电影节金狮奖的"艺术双保险"，观看、谈论《色，戒》就含有了"为艺术反抗限制"的意味。所有《色，戒》"完整版"的观后感，几乎都强调床戏的不可或缺，以及不会因此降低影片的艺术感染力：

确实性爱镜头拍得不错，但是当时真没顾着看，真的是被电影的气氛所震撼到了，性的镜头根本不算什么了。（《谈在内地和香港看〈色，戒〉的不同感受》）

《色，戒》看了两遍，一次在香港，一次在广州。在香港电影院看，梁朝伟和汤唯床上戏酣畅淋漓时，你回头看身后的香港观众，他们的神情告诉你，《色，戒》是一部还不错的情色片；在广州电影院看到同样的情景时，你再回头，观众的神情上写着，《色，戒》是一部蹩脚的色情片。（《像看〈色，戒〉般看股市》）

《色，戒》需要激情戏，这个问题我们曾不止一次地讨论再讨论。但李安的重点却十分明确，因为它是"色"的表达，"戒"的源头；因为它是"情"的温床，"命"的坟墓；因为它是电影的肋骨，故事的灵魂。(《内地版〈色，戒〉——刀斧断截下的残破之痛》)

《色，戒》在内地的上演时间比港台地区推迟一个月，并且上映的是剪掉了九分钟的"洁版"的事实（这个版本由李安自己操刀完成，而且据说新加坡上演的也是该版），引发了内地观影者内心强烈的挫败感，并促使"港台地区文化更开放更自由"的命题浮出海面，正如那篇著名网文《国庆，去香港看〈色，戒〉》所称："出于防止盗版的需要，在香港看这么多次电影第一次有人搜包检查，听说有些香港人觉得这样有损人权，发起了'罢看'，实在是有点'身在福中不知福'，如果内地可以看到'完整版'会有多少人畏惧'搜包'呢。"而这种羡慕不止，多大程度又会反过来增加港台地区居民的文化优越感呢？

正是在这种怨声载道的背景下，中国政法大学博士研究生董彦斌于 2007 年 11 月 13 日正式起诉广电总局：由于它没有建立完善的电影分级制度，导致话题之作《色，戒》被迫删节后在内地上映，侵犯了消费者的公平交易权和知情权，违反社会公共利益。

我相信，也正是由多篇报道与评论激发的好奇心与挫败感，使得《色，戒》10 月 31 日晚在上海的见面会出现了极度夸张的场面：

就连李安他们也被堵迟到了整整半个小时。红地毯本来预定在 19 时，半小时中，每当门口有风吹草动，现场就会立刻骚动一阵，反反复复不下三次。最终，他们三人终于出现在上海影城的门口……千人欢呼，响彻大堂……李安、王力宏、汤唯三人说了什么谁也听不见，两只耳朵所能接收到的都是包含三人名字的呼喊声……这时台下响起了整齐的呼声"李安电影万万岁"。[5]

此时观众眼中的李安，一定是双重意义上的"文化英雄"：他是为华人赢得巨大国际荣誉的"华人之光"，他又是不得不低头接受内地电影审查制度折磨的艺术大师。荣耀与受难，集于一人之身，李安与《色，戒》怎能不成为话题？

第二层盒："在张爱玲的文字地盘上，大开色戒"

《中国时报》在《色，戒》台湾首映的第二日，便刊出了张小虹的评论《大开色戒——从李安到张爱玲》，开篇便说："在西方电影圈开玩笑，要害一个导演，就叫他去拍莎士比亚……若是换了在华人电影圈开玩笑，要害一个导演，最好是叫他去拍张爱玲。"之后，张小虹给了《色，戒》高得不能再高的评价：

但李安还是拍了，拍出了一个惊心动魄的张爱玲，一个恐怕连张爱玲也觉得惊心动魄的《色，戒》……李安的《色，戒》拍出了张爱玲写出来的《色，戒》，李安的《色，戒》也拍出了张爱玲没有写出来的《色，戒》。李安的厉害，李安的温柔蕴藉，打开了《色，戒》藏在文字绉褶里欲言又止却又欲盖弥彰的《色，戒》，李安是在张爱玲的文字地盘上，大开色戒。[6]

紧接着，港台学术文化圈里诸多名家，纷纷站出来大赞《色，戒》。如李欧梵说："可以斗胆地说一句：改编后的《色，戒》比张爱玲的原著更精彩！李安从张爱玲的阴影下走出一条他自己的道路来。电影和文学的语言及形式要求不同，所以改编文学名著往往不能青出于蓝，此片是少有的例外，原因就是李安掌握了电影艺术风格上的精华。"[7]龙应台则撰文称："《色，戒》的床戏演得那样真实，那样彻底，使我对两位演员肃然起敬……性爱可以演出这样一个艺术的深度，Bravo（好样的），李安。"[8]

与《卧虎藏龙》《断背山》不同，李安此次改编的，是台湾与海外华文圈公认的"祖师奶奶"张爱玲最有争议的一部小说。文化圈对原著的熟悉，会影响与制约"有准备的"观影者审视电影《色，戒》的眼光。而张爱玲饱受争议的人生经历与写作姿态，也同样是留给电影的遗产和债务。谈电影《色，戒》，几乎没有人绕过原著，张爱玲的光环如此巨大，以致"《色，戒》是间谍片抑或色情片""李安有没有摆脱好莱坞拍片模式"这些更"电影"的话题，从来只是被略略提及，言说者从不恋战，阅读者也毫不经意。

《色，戒》在内地上映后，"李安 vs 张爱玲"同样成为媒体热炒的话题。论述者从小说的创作历程，到小说发表后作者与批评者的争论，再到李安的改编意图，讨论得不亦乐乎。

争论的焦点无非是：李安超越了张爱玲，或没有。如果没有超越，是什么原因？

"超越论"声称："张的小说里，依然有怨气，她摆脱不了男女，多少还是在计较谁占了便宜，谁吃了亏；在李安看来，大家不过都是造物主拨弄的棋子，身不由己；也不过都是戏中人，被迫扮演着命运分配的角色，不知终场铃声，何时响起。"[9]"反超越论"则表示："有些人说张爱玲计较得失，其实是他们自己计较。李安是将《色，戒》做得能让更多普通人可以接受，这一点没有人能比得上李安。而张爱玲的世界观其实更惊世骇俗，带着一些女人的不顾一切，从这一点上，我又觉得张爱玲是不可超越的。"[10] 而更多的意见认为李安并没有真正解决张爱玲留下的难题，如"小说本身是带有概念化嫌疑的，很像是一篇说明文章，李安首先接受的就是张爱玲的这个难题。而他越是尊重张爱玲，便越是将张爱玲的缺点放大……而张爱玲交给李安最大的难题在于———她用结论性语言交代的惊人谜底，李安则需要通过镜头来具体呈现"[11]，《色，戒》因此被质疑为没能避免这种"从小说到电影"的陷落：

李安与王蕙玲在改编张爱玲的原著时，采用的是"解释"和"补充"的方法。张的原著因为集中，只写人物（几乎只王佳芝一人），迂回曲折和复杂纠缠的故事、背景与来龙去脉，仅寥寥几笔便交代过去；读者也因为它是短篇，不会去跟它斤斤计较。电影却一切要求具体，越具体越可信。这里，加上了李安的好莱坞习性（无贬义）——人物的心理及行为模式均以必然性的逻辑做依托（所有事情都可以是被解释的），张爱玲作为一名现代作家最擅长并最出色的特质：有关人性与生命的复杂性与暧昧性——两项均拒绝被轻易解释的元素——遂几被磨平殆尽。[12]

甚至有现代文学研究者认为李安的《色，戒》已经"将原著推倒重来"，因此"李安的《色，戒》，与张爱玲无关"。[13] 还有人激动地声讨："现在满世界都在争说《色，戒》，包括李安在内一大批'索隐派',非要说《色,戒》写的就是张爱玲自己,甚至还要谈论什么'到女人心里的路通过阴道'之类,是她自剖和反省三十年的结果,这不是厚诬张爱玲吗?张爱玲根本就没有授权拍摄《色,戒》,更不会同意如此诠释《色,戒》,张爱玲于地下,他们如何面对?"[14]

小说有它自己的特性,可以变异叙事逻辑,可以悬置某些细节,而电影作为瞬间艺术(尤其是商业电影),必须给观众以清晰的叙述逻辑与因果关系,[15]《色,戒》不可能摆脱这种艺术差别的制约,正如编剧王蕙玲在接受访问时表示,她是"拆闹钟一样,把《色,戒》的小说整个切碎拆散,索性彻底地把它解体了",因为"大段精练的文字描写往往在电影改编上全无用武之地,而戏剧关键处常常如同两张盖住的王牌没头没脑的一笔就掠过"。王蕙玲强调李安的理念是"电影中最重要的元素就在于人,剧本最重要的工程就在于如何分析角色,找到合适的表达方式"。而电影"合适的表达方式"首先必须是"这故事没有这么艰难,还是要让观众看得懂"(李安语)。要向观众说明一个训练有素的女特工为何会放走意欲手刃的敌人,而且还要让观众"理解"这一层,难度确实不小。大量的床戏正是为了说明与解释男女主角的关系之复杂与变化,"主客易位的复杂关系,李安试图从人体美学让人们看见这些关系,情欲人生因而有了对照与对话",这也可以说明为什么床戏是不可或缺的,而观众的反应似乎也证明了这一点。[16]

然而,原著强烈的寓言化色彩,仍然让电影陷入了顾此失彼的困局之中。合理化、现实化的结果是平面化,而一旦张爱玲的人性寓言变成了一个"真的故事",叙事的荒谬之处仍然俯拾皆是。即如香港电影评论家舒琪指出的:"张甚至有点狡黠:故事里的好些关键与转折点其实都轻轻带过。比方说先色诱易先生的阴谋，因由、动机、细节全部都不了了之。电影为此而扩充成二十分钟的篇幅。但问题正在这里：影片越要合理化这段情节（王佳芝爱慕邝裕民、又是当家花旦），便越暴露了它的薄弱性（短篇小说可以容许）。现在的情形是：一场场戏完整地演出来，作为观众的我便怎样也无法相信这样一群毫无社会经验的大学生可以瞒得过易先生与易太太。李安掌握和处理每场戏的戏剧性的功力，把这些漏洞给填补了，但却支撑不了背后的虚弱。"[17]

　　而在主题方面，戴锦华在北大的演讲指出，李安最大的改动是改写了结局："张爱玲以她的练达，以她的精明，以她的灰黑色的人生视野，以她的冷酷，写出了一个决绝的故事。而李安以他的温存（笑），以他的敦厚，以他的敏感，以他的细腻，重写这个故事。……李安的结局回到我们所说的人道主义的高度，或者人道主义的低度。李安最后给出了一个古老的阐释——个人是历史的人质。"[18]

　　在张爱玲的笔下，易先生自始至终都是一个得意者，事前的得意来自中年还有少女的青睐，事后的得意来自个人魅力征服了敌方的特工。而在李安镜头里，易先生独对空床暗自垂泪，似乎可以解读为恶的遮盖下人性的残留。相较之下，张爱玲的"两性决绝"可能发自作者自身生命体验，带有极为强烈的个人色彩与女性立场；而好莱坞导演李安的人道主义表达，呼应着好莱坞的经典主题：当两个敌对阵营的男女相爱，即使其中一人不得不出于政治理念、社会正义或个人利益杀死对方或忍痛分离，他们也必须相爱到底，生者必须表现出痛心与惋惜。这才是"人性第一，爱情至上"的现代叙事神话。

不过，当男/女分别代表被赋予不同价值等级（好/坏、忠/奸、正义/邪恶）的阵营时，情况也有微妙的差异。苏联影片《第四十一》中红军女战士打死白军情人后失声痛哭，但叙述者赋予她的正义立场并未丧失，总的结构是"为国家献出至爱"，而影片《007》中詹姆斯·邦德在俘获对方女间谍芳心时，一定会让她的政治立场也发生180度的转弯，否则双方便只有肉体关系，毫无感情。中国传统叙事中"临阵招亲"也是同样的模式，敌方女主将的一见倾心导致我方的胜利，从《封神演义》到《罗通扫北》《薛丁山征西》莫不如此，唯一的反题是"四郎探母"——那个隐姓埋名的杨四郎不但没有变节，还说服了铁镜公主帮他回营探母，因为妻子毕竟是丈夫的附庸。这些都是可以让观众接受的伦理结构。

在《色，戒》里，王佳芝与易默成的价值等级高低，在任何语境里都无可置疑，王佳芝的"放水"在一直强调集体重于个人的东方看来已属大逆不道，若再让易先生得意扬扬，李安恐怕也没有这个胆量。他挑选了万人迷梁朝伟来演易先生，又让易先生大部分时候都显得愁苦忧郁，提心吊胆（包括在床戏中），最后还改写结局，最大的可能是要让观众逐渐祛除对易先生的敌意、恨意，从而接受、悲悯王佳芝一时冲动地选择放水。这对于一部商业电影来说，是一种相对安全的叙事策略，就如《喜宴》中让金素梅一夜成孕以安二老之心，《断背山》中让两名男主角始终不放弃家庭，被禁止的情欲之外，总是为宽容与同情留出了足够的回旋空间。

第三层盒："李安他们依然跪着"

尽管李安小心翼翼，《色，戒》仍然逃不过民族国家意识的巨大冲撞力。

张爱玲从未承认小说《色，戒》是以郑苹如与丁默邨为原型，李安也不曾公开表明这一点，但是电影上映后，观众发现电影给"易先生"起了名字，叫易默成，这至少泄露了编剧与导演心目中的原型为何。

2007年9月12日，郑苹如的胞妹郑静如在洛杉矶召开新闻发布会，指责电影《色，戒》让死去的烈士姐姐蒙羞，要为姐姐"澄清事实真相"。李安没有正面回应这一指责，只是说"张爱玲明写易先生，暗写胡兰成"，并说王佳芝是张爱玲在小说中的投影，也是自己在电影中的化身。

一个月后，以黄纪苏的博客文章《中国已然站着，李安他们依然跪着》发端，中国内地同样掀起了以网络为依托的对《色，戒》的批判热潮。黄纪苏在这篇文章中严厉地指斥：

这些人不光双腿跪着，双臂还抱着，抱着一条腿，一条西方的腿。跪抱在这一百年里既是一个事业，也是一个产业。李安执导、取材张爱玲同名小说的《色，戒》，就是近代跪抱业的最新作品。

……这帮电影人或精神咸水妹为世界杜撰了一个跪着的中国，一个在进化阶段，道德水准、精神风貌各方面全都低三下四的中国。而现实中，中国势不可当的雄起正在挑战作威作福、高高在上了三百年的西方。我看这些导演不像是在为国分忧，以"新和亲"电影反击"中国威胁论"——闹"中国崩溃论"的时候，他们也是这套东西。两个工作坊还常常联手，推出亡国乱史的影视作品。以前有痛哭中国跪晚了的《河殇》；后来有替中华民族另认始祖的《神舟》；如今我们又看到了《色，戒》。《色，戒》重复了跪抱集团的历史观和价值观，它用肉色混淆了中国近代的大是非，用肉色呈上西方主子喜爱的小贡品，如此而已。李安这个我以前觉得或许比张艺谋、陈凯歌境界高些的华人导演，如此而已。

《色，戒》从写作到发表到搬上银幕，前后近六十年，整整一部中国现当代史。六十年历史相对于漫长的地质年代只是一瞬，却见证了人类社会一次壮观的造山运动，即中国大地的再次隆起。在隆起的大地上，希望属于站着的事业。跪是没有前途的，跪抱业属于夕阳产业。一些人站不起来了，因为跪抱已经成为他们的生存方式。那就让他们趁着夕阳在山，抱着闪闪金熊闪闪金狮继续跪吧。[19]

10月25日，网上出现了十位"大学生支农志愿者"致文化部部长于幼军的公开信，信中称："作为承上启下的青年学生，我们在文化安全方面从来没有感觉到如此担忧过……最近更有导演拍出《色，戒》这样的汉奸色情剧毒片，把抗战中牺牲的女英雄作践成婊子、交际花，而出卖民族利益的汉奸们却被立起了牌坊。如果《无极》还算作是滥俗娱乐片可以忍受，但是《色，戒》则是把'黄奸毒'文化推到了极端，五毒俱全，实在是打破了每一个还有血性的中国人能够忍受的精神和心理底线。这哪里是艺术？忘记了国仇家耻、丧失了民族尊严的任何人都应被国人唾弃，可像这样的'汉奸文艺和倡导糜烂生活的影视文化，却登堂入室，已然泛滥成灾！"这封信呼吁"在文化部的指导与支持下"，"以民间团体出面，低成本地抗衡'滥俗文化'和取代'黄奸毒文化'"。

有意思的是，郑静如在洛杉矶开新闻发布会时，《色，戒》还没有在全球公映；而黄纪苏的文章与大学生们的公开信发表时，

《色，戒》还没有在内地公映。也就是说，上述对《色，戒》的批评，都是基于传媒报道与个人想象，主旨与电影的艺术评价、市场策略统统无关，批评者只是关心这部影片动用的历史资源，以及有可能出现（因为他们都还没看影片）的"精神危害"。

11 月 11 日，左翼网站"乌有之乡"组织了《色，戒》观影兼点评活动，到场人士发表了非常一致的对于《色，戒》的政治性解读，认为"《色，戒》是一部可疑的充满政治隐喻的政治电影"，"《色，戒》这部电影是对中国良家妇女的侮辱"。最让他们生气的或许还不是《色，戒》本身，"最让人气愤的是中国当下的这种风气，从有关部门的审查，一直到网上和纸媒，还有平常听到的这些议论，主流都是叫好声"，祝东力在当晚发表的博客文章中表示，这说明中国是"一个下贱的、毫无自尊的民族"[20]。观影会提出将《色，戒》定性为"汉奸电影"，表达了强烈的禁映《色，戒》的设想。《南都周刊》据此发表评论称"这种眼巴巴地渴望滥用权力和诅咒谩骂的态度，实在是没有一点技术含量"[21]。

11 月 23 日，女作家阎延文在博客文章中痛斥《色，戒》"美化汉奸""误读张爱玲"，是"色情污染"，要求李安向国人道歉。[22] 11 月底，黄纪苏等人为郑苹如开设了博客，并发表《就〈色，戒〉事件致海内外华人的联署公开信》，称："先是无良文人张爱玲以小说《色，戒》篡改郑苹如的心迹事迹，以个人情欲解构民族大义；而后李安的电影《色，戒》更变本加厉，以赤裸卑污的色情凌辱、强暴抗日烈士的志行和名节。这种公然践踏我民族情感和伦理的举动，对于所有良知尚存的中华儿女来说，都不可容忍。"

也有人坚持认为，《色，戒》就是一部艺术电影，不应看作一个政治性作品；[23] 或是应当重新思考"忠"与"奸"的定义。[24]
而《纽约时报》对黄纪苏、王小东的采访，以及黄纪苏、刘建平上
凤凰卫视《一虎一席谈》与木子美等嘉宾的交锋，则将这场批判
热潮推向了最高点。

据《南方周末》报道，《色，戒》在内地上映半个月内，这股
争论热潮已经发酵成为一场大讨论，"有门户网站的博客评议竟然
在短短数日之内达到 150 万篇"[25]。据腾讯网的读者调查：至 12
月 23 日，13411 份问卷中，主张"只是部电影，扯什么政治"的
人数占 44.83%，同意"影片玷污烈士，美化汉奸，让我愤怒"的
人数 30.61%；认为《色，戒》是"烂片一部"和"非常棒的电
影"的人数几乎相当，各占 27% 左右。

这里不妨提及一桩旧时的公案。1947 年，张爱玲编剧的第二
部电影《太太万岁》在上海公映。影片上映之前，张爱玲发表了
《〈太太万岁〉题记》，交代自己写剧本时的心绪，文中预先辩解
似的说："在《太太万岁》里，我并没有把陈思珍（按：电影的女
主人公）这个人加以肯定或袒护之意，我只是提出有过这样的一
个人就是了。"她还指出："出现在《太太万岁》的一些人物，他
们所经历的都是些注定了要被遗忘的泪与笑，连自己都要忘怀的。
这悠悠的生之负荷，大家分担着，只这一点，就应当使人与人之
间感到亲切的罢？"[26]

文章在《大公报·戏剧与电影》发表时，编者洪深加了几句
题记，提到"我等不及地想看这个'注定了要被遗忘的泪与笑'
的 idea（想法）如何搬上银幕。……她将成为我们这个年代最优
秀的 high comedy（高级喜剧）作家中的一人"。

这几句褒扬的话引起了左翼文坛的愤怒，一篇署名"胡坷"

的文章冲了出来，气势汹汹：

寂寞的文坛上，我们突然听到歇斯底里的绝叫，原来有人在敌伪时期的行尸走肉上闻到 high comedy 的芳香！跟这样神奇的嗅觉比起来，那爱吃臭野鸡的西洋食客，那爱闻臭小脚的东亚病夫，又算得什么呢？

不过我这一回的感觉，不但奇怪，而且悲愤。难道我们有光荣历史的艺园竟荒芜到如此地步，只有这样的 high comedy 才是值得剧坛前辈疯狂喝彩的奇花吗？

我想不通！[27]

此时，《太太万岁》尚未上映，批评者针对的显然不是作品本身，而只是张爱玲的身份与经历。这就叫"因人废言"，张爱玲自己嫁给了汉奸，她的作品，能有正确的思想吗？

于是，《太太万岁》上映后，《大公报》《新民晚报》《中央日报》等报连篇累牍地发表评论文章，几乎都是对影片艺术略略带过，主要从社会意义和教化作用着眼，联系作者的人生经历，批评作品的"小市民气质"。

如署名"王戎"的文章针对张爱玲在《题记》中所说的《太太万岁》是"中国的"，以为"在中国这块被凌辱了千百年的土地上，到处都是脓疱，到处都是疖疤。一个艺术工作者，是不是就玩弄、欣赏、描写、反映这些脓疱和疖疤呢？这是不应该的。而张爱玲却是如此的写出了《太太万岁》"。因此这部作品的实质是"鼓励观众继续沉溺在小市民的愚昧麻木无知的可怜生活里"[28]。

方澄的《所谓"浮世的悲欢"》连讽带刺："看起来，张爱玲是说得那样飘忽，说得那样漂亮，好像她真能这样通达了人生，我们却忘不了她还在对镜哀怜。"[29] 署名沙易的《评〈太太万岁〉》则正言警告："电影艺术的作品是应该不同于一般迎合小市民的礼拜六版的小说的，它还有它的教育任务，作者不但要反映客观现实中的矛盾，而且还要意识到他的作品会起怎样的作用？是否能对社会、人民有深切的矫正？"[30]

最让人惊异的也许是洪深自己的转向。他自己写了一篇《恕我不愿领受这番盛情——一个丈夫对〈太太万岁〉的回答》，认为《太太万岁》"不够成为'高级喜剧'！"，自己上了《题记》的当，并隐约劝告张爱玲重视作品的"教育作用与社会效果"，才能赢得"今日生"。[31] 就在此文之后，洪深编发了《我们不乞求也不施舍廉价的怜悯——一个"太太"看了〈太太万岁〉》，这篇文章凶悍地质疑：

"内容"和"技巧"是否应该分家？意识正确的作品难道不能是"艺术品"？穿了美国货的高跟鞋是否遮掩得住缠过了一小脚，玲珑镂空的花鞋样能够时新到几时？死去的骸骨是否还应该迷恋，拦住路的活尸是否能活一万年？

文章宣告道："时代是在'方生未死之间'，反动的火焰正试图烧灭新生的种子，袖手旁观的人儿是麻木无情呢还是别有用心？"[32] 这篇文章可以看作"胡坷"的再出手，宣判了张爱玲的政治死刑。"自《太太万岁》上映之后到一九四九年五月上海政权易手，张爱玲再也没有发表作品。"[33]

《太太万岁》这样一部描写哀乐中年、生活点滴的电影尚且给张爱玲带来如许骂名，何况直面敌伪时代与国族情结的《色，戒》？历史总是重复，我们休想看见新鲜。

结语：文化自由？经典改写？国民寓言？

我想，《色，戒》引发了层面如此多、范围如此广的争议，一定是因为很多人从中照见了自己内心最敏感或最虚弱的区域。

一位中年女性在网上留言说："我看来，颓废奢华和纠缠的情感以及模糊的道德界限，是这个影片触动我的地方；对我老公来说，他更感兴趣的是为什么删，删了些什么，这个女主角是否性感。"对于一般观众而言，男性在一起讨论看到了什么，或没看到什么；女性在一起讨论易先生与王佳芝有没有爱，谁爱谁不爱，大约是最普遍的观影反应。

过度的反应与过度的解读，来源于解读者自身对某些话题的惯性敏感，否则一部文艺作品，何能承担如许之重？正如《红楼梦》，一般读者不过看见一出宝黛爱情悲剧，但"经学家看见《易》，道学家看见淫，才子看见缠绵，革命家看见排满，流言家看见宫闱秘事"[34]，眼光的独特，正是源自他们身份的独特。

《色，戒》的被删剪，再度碰动了大众心中那根"文化自由"的弦。事实上，相当一部分内地上映的影片，无论是外国片如《汉江怪物》，合拍片如《投名状》，内资片如《苹果》，都遭到了不同程度的删改。《色，戒》长达三十多分钟的床戏遭到删剪，完全是意料中事。但是由于它背负着张爱玲、李安、国际投资、欧洲电影节大奖等名头，让观众对它的阅读期待提到了最高点，也就更加难以容忍对之的"伤害"。而随着内地经济的快速发展，港台地区在环太平洋经济圈地位的边缘化，"文化自由"成为港台地区为数不多的傲视内地的资本，也会给日益自信的内地观众带来挫败感。

讨论电影改编小说的成功与否，则暗含着对张爱玲及其小说本身地位的认定与解读途径的辨异。考量两部作品究竟在描写与解释情感与国族、性别与权力、欲望与责任等方面存在何种细微差异，才是"张迷"和"安迷"感兴趣的话题。"经典文学作品的电影改编"永远是一个热门的话题，事实上，国内近年来轰轰烈烈的影视改编名著热，既吊起了观众的胃口，也带来了经典爱好者的焦虑，不管后者心目中的"经典"是原作还是老版影视作品。他们带着挑剔的眼光，审视着新版作品的每一个动作、每一段进程，稍有瑕疵定会引起他们的强烈不满。讨论《色，戒》不过是重演了这样的场面，除了试验出张爱玲与李安各自的人气，也在辩论的同时开始了两部作品的经典化进程。

即使是激烈的"汉奸论"者，也并非都质疑《色，戒》的艺术成就，他们只是认定这部影片"用美学绑架伦理"，"思想性有害的东西，艺术形式又很完美，结合在一起危害就更大"。《色，戒》在台湾与香港都不曾引起那么广泛的关于民族国家的争议，与港台文化圈近年奉行"去政治化""避政治化"的策略有关。李安在访谈中规避郑苹如的史实，龙应台撰文论证丁默邨是"降将"而非"汉奸"，似乎都是在为《色，戒》的"政治正确"护航。但是《色，戒》还是挑动了内地民族主义敏感的神经，这部电影在复杂的国民环境中无可避免地被解读为国民寓言，甚至"李安就是王佳芝，王佳芝就是台湾"，《色，戒》在北美受到冷遇，被解释为李安宁可被定为限制级，也要在华语地区展现其政治意图；威尼斯金狮奖更是对李安卖国求荣的奖赏……深文周纳之下，《色，戒》小说与电影中本就包含的个人情欲与民族国家之间的纠缠、攻防、进退被无限放大，而华语传媒对电影的赞扬，更是激起了民族主义者的斗志，让他们闻到了"中国又该被救亡了"的气息。

　　一部《色，戒》，激发如许热闹与风波，照见怀旧，照见残缺，照见分裂，也照见我们内心的孱弱与不安。

注释：
［1］　戴锦华：《时尚·政治·国族——〈色，戒〉的文本内外》，《文学报》2007年12月20日。

［2］　《广、深影迷结队赴香港看〈色，戒〉》，《深圳晚报》2007年9月25日。

［3］　参见切·格外辣：《国庆，去香港看〈色，戒〉》，豆瓣电影，2007年10月5日，http://www.douban.com/review/1218118。

［4］　参见古远清：《当下台北文化风景线》，《中华读书报》2007年12月12日。

［5］　冯泽：《〈色，戒〉首映掀狂潮　影迷高呼李安电影万万岁》，《都市快报》2007年11月1日。

［6］　张小虹：《大开色戒——从李安到张爱玲》，《中国时报》2007年9月28日。

［7］　李欧梵：《谈李安，细品〈色，戒〉》，载郑培凯主编《〈色，戒〉的世界》，桂林：广西师范大学出版社，2007。

［8］　龙应台：《我看〈色，戒〉》，《明报》2007年9月27日，转引自《南方周末》2007年9月28日。

［9］　马戎戎：《电影的格局超越了张爱玲》，《新京报》2007年11月6日。

［10］　表江：《〈色，戒〉：比苍凉多一点温暖》，《新京报》2007年11月8日。

［11］　崔卫平：《张爱玲给李安出了难题》，《新京报》2007年11月7日。

［12］　舒琪：《〈色，戒〉的严重缺陷》，《新京报》2007年11月13日。

［13］　参见止庵：《李安的〈色，戒〉，与张爱玲无关》，《新京报》2007年11月15日。

〔14〕金宏达：《何必从〈色，戒〉索隐张爱玲》，《新京报》2007 年 11 月 20 日。

〔15〕同于 2007 年上映的《太阳照常升起》（姜文导演），因为片上运用拼贴、倒叙等叙事手法，及悬置某些情节链条，出现媒体和观众大喊"看不懂"的场面，其实是艺术电影定位与商业行销策略的无可调和的矛盾所致。

〔16〕"问过身边从前从未关注过《色，戒》的同学有什么感受，她们告诉我说，片子很好看……但有些地方实在让人看不懂，不明白女主人公感情转变的原因在哪里，仿佛就是莫名其妙地，为了爱而爱上那个男人而已。"（《内地版〈色，戒〉——刀斧断截下的残破之痛》）

〔17〕舒琪：《〈色，戒〉的严重缺陷》，《新京报》2007 年 11 月 13 日。

〔18〕戴锦华：《身体·政治·国族——从张爱玲到李安》，2007 年 11 月 10 日在北京大学的演讲。演讲稿未经演讲者审阅。

〔19〕黄纪苏：《中国已然站着，李安他们依然跪着》，黄纪苏博客，2007 年 10 月 24 日，http://blog.voc.com.cn/sp1/huangjisu/093426390318.shtml。

〔20〕参见祝东力：《色戒，以色列民族和中国的自省》，转引自黄纪苏博客，2007 年 11 月 12 日，http://blog.voc.com.cn/sp1/huangjisu/172658402185.shtml。

〔21〕黄亭梓：《乌有之乡〈色，戒〉观影记》，《南都周刊》2007 年 11 月 16 日。

〔22〕参见阎延文：《女作家阎延文：〈色，戒〉色情污染，李安导演应向国人道歉》，阎延文博客，2007 年 11 月 23 日，http://blog.sina.com.cn/s/blog_49433 c4a01000b6v.html。

〔23〕"历史在作品中的地位并不像我们想象中那么重要。我们可以把王佳芝放到'拯救好心男主角即将破产的企业'里，放到'昭君出塞'的故事模型里，放到'未来世界的星际战争'里，相信只要创作人员足够用心，这个故事的光彩依然还在。"（张铁：《〈色，戒〉不是政治电影，请勿钉上祭坛》，人民网，2007 年 11 月 14 日。）

〔24〕梁文道：《焉能辨我是忠奸》，《南方周末》2007 年 11 月 15 日。

〔25〕参见《第一争论：色，还是戒？》，《南方周末》2007 年 11 月 15 日。

〔26〕张爱玲：《〈太太万岁〉题记》，（上海）《大公报·戏剧与电影》第 59 期，1947 年 12 月 3 日。以下论述与资料，主要采自陈子善先生《说不尽的张爱玲》（上海三联书店，2004）、《张爱玲的风气——1949 年前张爱玲评说》（山东画报出版社，2004）两书，特此说明并致谢。

〔27〕胡珂：《抒愤》，（上海）《时代日报·新生》，1947 年 12 月 12 日。

［28］参见王戎:《是中国的又怎么样?——〈太太万岁〉观后》,《新民晚报·新影剧》第 13 期,1947 年 12 月 28 日。

［29］方澄:《所谓"浮世的悲欢"——〈太太万岁〉观后》,(上海)《大公报·大公园》1947 年 12 月 14 日。

［30］沙易:《评〈太太万岁〉》,(上海)《中央日报·剧艺》第 509 期,1947 年 12 月 19 日。

［31］参见洪深:《恕我不愿领受这番盛情——一个丈夫对〈太太万岁〉的回答》,(上海)《大公报·戏剧与电影》第 64 期,1948 年 1 月 7 日。

［32］莘薤:《我们不乞求也不施舍廉价的怜悯——一个"太太"看了〈太太万岁〉》,(上海)《大公报·戏剧与电影》第 64 期,1948 年 1 月 7 日。

［33］陈子善:《围绕张爱玲〈太太万岁〉的一场论争》,载陈丙良编《中国现当代文学探研》,香港三联书店,1992。

［34］鲁迅《〈绛洞花主〉小引》,收入《鲁迅全集》第 8 卷,北京:人民文学出版社,1981,第 145 页。

第三节

"话题电影"在中国的兴起与出路

一 十年一觉市场梦

如果说这十年中国电影有什么大的变化，那应该就是本土市场的形成、整合与畸形发展。

十年前，有评论家曾断言：在 90 年代中国文化迅速地市场化之后，"市场便对文化——或更确切地说，是对精英文化关闭了……大陆艺术工作者第一次不仅受制于大陆制片与审查制度，而且辗转于金钱 / 自由的枷锁之下"[1]。在 20 世纪最末十年的市场化大潮中，中国艺术电影从社会生活中全面退却，80 年代独领风骚的"第五代"处境尴尬，每年的票房排行榜上，除了好莱坞，就是冯小刚，年度总票房在十亿上下浮动。

比数据更能说明情况的，是经历这一时期之后，电影既不能承载 80 年代的艺术探索与社会批判功能，也无法成为大众化的娱乐手段，从知识分子到普罗大众，整个社会都丧失了进入影院的观影习惯，电影的主要载体变成了电视与 VCD（主要是盗版），很多人甚至质疑：电影，至少在中国，已经是一个夕阳行业。

那些年的中国电影，基本上是靠着过往的声誉与海外的资金支持，维持着艺术电影最后的荣光，内地商业电影除了冯小刚每年一部的贺岁片，几乎还未形成任何类型。即使冯小刚的贺岁片，票房也不过四千万上下，二三线城市的影院纷纷倒闭，许多县城连一家影剧院都找不出来，引致了贾樟柯后来"电影还乡"却无处放片的难堪境遇。

现在回头看去，那是中国电影的一场转型之痛。中国的电影行业将从这一段蛰伏期中学习一些陌生的规则，无论是制作、排片、营销，还是题材、手法、价值观，都在重新探索之中。中国所谓"民族电影工业"，会不会在好莱坞的群狼环伺中，如全球大部分国家、地区那样沦陷为完全的卖片市场？这个问题，比80年代之问"我们何时能拍出进入世界级电影殿堂的影片"要严峻得多。

从2003年起，中国内地票房有了跳跃式的发展，从2003年的十亿到2009年的六十三亿，再到2010年达到七十八亿，年复合增长率为百分之三十五，越来越多的热钱涌入电影圈，银幕块数呈加速度趋势增长。香港电影自1997年以来已经奄奄一息，进入新世纪后，电影人大举北上，拍片重点考虑内地票房；台资也在不断寻找大陆电影投资机会。似乎，中国电影迎来了另一个春天？

表面上看似乎如此，但本土市场的拓展，观影习惯的重新回归，有着多重的原因，与中国十年来经济崛起有关，与社会娱乐趣味调整有关，亦与市场信息不完全、电影运作不规范有关。在市场行情看涨的形势下，中国电影迎来的问题变成了：孱弱的创作是否配得上这样一个正在勃兴的市场？电影在中国精神生活中究竟占有一个怎样的位置？

"话题电影"独霸一时

直到2010年为止，中国电影票房仍是一盘中看不中吃的工艺菜。首先，符合资质的影院只存在于几十个超大城市和省会城市；其次，仍有四分之三以上的票房归入好莱坞引进大片名下；再次，单部电影总消费不菲，三十至八十元的票价之外，还包括交通费用、饮食费用——这已经不是一个你晚饭散步时掏上块把钱看场电影的时代了。

这些因素，决定了所谓中国电影本土票房绝大多数会被"话题电影"收入囊中。"话题电影"是指集中了投资、导演、演员、营销、院线、档期等所有优质资源的单部华语片。一开始，它曾被称为"国产大片"，然而这是一种"大片"称谓很难涵括的"超级电影"。它一般宣示它有着创纪录的巨额投资，主创阵营充分的国际化，照顾海峡两岸暨香港、澳门甚至全亚洲的口味；它可能在影片上映的一年前，就开始了持续不断的话题炒作，并成功占据各种媒体的显要位置；它有足够的资金用于制作与宣传，以吸引尽可能多的人群为销售目标；它往往得到电影主管部门的首肯与眷顾，在档期、选送评奖等方面先拔头筹……这些元素的组合，让这部电影成为整个社会热议的话题，制造出一种"顶级消费"的成功幻象，并将"观影与否"变成一道短期的社交门槛。

如果你全年的娱乐预算中，只留了一至两部电影的额度，那你为什么不把有限的资金，用在去购买一部投资最巨、明星最多、社会关注度最高的电影上呢？至少你在和同事、朋友聊天时，不会因为对这部电影无知而被排斥在话题之外。

这是中国电影为了配合畸形发展的赢家通吃市场，有意无意地制造出的怪异精神产品。在艺术电影已成明日黄花，商业类型影片又远未成型的时段内，"话题电影"独占鳌头，成为本土电影几乎唯一的亮点。

哪些影片属于"话题电影"？不妨先来看看这些年的华语电影票房排行榜：

　　2002：《英雄》（票房2.5亿元）

　　2003：无（华语片票房最高《手机》，四千万元）

　　2004：《功夫》（1.55亿元）、《十面埋伏》（1.53亿元）、《天下无贼》（1.2亿元）

　　2005：《无极》（1.8亿元）

　　2006：《满城尽带黄金甲》（2.9亿元）、《夜宴》（1.3亿元）

　　2007：《集结号》（2.4亿元）、《投名状》（2.01亿元）、《色，戒》（1.3亿元）

　　2008：《赤壁（上）》（3.12亿元）、《非诚勿扰》（3.1亿元）、《画皮》（2.3亿元）、《长江七号》（1.8亿元）、《梅兰芳》（1.14亿元）

　　2009：《建国大业》（4.2亿元）、《十月围城》（2.92亿元）、《赤壁（下）》（2.6亿元）、《三枪拍案惊奇》（2.56亿元）、《风声》（2.16亿元）、《南京！南京！》（1.65亿元）

　　2010：《唐山大地震》（6.5亿元）

　　并非所有取得高票房的华语影片都属于"话题电影"，事实上，有些影片依靠某种怀旧心态与饥渴销售（如《功夫》主打功夫怀旧牌，《长江七号》卖弄科幻噱头，两者都在消费"喜剧之王"周星驰的声誉积累），有些影片则主要赢在题材新颖、类型嫁接与排档讨巧（如《画皮》与《大内密探灵灵狗》）。高票房是"话题电影"的必备要素，却非充要条件。

　　"话题电影"是展现中国当下社会价值观冲突，有可能影响甚至改变中国社会精神生活的影片。以这些电影为由头，一场场纷繁往复的争论如火如荼，观影体验、专业知识变得不那么重要，电影冲破了商业社会为之设定的娱乐属性与消费品定位，再一次参与到当下的文化现实之中。"话题电影"的重要性，部分来自它的高传播度，更在于它与社会政治、文化议题的相关程度。

基于以上分析，笔者大致将"话题电影"分为三类：

一、第五代导演的转型之作，延续、反叛或重构 80 年代精神资源；

二、本土商业 / 政治电影的锻炼成型，重述历史与现实，抚慰人心；

三、外埠创作力量的介入，改写历史神话。

二　第五代当"炮灰"

北京电影学院教授、第四代导演郑洞天曾多次说，中国电影应该感谢张艺谋和陈凯歌，他们甘当炮灰，才有了今日中国电影的局面。言下之意，张艺谋、陈凯歌本可以躲在《红高粱》《活着》《孩子王》《霸王别姬》的光圈中扮演大师，不必蹚商业大片这片浑水。而他们进入商业电影领域，牺牲自己的声誉，换取了本土电影市场的拓展。

事实上，很多人在批评从《英雄》到《三枪拍案惊奇》的张艺谋，从《无极》到《梅兰芳》的陈凯歌时，正是以二位过往的电影业绩当作参照系的。这些旧时的辉煌，既是他们的资源，也是他们的包袱。

并非仅仅是批评者要求张艺谋、陈凯歌延续 80 年代以来他们的电影承担的社会批判与文化反思功能，"第五代"自身也很难摆脱"批判—反思"的书写习惯。《英雄》一出，骂声盈耳，很少是针对张艺谋一如既往的浓烈色彩与极致审美，批评者几乎被刺秦者为了"天下"放弃唾手可得的胜利，以及"秦始皇修筑长城，保国卫民"的结束语气得发昏，认为张艺谋是在向强权低头，向暴政献媚。

有意思的是，八年之后，《大兵小将》（丁晟导演）几乎选择了与《英雄》一模一样的结局：王力宏扮演的王，被成龙饰演的小兵朴素的"回家种田"观念所感动，放弃了对秦国的抵抗，开城投降，以保黎民。评论对此却只字不提，《大兵小将》拿下过亿元票房的同时，并未遭受意识形态上的质疑。

个中原因，当然有时移世易，社会宽容度增大的因素，但两部影片殊途同归，叙事姿态却有着相当的差异：《大兵小将》将叙事焦点集中于"小国"与"小民"，强调小民对太平年景的向往，而且小兵最终为了保护本国旗帜的尊严，死于秦兵剑下，向观众呈现的是双重价值互换的吊诡（一心种地的小兵为了国家尊严捐躯，好勇尚武的王却出于"爱民"放弃抵抗），影片的价值指向并不清晰，观众可以从故事中各取所得；而《英雄》先是赋予刺客救民水火的宏大意义，之后又以刺客自身的认知转变颠覆这一意义，且无名以身殉的方式"死谏"秦王。显然，明确的价值判断激起了关于暴秦的民间记忆的反感，再加上张艺谋本人的地位与背景，《英雄》无可避免地要承受意识形态解读的猛烈批评。

张艺谋似乎也想从这种泛意识形态的批评氛围中解脱出来，《十面埋伏》与《满城尽带黄金甲》选择了相对模糊的边缘的朝代与人物，后者甚至不惜用改写话剧经典《雷雨》的方式规避外界"不会讲故事"的批评。虽然有评论者指出，这两部电影也许掩藏着某些政治隐喻与反讽。但铺天盖地的宣传与浩大明星阵容、不惜工本的拍摄成本，仍然遭到本土观众的交口诟病：毫无创意的剧情、拙劣生硬的表演和俯拾皆是的雷人台词。

曾有不止一位批评者后来指出：在国内、国外观看张艺谋这一系列影片，观影感受迥然有别。国外观影时（尤其是与非华语观众一起），感受最多的是唯美画面对视觉的冲击——这是否意味着，张艺谋的类似影片，只有在非本土环境才能回归商业电影的娱乐本位？或许，当年的金熊得主，后来的奥运开幕式导演张艺谋，早已被当作一个政治文化符号，执导影片不可避免地遭到泛意识形态的过度阐释？

陈凯歌自《刺秦》受挫后的复出之作《无极》也有同样的问题。陈凯歌一向以"电影作者"自诩，投资三亿元的《无极》尽管一招一式，从全亚洲选角到场景、美工、特效，都摆出一副国际化的架势，但内里仍想通过人物的命运阐释莎士比亚式的悲剧人生（大将军便完全是麦克白的翻版）。导演这种"人文情怀"与试图通俗化、奇观化的叙事相结合，让《无极》显得华美而空虚，当然没法让抱着娱乐心态付费观影的观众满意。胡戈之所以能用一部极度恶搞的《一个馒头引发的血案》轻易拆解《无极》构建的叙事大厦，除了迎合本土社会的反智倾向，影片本身也提供了无数夸大其词与自相矛盾的裂隙。

《梅兰芳》更明确地揭示了这种"轻"与"重"之间的冲突。作为一部写实的人物传记片，《梅兰芳》自然也就失去了《霸王别姬》亦真亦幻、戏如人生的轻盈与讽喻。而塑造正面得无以复加的大师形象，恰恰是商业电影的大忌。这部影片的口碑如何，可想而知。

除了影片本身的质量问题与观影错位，过度的包装宣传，获得的特殊待遇，也为张艺谋、陈凯歌等人树敌无数。《十面埋伏》上映时，首度出现好莱坞引进片一律让道，其他国产片避之唯恐不及的独大局面，以致《十面埋伏》尚未上映，许多媒体已经发表文章抵制该片；《梅兰芳》也在排片与宣传上对同期上映的影片如《叶问》构成打压，引发了强大的不满声浪。曾经以反抗与叛逆为标志的"第五代"，如今却呈现给外界一副既得利益者与影坛巨阀的形象。

"第五代"之于好莱坞的电影工业运作模式，应该说只得其皮毛，骨子里仍然浸透作者电影的创作思路，同时深受 80 年代宏大叙事氛围的影响。当他们单凭一己之力处理头绪众多的大片拍摄，常常出现因小失大、顾此失彼的失控局面，这才造成场面华丽壮观，却连基本叙事都无法完成的"中国式大片"奇观。而当张艺谋的《三枪拍案惊奇》将喜剧部分交给尚敬，剧本采用收购自科恩兄弟的《血迷宫》，导演几乎只是充当了一个摄影的角色，极致化的色彩是张艺谋的唯一痕迹。这部影片又一次从反面宣告了"第五代"商业电影尝试的失败。

观众要求他们讲故事出色，知识界希望他们能跟上思想的更新脚步，管理者希望他们成为行业的标杆与脸面，商业电影的尝试难以被认可，又不可能承载往日的"批判—反思"功能，"第五代"的任何一部新作，都担负着他们根本担负不起的责任。"第五代"只能在对旧日声誉的过度挥霍之下，成为中国电影新进程中的"炮灰"。

三 伪平民视角的历史重述

冯小刚依仗王朔式的"平民喜剧"起家,并开内地贺岁片的先河。执导通俗剧的出身,让冯小刚与其他科班出身的导演大不相同。他知道大众的观影乐趣何在,也不会将表达个人想法或美学理念放在创作的第一位。因此冯小刚在普罗大众中的声誉甚佳,自《甲方乙方》一路走来,虽然不太入评论界的法眼,却被视为大众欲望的最佳代言人。

当然冯小刚并不甘心永远为大众炮制开心大餐。接拍完全不适合的《夜宴》,据冯小刚自述,只是为了取得与张艺谋、陈凯歌类似的"大片导演"地位,"让电影局的晚会上放我的片子"(据《三联生活周刊》)。《集结号》让冯小刚正式找到了他擅长的通俗剧、自身时代记忆与主旋律历史叙事三者之间的结合点,从而让他获得了政治与商业的双丰收。

按照皮特·布鲁克斯(Peter Brooks)等人的定义,"通俗剧"的特点是大喜大悲、表现夸张并善恶分明,其美学手法将是非、黑白、褒贬高度戏剧化。[2]冯小刚的平民喜剧别是一路,基本思路是抹平生活中的尖锐矛盾(尤其是在叙述现实时),将戏剧冲突转化为"好人间的误会"与"自私—升华"等小市民喜剧模式。《非诚勿扰》中,被设定为小人物形象的男主角葛优无家无室,又赚了一笔大钱,从而将社会热点话题"连环相亲"抹去了全部社会、经济要素的投影,变成了纯粹的爱情奇遇与感伤主题。这部影片出乎意料的热卖,提示我们观影最基本的"造梦—逃避"功能,在问题丛生的中国转型社会,有着巨大的需求。相比之下,《天下无贼》更符合上述通俗剧的定义,只是将其复杂化为"善—

改恶从善—恶"的三角斗争。

《集结号》的悲情故事在一个"胜利"的前提下展开，自然就呈现了"大时代"与"小人物"之间的对立。"时代对个人的吞噬"本是恒久而深刻的命题，冯小刚却将它弱化成了"秋菊式"的执念传奇。没有人有意破坏，谷子地要争取的是全连弟兄的名誉，要面对的是战争造成的遮蔽与遗忘——而这种遮蔽与遗忘，并不构成对时代大前提的任何挑战。《集结号》的编导是将自己放在了与谷子地同一认识的水平线上，规避政治风险的同时又让结局抚慰人心，于是讲述者、观看者（包括审片者与观众）共同以一种伪平民视角重述被表层化、定型化的历史，从而获得了各自的满足。

《唐山大地震》几乎是同样的模式。灾难的源起是自然灾害，母亲无奈的选择造成了死里逃生的女儿三十二年音信杳然。电影书写的主要是坚忍忏悔的母亲与女儿如何通过另外一次地震走出阴影。与《集结号》一样，这部影片是彻头彻尾的"命运悲剧"，它没有直面地震本身，甚至很少为母亲的选择留出伏笔或提供解释，原著中女儿后来生活中遭受的伤害、挫折，从而导致她加倍归罪于母亲的选择的酷烈情节，都被一一抹去。剩下的只有电视剧式的苦情、别离与团圆。冯小刚不愿承担批判历史或社会的责任，也不愿对人性进行深入的挖掘与反思，他用一种十分安全的方式，完成了他接受的重述历史的任务。

《集结号》与《唐山大地震》都获得了电影局的推荐与关照，《唐山大地震》直接就是一部"命题作文"，政治资源与商业资源的结合几乎堪称完美，而它们传达的价值取向，通过数千万的观影人次，与中国社会影响深远的犬儒主义相辅相成，再一次完成了主流意识形态中文艺对历史的缝合。

采用类似路数的尚有陆川导演的《南京！南京！》。陆川比冯小刚显得更有"思想"的地方在于，他用泛人性的"反战"叙事取代国仇家恨的传统抗战叙事，试图用一种"更普世"的价值观代替既有的民族国家价值观，从而将那段历史做了遮蔽性的大肆改写。影片上映后引发的巨大争议表明，陆川正面挑战观众主流认知的做法，其效果远不如冯小刚的避重就轻更有利于重述历史，抚慰人心。

四　改写记忆的偷渡客

内地电影处于意识形态管理与商业运营的双重宰制之下，既无分级制度，又多禁忌雷区，可谓环境残酷。然而它的庞大市场潜力又吸引着全世界的电影投资与创作，尤其是同属华语地区的香港与台湾，很少有导演能不将"进入内地市场"作为影片需要考量的重要元素。

港台电影能否在内地取得高票房，受到多重因素制约，但成为"话题电影"的港台制作，除了作品本身的质量不凡之外，几乎都存在着对历史记忆中某一神话的改写，而且这一神话应该是能够被内地观众分享的——同样是改写历史神话，同样是删剪后放映，《色，戒》的争议性远远大于《海角七号》。

在《色，戒》引发的"套盒式论争"中，电影艺术、手法、演技是极其次要的成分，"是否成功改编了张爱玲"这一在港台被反复讨论的热门话题，在内地完全被淹没在另外层面的喧哗之中。最大的争端集中在"是否能看、该看完整版"与"这是一部汉奸电影与否"两个问题上。有意思的是，借由《色，戒》，香港、台湾地区再一次相对内地观众拥有了"文化特权感"，与此同时，比较极端的内地民族主义者，甚至还没有看片，就已经开始抨击这是一部"仍然跪着"的电影。

从来没有一部影片像《色，戒》这样，制造出如此鲜明又如此复杂的意见对立，影片在"文艺杰作""三级片""汉奸电影"等不同层面的定位上滑动，导演李安的形象，也在"华人之光"与"文化汉奸"之间游移，折射出貌似一统江山的商业社会中，不同地域、不同群落之间，如此巨大的价值分裂。[3]

经由《投名状》试水大片内地市场之后，陈可辛、陈德森等香港影人联手内地发行商推出《十月围城》。这部影片各方面均堪称一流精细的制作水准，令同期上映的《三枪拍案惊奇》相形见绌。然而，如果仅从影片制作来说，接下来的《阿凡达》的观影狂潮，让这种精粗比较意义顿失。争议主要集中在《十月围城》的叙事内容上。

批评者认为，《十月围城》宣扬了"小人物应该为大人物无条件牺牲"的价值观，而这恰恰是与公民社会对个人权利的重视与张扬背道而驰。另外，如此剧烈的暗杀与反暗杀在历史上从未发生过，影片有篡改历史、美化孙中山之嫌。甚至有人认为，这是香港影人向内地的献媚之作，通过歌颂孙中山取得进入内地市场的通行证。

这种批评是否合理，值得考量。熟悉香港电影的人会知道，这部电影的出发点非常简单，要讲一个舍生取义的"傻故事"，导演陈德森也说，孙中山这个角色符号，是陈可辛后来向他建议的，原初创意只想要"保护一个大人物"。而陈可辛说，选定孙中山，可以凸显"香港"在近代史中的地位——就连香港人，也久已遗忘了这一点。

问题是，片头张学友饰演的杨衢云，在宣讲完"民主"的要义之后，死于清廷刺客的枪下，寓意耐人寻味。而孙中山"欲享革命之幸福，必先经革命之痛苦"的观点，在当时确为革命志士笃信之道理，放在今日中国社会的复杂语境中，也可以做多重的解读。有人甚至认为，那个历史上从未因登陆遭遇暗杀的孙中山，其实象征着香港与内地社会都一直追寻的"民主"，小人物们舍命保卫孙中山，实则是在捍卫民主。

这样的解读，是否过度，可以讨论。但相对于借酒浇愁式的影评将《阿凡达》《第九区》简单对应为"反拆迁"的情绪宣泄，携带着历史记忆的《十月围城》，显然比它表面上呈现出的动作、群星、报仇、爱国一类的标签复杂太多。或许，它也就是在娱乐吸引力、主创者的人文情怀、内地主流意识形态三者之间，找到了一个均衡的结合点。

《色，戒》《十月围城》在内地的上映，完全可以看作一种妥协，或合谋。片方用同意删剪、剧本审查等方式，避免明显的政治指向，在内地审查方同样避谈政治的默契之下，以商业片的形式登陆内地影院。然而，影片内含的对主流历史记忆的某种改写，却不可能因为审查或删剪而完全丧失，它会在貌似娱乐的观影中，在热闹纷乱的争论中，或多或少地传播着它潜在的意图与价值观。

"话题电影"的出现与日益增多，始终与中国社会的转型时期冲突有极大的关系。话语空间的狭窄，精神生活的日益小众化，导致"话题电影"成为社会表达、交流、隐喻、分享的公共空间。好莱坞电影制作再精良，创意再多元，也无法替代这个功能。问题是，"话题电影"会随着审查制度的放松、社会的日益宽容与多元而逐渐消失吗？这不是一个针对电影的问题，它提问的是整个社会。

注释：

———————

[1]　参见戴锦华：《黄土地上的文化苦旅》，载郑树森编《文化批评与华语电影》，桂林：广西师范大学出版社，2003，第42页。

[2]　参见毕克伟：《"通俗剧"、五四传统与中国电影》，载郑树森编《文化批评与华语电影》，桂林：广西师范大学出版社，2003，第25页。

[3]　详细分析可以参见拙作《三级片，"汉奸电影"——〈色，戒〉引发的文化震荡》，载杨早、萨支山编《话题2007》，北京：生活·读书·新知三联书店，2008。

第四节

城市娱乐：显形与失魂

一 借"娱"显形的城市

一座城市总有它的城市文化。表面上看，城市由所有的在地人口组成，实质上，人口的构成随时代、制度、形势的变易而变动不居，但城市文化却在大浪淘沙、云烟变幻中或隐或显地传承下来。

传统中国是一个超长期的乡土社会，城市文化历史并非很长。关于"传统中国有没有独特的城市文化"曾引起海内外学界的争议，但通过对诸多传统中国城市的个案研究，学界基本认同"城市在中国传统社会中的文化作用举足轻重"，正如美国学者施坚雅（G.William Skinner）指出的那样："文化资料的交换主要是在市镇和城市里进行的，这些文化资料使每个有节点的辖区体系的特色保留不变，而同时又控制着主要是在集镇与城市间发生的文化分化；地方粗俗形式的精练与普及的过程及其在文化传统中的融合（反过来则是士大夫形式的变粗与地方化及其融入地方小传统），也还是集中于中国地区体系中层级井然有序的中心地的。"[1]中国的"城市娱乐"正是沿着"乡村—集镇—城市"的层级逐步演进，逐渐精致化，最终成为城市性格的代表形式。

1949年之后，在很长一段时间内，城市化处于停滞甚或倒退的状态，中国社会被畸形地分划为"国家"与"单位"二重体制——"国家"承担民族共同体的黏合功能，"单位"则满足居民的日常生活需求。这一体系中的"娱乐"，以政府提倡或规定具体文艺形式并提供示范（"文革"中发展为"样板团"的极致形式），各系统、各单位组织排演国家样板的"山寨版"的自上而下的方式运行。当然，各地文化部门也承载着"采风"的任务，即将地方元素融入既有文化体系之中，由国家有关部门予以认可，并向各系统各单位推广。这种娱乐体系的原则要求是"人民性"，但"人民"却是一个抽象的、去地域性的概念，它又提出三种评判标准，即"教育作用、认识作用、审美作用"，其价值等级由先至后，不容淆乱，只有娱乐元素而缺乏教化与反映功能的文艺形式，是不被允许排演与推广的。国家娱乐体系的极致形式，便是"文化大革命"中的"八亿人民八个戏"。当时流传的一则逸事是：政府要求广东粤剧团将样板戏京剧《沙家浜》改编成粤剧，并要求不准改动唱词，于是红线女饰演的沙奶奶，在下乡演出时，用广东话唱"那一天同志们把话拉"，在场的农民完全听不懂。

《沙家浜》原本是沪剧，经过江青的"钦点"，由北京京剧院组织人力改为京剧。"那一天同志们把话拉"却并非京剧固用表达方式，而是典型的北方方言句，"拉"是山东话，"拉呱"即聊天之意（江苏常熟城外的农民沙奶奶，会使用这种语词，也颇为可怪，只能理解为王小波所谓"北方话是一种革命气息浓厚的方言"）。在这桩小事中，我们可以看到国家意识形态对地域文艺形式的改造与推广，以及向其他地域移植时造成的文化隔阂。

在这种状态下，"城市"成为一个隐形的文化符号。因为城市文化认同不仅仅包括地域与方言，而且包括对用语习惯、言说方式直至内心情绪的认同。这种认同甚至采取拒斥外人的方式凸显，后面隐隐保留着乡村"熟人社会"的交际诉求，又呈现着现代社会自然形成的共同体内聚力。

经济改革带来的重新洗牌，赋予了"城市"替代"单位"成为经济、政治、文化共同体的使命。但这并不能自然而然地带来城市文化的重生，反而是残留于街头巷角的城市文化在"全球化"与"孤岛化"的"双刃利剑"下，向着看似多元实则一元的大一统方向转化。有特色的城市建筑被拆除，表达力强旺的方言被普通话挤压，移民心态盛行，所在城市成为"寓所"而非"住所"……至少在表面上，城市文化正趋于消亡。

在这个意义上，"城市娱乐"——从城市底层生长、衍生出的体制外娱乐形式成为城市文化的显影剂。

二 社群仪式与地域文化

"城市娱乐"的内核，首先是对城市的独特外在形式与隐秘内心情绪的准确把握。前者的最佳管道是方言，以及区域地理、共同记忆等；后者则依靠创作者、表演者对本土居民的习知与深味，创造出"代言"与"分享"的氛围，观众则以购买、追捧作为消费这种氛围的代价。

城市娱乐的最大特质，是它以自下而上的方式存活。城市娱乐的代表人物，首先是赢得市民与市场认可的个人或团队。因此，城市娱乐持久的动力，也必然来自那些可以借助暗码式的语词、交流达成互动与互激的本土观众。剧场形式与地域文化，是城市娱乐不可或缺的两翼。

社群的聚合，需要仪式的确认与时空同一性的感知。在神社、宗祠与教堂之后，剧场扮演着同样的角色。当人们从城市的各个角落，三三两两、络绎不绝地涌向同一地点，"为了共同的革命目的走到一起来"，他们正在完成某种"认同的仪式"。剧场的主持者扮演的是传道士的角色，观众从他的表演／宣谕中，从自己与身边的笑声、掌声中，认识到彼此同属一个群落，并身处一个公共空间，可以在此宣泄、沟通与分享只属于这一地域的历史记忆与生活体验。李伯清描述传统社会"说书"的场景时有一句精彩的形容："台上一根叶子烟竿，台下一百多根叶子烟竿。""叶子烟竿"（旱烟竿）背后，是一整套区域生活方式与文化经验，因此它构成了在场者的身份标识与共同密码。

因此，根据在场者的阶层、身份、经验选择言说话题与表达方式，成为所有城市娱乐成功者的不二法门。"刘老根大舞台"在东北的表演，与在北京的表演，不可能完全一致；郭德纲在"天桥乐"说的段子，也不会照搬到北展剧场或人民大会堂去讲；周立波更为明显，他的《笑侃三十年》面对的是几乎纯色的上海观众，而《我为财狂》则面对金融界人士，前者的上海话成分远逾后者，而后者的金融案例议论也替代了前者的怀旧叙事。

相比之下，电影院虽然同样是提供仪式的场所，同样聚合一致的兴趣，却无法完成与观众的互动与互激。电影的放映，更像是一场牧师缺席的默祷，要借助观众的想象力参与才得以完成，一部电影可以最大限度地迎合目标受众，却仍然无法让观众得到"分享"与"代言"的双重感受，而这种愉悦的提供，正是"现场live"的最大优势。

地域文化的凸显与强调，同样是完成这种认同仪式的重要元素。"认同"与"排斥"本是相反相成的两面，异质文化的存在，才让同质文化得以投射并显形。当表演者使用观众稔熟的俚语叙事，当他提到城市的地标、景物与社会问题时，当他抨击、嘲笑外地人或讥讽、戏仿名人时，观众会在亲切中体会到一种安全感，并自然地代入表演者的立场，全场获得一致的共识。这种效果，即使在表演者评说、批判当地市井百态时也同样能够获得，观众在自嘲的气氛中仍然能得到某种亲近度与优越感。

城市与娱乐的交融，最好的例子是香港。作为城市的香港生于"租借"与"殖民统治"，一百多年来，港英政府从未试图干涉或改造它的文化，这让香港的城市文化保持了难得的独立与连续。无数过客来往于这个城市，它却始终坚持着化人而不被所化的独立品性。它是最开放的城市，却也是最保守的城市。方言、习俗、地标，无一不构成层层据守的文化堡垒，向外宣示着它的文化门槛。如果你到香港暂住，看他们的报纸，尤其是娱乐版，会觉得身处另一个世界，他们关注的总是"城中盛事"，自家人似的明星的八卦，而非全球化时代大一统的头条报道。

这种高度的同一性与认同感，让自加拿大归来的黄子华第一次尝试"栋笃笑"（stand up comedy），便能以这种西方的表演形式创造出完全香港本土化的剧场效果。他纵谈时事，引用流行语，模仿人人熟知的政治人物与娱乐明星，恣意评点当年香港的各大热点，现场的香港观众一阵阵爆棚大笑，前仰后合，非香港人却一副"丈二金刚摸不着头脑"的表情。后来，即使"栋笃笑"移步到同方言区的广东，也无法取得类似的效果。这说明，城市娱乐的核心在于对地域文化的认同与浸润。

事实上，城市文化总是在巨大的地缘背景上才得以成立与呈现。如果没有香港一百年来家国之外的感慨与悲情，没有这种丧家失国情势下的身份焦虑，也不会形成香港特有的充满消解与励志色彩的娱乐文化。同样，在东北，城市娱乐的开拓者，并非当时尚据守一隅的赵本山，而是已经南下穗港并重返家乡的艾敬。她在1995年发行《艳粉街的故事》，刻意用流行歌曲的形式为铁西区抒写生活记忆，在演唱会上将《橄榄树》的尾句改成"我的故乡在——沈阳！"的明确身份认同深受沈阳民众欢迎，让艾敬一跃成为90年代中期东北的文化符号代表。

因此，城市是城市娱乐最初的也是最终的据点，娱乐呈现城市，城市成全娱乐，城市娱乐是市民文化最显要的结晶、最有力的佐证。

三　是上升，还是失魂？

生于底层的城市娱乐，成长于国家文化体制之外，保持着相对的独立性，但也无可避免地沾染上"低俗"的"原罪"。从赵本山到郭德纲再到周立波，从长沙的歌厅秀到成都的茶馆散打，有着一致的有趣现象：剧场内，观众哈哈大笑，群情激昂，而在报刊上、网络上，总有人（多半还是本地人）大声呼吁：某某某不能代表某某文化，这样的精神污染需要治理！

"雅俗之争"旷日持久，却缺乏文化建设的有效性。"雅"与"俗"，在娱乐文化的层面上，基本是一对伪概念。鲁迅曾经抨击士大夫将民间的京剧拿来供在花瓶里，制造一种病态美，但京剧在1949年之前的改变尚可理解为不同阶层审美情趣的对抗与渗透；当前再论"雅俗"，甚至限制方言的使用，要求民间文艺具备教化功能，其实质不过是为了遮掩国家文化体制对民间娱乐文化的控制欲与改造欲。

一方面，城市娱乐的领军人物都对这种话语逼迫有所抗争，赵本山与郭德纲，都明确地反对"教育"观众，他们本着朴素的艺人信念，强调娱乐首先要让观众"乐"。然而民间话语有着天然的理论上的弱势，他们不敢也不能对抗"雅俗"概念本身，如赵本山接受杨澜访谈时说"大雅从来都要经过大俗，经过大俗才能接近大雅"，这就让人隐隐看到了城市娱乐的危机：它们能不能保持自己的本色？能不能一如既往地将市民文化的"低俗"坚持到底？

　　另一方面，城市娱乐的领军人物似乎都不乏超越城市、影响全国的野心。赵本山的成功是所有城市的娱乐领袖都艳羡不止的，但赵本山的名扬天下，是与官方意识形态合谋的结果。赵本山借助"春晚"走红全国，而"春晚"能够提供最受关注的娱乐，是国家文化体制带来的结果。某种意义上，春晚有一种"进京会演"的效果，即被选入春晚，代表着一种艺术水平上的认可，也代表着一种主流价值体系的认同。而这种效果由于特定时间（除夕）、特定平台（央视数台联播）的因素，被急剧与倍速地放大，导致"春晚"屡屡出现"一夜成名"的奇迹。

　　然而，赵本山的成功难以被复制。这里有方言的限制，也有文化的地缘关系。例如，长沙的大兵，同样多次进入"春晚"，付出的代价是表演中舍弃最拿手的长沙方言，这使他沦为一名基本功平平的普通相声演员。李伯清曾希望能像赵本山那样，将"散打评书"带到"春晚"上去，但显然很难如愿——80年代，沈伐曾多次在"春晚"以成都话表演谐剧，也未能把这种地方娱乐形式推向全国。在这一方面，赵本山有着独特的优势：东北话语音上与普通话差别不大，但又尽可能地嵌入表现力强大的方言俚语，而数百年来东北文化对北京的影响，更为这种"奉军进京"的现象铺平了道路。这也是为何"刘老根大舞台"能作为一种异域娱乐文化，率先进入京城并释放巨大能量的内因之一。

事实上，赵本山为了让二人转走向高端市场而发起的"绿色二人转"运动，是否能让二人转在"高雅化"的同时，还保持早前的生命力，而不是变成鲁迅讥讽的"瓶中物"，现在还是一个未知数。

城市娱乐放弃"俗"的一面，放弃"本土"的一面，其实是放弃了自己为市民文化滋养、拥戴的根基。这并不是说城市娱乐不需要开放、不需要融会与合作，而是城市娱乐必须坚守本城的文化特质，任何"上升"都可能演变成一种伤害，这方面历史上有着诸多的殷鉴。

周立波在 2008 年复出之前，据说曾北上沈阳，观察二人转半年，又曾南下香港，向"栋笃笑"学习。他在走红之后，公开宣称自己"不走出上海"。无论他是否能够坚持，但这种宣言，既是拢聚本城人气的高招，也表明他对"城市娱乐"的边界有所认知。郭德纲曾为自己的"俗"辩解曰：没有一种艺术形式是适合所有人的。其实更准确的说法应该是"没有一种艺术形式是适合所有地方的所有人的"。李伯清大可不必遗憾自己没有成为赵本山第二，当一种"城市娱乐"上升为"全民娱乐"之时，它的损耗远非放弃方言与低级笑料那么简单，在这一过程中丧失的，或许正是城市娱乐赖以生存的灵魂。

注释：
————

[1] ［美］施坚雅主编、叶光庭等译：《中华帝国晚期的城市》，北京：中华书局，2000，第 319 页。